云端上的歌

YunDuanShang De Ge

姜铁军 著

甘肃文化出版社
甘肃·兰州

图书在版编目（CIP）数据

云端上的歌 / 姜铁军著. -- 兰州 : 甘肃文化出版社, 2024.4
ISBN 978-7-5490-2895-5

Ⅰ. ①云… Ⅱ. ①姜… Ⅲ. ①长篇小说－中国－当代 Ⅳ. ①I247.5

中国国家版本馆CIP数据核字(2024)第028389号

云端上的歌
YUNDUANSHANG DE GE
姜铁军 | 著

责任编辑 | 何荣昌
封面设计 | 石　璞

出版发行 | 甘肃文化出版社
网　　址 | http://www.gswenhua.cn
投稿邮箱 | gswenhuapress@163.com
地　　址 | 兰州市城关区曹家巷1号 | 730030(邮编)

营销中心 | 贾　莉　王　俊
电　　话 | 0931-2131306

印　　刷 | 兰州新华印刷厂
开　　本 | 880毫米×1230毫米　1/32
字　　数 | 205千
印　　张 | 9.125
版　　次 | 2024年4月第1版
印　　次 | 2024年4月第1次
书　　号 | ISBN 978-7-5490-2895-5
定　　价 | 42.00元

目　录

引　子

2018年11月23日，中央电视台《新闻联播》播出一条新闻：“11月23日，世界海拔最高、海拔跨度最大、自然条件最复杂的输变电工程——藏中电力联网工程竣工投运。”

伴随播音员的播报，电视上出现藏中电力联网工程竣工剪彩以及工程建设中不同时期的画面：技术人员在崇山峻岭中勘测、施工人员通过高山索道运送电力设备材料、施工人员攀登悬崖峭壁施工、施工人员在海拔五千多米的铁塔上安装绝缘子……

电视机前，秦志方和杜丽颖目不转睛地盯着电视画面，两个人的手情不自禁地紧紧地握在一起。

“快看啊，那是我们！”杜丽颖大叫起来。

电视画面上的一组镜头是秦志方和杜丽颖在工地上拍婚纱照，她手里捧着一束格桑花，风吹起杜丽颖的白色婚纱，长长的黑发在风中飞舞……

秦志方忽然用手捂住脸，泪水无声地从手指缝里流出来。

杜丽颖搂住秦志方的肩膀，两人沉浸在回忆中。这是藏中电力联网工程建设多么难忘的日子啊……

第一章　生日玫瑰

万美花店坐落在济南某商城的入口处，面积不是很大，每天来购买鲜花的客人不少。隔壁是婚纱摄影楼，不少新人来拍婚纱照时，都会到花店里买束鲜花，红玫瑰最抢手，给花店带来不少生意。

秦志方买了一束红玫瑰，走到门口的柜台前结账。女服务员笑盈盈地问："要拍婚纱照啊？""不，不，"秦志方急忙解释，脸色有点泛红，"女朋友过生日，庆祝一下。""好啊，怎么结账啊？"女服务员问，秦志方拿出手机："用支付宝。"女服务员用手指了一下贴在柜台上的二维码："在这里，扫一下。"秦志方用手机扫支付宝的二维码，手机界面出现支付密码框，他在密码框里输入六位数字，那是女朋友杜丽颖的生日。"嘟"，支付成功。秦志方拿着红玫瑰，高高兴兴地走出花店。

和杜丽颖一起聚餐，庆祝她的生日是一周前商定好的。聚餐地点是杜丽颖自己选的，在某商城一家新开业的巴西烤肉餐厅。杜丽颖说，不吃中餐了，换个地方，换个口味。烤肉餐厅新开业搞活动有优惠，秦志方昨天提前预订了座位。

秦志方提前来到餐厅门口，一股烤肉的香味从餐厅里飘出来，很诱人。身边不时有成双入对的年轻人走进餐厅，有挽着手的，很幸福的样子。他拿出手机看看时间，杜丽颖应该到了。他禁不住抻了抻脖子，往手扶电梯口望了望，盼望杜丽颖不要迟到。这已经成了她的一种习惯，总要迟到一会儿，好像是考验秦志方的耐心。为表示自己的诚心，每次约会秦志方都提前一会儿到。

手扶电梯口出现杜丽颖的身影，一米六的个头，身材苗条，瓜子脸，两道细眉毛，丹凤眼，白白净净的。大家说她长得漂亮动人，有吸引男人眼球的魅力。听别人夸奖自己的女朋友，秦志方心里美滋滋的。杜丽颖在医学院读书的时候还是校花呢，有很多男生追求。

秦志方喜欢穿深蓝色的工作服，上衣胸口处钉着一个五厘米长的“国家电网公司”标志牌。那是反光材料制成的，夜晚有光亮照在上面，“国家电网公司”几个字闪着荧光，看得格外清楚。杜丽颖开玩笑说，这是怕晚上找不到啊！

工装上有这个标志，秦志方挺骄傲的，这是自己身份的标志。和自己一起毕业的同学，想到国家电网公司工作还进不来呢，自己能在山东送变电公司谋份工作不容易，过五关斩六将，经过好几道门槛呢。

送变电公司的主要工作是建设输电线路，不少工程在外地，员工全国各地跑，经常不在家。所以，只要回到公司驻地济南，他都抓紧时间和杜丽颖约会，想方设法“讨好”杜丽颖，生怕女朋友跑了。

和秦志方谈恋爱，对杜丽颖来说也不是一帆风顺。医院的同事、要好的朋友都对她说，找个送变电的技术员不值得，一年里多半不在家，将来结婚了，你要多受累，犯得上吗？

说闲话的人多了，杜丽颖有点动摇了。是啊，凭她的条件，找什么样的没有啊，为啥非找秦志方啊，得想想将来呀。

她不想和秦志方相处了，回家和父母一说，第一个反对的是她爸爸——一个送变电老工人。“别听那些人瞎说，他们知道什么啊！”父亲知道这个小伙子能吃苦，为人忠厚淳朴，将来一定有大出息。父亲对女儿说：“好好和秦志方相处，一定错不了！”

俗话说，不怕没好事，就怕没好人。总有人在说三道四，要给她介绍条件更好的小伙子，杜丽颖难免不动心。父母却站到她的对立面，不让她打退堂鼓。“这是一块好材料，不要随便改变自己的主意。男怕入错行，女怕嫁错郎。丢了西瓜捡芝麻，别干傻事！”父亲坚决不同意女儿和秦志方分手。

谈恋爱两年，杜丽颖渐渐发现秦志方身上许多优点，豁达大气，忠厚善良，一个心眼对自己好，还真是自己想找的那种男人。二十六岁不小了，到了谈婚论嫁阶段，前不久两个人领了结婚证。

秦志方把手里捧着的一大束红玫瑰递给杜丽颖，他特意用曲别针在花枝上别了一张心形贺卡，上面写着“亲爱的祝你生日快乐”。杜丽颖把鼻子放在花朵上闻了闻，脸上笑出两个好看的酒窝。

两个人走进餐厅，在预定好的15号座位坐下。服务员拿来烤肉菜单，请他们点餐。秦志方知道杜丽颖喜欢吃牛肉，先要了四串烤牛肉，又要了两串烤猪肉、两条烤鸡腿，最后要了两个烤菠萝。

“菠萝烤了还能吃吗?”杜丽颖禁不住问。秦志方回答:“巴西烤肉主要烤牛肉、鸡腿、猪肉和香肠。菠萝、梨和苹果也能烤着吃。菠萝是涂上蜂蜜后烘烤，别有风味。”“你知道的还不少呢。”杜丽颖伸出大拇指。秦志方告诉她，巴西烤肉是把原料腌制后，串在长约一米的扁平钎子上，在炭火上慢慢烧烤。烧烤期间要刷几次油，烤至两面金黄、肉香扑鼻的时候就可以食用了。巴西烤肉和中国烤肉串绝对不一样，不仅仅在烤法上，味道也有很大不同，巴西烤肉偏咸辣。

说话的工夫，服务员把烤好的四串牛肉、两串猪肉、两条鸡腿拿来了。杜丽颖拿起一串烤牛肉，咬了一口，哇，真香!

秦志方一边吃烤肉，一边说起巴西烤肉的来历。

18世纪末，巴西的牛仔们闲暇时经常以长剑串肉，在篝火上烧烤。这个习俗沿袭至今，形成了风味独特的巴西烤肉。巴西人吃烤肉喜欢吃肉的原味，因为不同部位有不同的滋味，所以在烤肉时只放盐调味。肉串在钎子上，在火上烤，撒上粗盐，让盐融化渗透，肉表层熟了时，除去盐粒，再用利刃切割烤肉食用。巴西烤肉在鲜美粗犷的味道中有一股木炭香。

杜丽颖连连点头，问他，对巴西烤肉怎么会知道得这么多?秦志方笑着说，在华北电力大学读书的时候，自己室友的家里人就在保定做烤肉生意，室友还请自己吃过他家的烤肉，所以对烤肉知识了解一些。

秦志方在大学学的是电气专业，这个专业的毕业生大部分去了供电公司。杜丽颖问秦志方为什么愿意到送变电公司工作呢？秦志方笑了，说自己喜欢走南闯北，想借着在外地干工程的机会，多跑跑多长见识，也为自己的专业发展打个基础。

“傻瓜，现在你一个人到处跑是没问题啊，结婚以后呢，你还到处跑啊，不管家了啊！”杜丽颖嘴里一边嚼着烤肉一边说。

“嘿嘿嘿，”秦志方笑着挠挠头，“不是还没举行婚礼呢吗？”“日子选在十月六日，现在已经六月了，没多长时间了。”杜丽颖提醒道，“我看好了一套婚纱，有时间陪我去看看好吗？”“好，好！”秦志方咽下嘴里的烤肉，连连答应。

第二章　去西藏的时机不对

服务员把烤菠萝送来了。

第一次吃烤菠萝，杜丽颖有点新奇，特别喜欢那种有点烧焦又甜蜜的味道。“怎么样，好吃吧？”秦志方问杜丽颖，她只顾着吃烤菠萝，点点头。秦志方忽然转移话题：“丽颖，你知道国家电网公司要在西藏干一个大工程吗？”“我知道那个干什么，和我有什么关系？”杜丽颖端起一杯饮料，眨巴眨巴眼睛。“和你没关系，和我们送变电公司有关系。”秦志方端起饮料杯，一边喝一边说，“这项工程叫藏中联网工程，也被称为‘电力天路’。建设投产后，就会成为‘大电网’，覆盖西藏东部地区。它不但推动西藏经济发展，满足人民群众生活需要，还将与尼泊尔电网联网，将中国电力输送到国外，是世界能源互联网的一部分，具有重大意义。”

说到这里，他有些兴奋，眼里闪着激动的光。“你不知道，这个电力工程在世界上绝无仅有，是一项突破生命禁区、挑战生存极限的高海拔电网工程，在电力工程建设史上将会创造多项世界纪录。”他扳着手指头，“它是世界海拔最高的电网工程、世界海拔跨度最大的电网工程、世界自然条件最复杂的电网工程、西藏自治区投资规模最大的电力工程。拿出其中任何一项，在世界上都是数得着的！”

藏中联网500千伏输电线路起于西藏昌都市芒康县，止于西藏山南市桑日县。线路穿过横断山脉、唐古拉山脉、澜沧江、怒江、帕隆藏布江、雅鲁藏布江，工程平均海拔3750米，最高海拔5295米。建成投运后，将创造世界电力史上的奇迹，西藏城市乡村实现大电网覆盖，西藏社会和经济生活将发生巨大变化。

中央电视台《新闻联播》第一次报道藏中联网工程时，把这个电力工程称作“国家名片”，播音员说：“中国历史上，也是世界历史上的超级电力工程在西藏开建。藏中联网工程是一项意义重大的电网工程，是一项突破生命禁区、挑战生存极限的高海拔电网工程，将在西藏电力工程建设史上创造多项纪录。”

给我过生日忽然提起藏中联网工程是什么意思？杜丽颖心里想，他是不是想去西藏参加建设啊？那还怎么结婚？西藏环境艰苦，身体吃不消怎么办……一连串的问号在她心里涌出来。

“秦志方，你是不是想去西藏啊？”

“啊……这个啊……”

“啊什么，你对藏中联网工程这么感兴趣，是不是想去啊？”

“这个……”

“你有想法是不是？”

“这个工程可是百年不遇大工程，干一辈子送变电也难得遇上。”

“什么意思啊，说个痛快话，是不是想去？”

看着杜丽颖咄咄逼人，秦志方犹豫了，知道早早晚晚都要面对，便点点头。

早就看出他心里想什么了，只不过想证实一下。杜丽颖打心里有气："不是要准备结婚吗？你去西藏，这婚还结不结？还有，去西藏你身体行不行也是未知数，万一高原反应厉害怎么办？"

"高原反应我倒不怕，怕错过机会……"秦志方解释着。杜丽颖不高兴了："你啥意思，都做好准备了呗，我们的事情就无所谓了呗！"她步步紧逼。

秦志方说，山东送变电公司前天开动员大会，号召员工积极参加藏中联网工程建设，为建设西藏贡献力量。会议提出党员、团员要积极带头，当先锋，做表率。听总经理做动员的时候，秦志方心里就有了想法，自己年轻，身体好，是技术骨干，无论从哪个方面说都符合条件。

公司号召党员、团员带头，这时候不表现还等什么时候。他想到公司对党员提出的要求——"困难面前我先上，苦活累活我先干，艰难险重我先冲"。这是考验他这个预备党员的时候。建设藏中联网工程对送变电人来说，也难得遇到。如果能为它贡献力量，自己这辈子也不白做一回送变电人！

"你不唱高调好不好？"杜丽颖撇撇嘴，"实话实说行不行？先别扯你是不是预备党员，送变电公司预备党员多了，都去西藏啊？""你这不是抬杠吗？"秦志方解释，"这是一方面原因，还有一个原因。""什么原因啊？"杜丽颖问。秦志方喝口茶水，说："我受刺激了！"杜丽颖一愣："你受什么刺激了，非要去西藏啊？"

这事憋了半个多月了，总算有机会一吐为快。上个月，在济南的高中同学搞了一次聚会。聚餐时，秦志方正好和一个刚从青海格尔木回来的同学坐在一起。他很骄傲地说："我这辈子做了一件大事！""什么事啊？"周围的几个同学很好奇。那个同学兴奋地说："我参加青藏铁路建设，通车的时候作为代表去拉萨参加通车典礼，还受到中央领导的接见。你们说，建设青藏铁路这是不是大事？是不是一辈子的光荣？"同学们异口同声地说"很光荣"，给他鼓掌。"唱一首《天路》给我们听听！"有人提议，马上又有人鼓掌欢迎。"快，唱一个！"大家呼喊起来。他不客气地来段清唱，掌声再次响起来。

清晨我站在青青的牧场，
看到神鹰披着那霞光。
像一片祥云飞过蓝天，
为藏家儿女带来吉祥。
黄昏我站在高高的山岗，
盼望铁路修到我家乡。
一条条巨龙翻山越岭，
为雪域高原送来安康。
那是一条神奇的天路，
把祖国的温暖送到边疆。
从此山不再高，
路不再漫长，
各族儿女欢聚一堂。
黄昏我站在高高的山岗，

看那铁路修到我家乡。
一条条巨龙翻山越岭，
为雪域高原送来安康。
那是一条神奇的天路，
带我们走进人间天堂。
青稞酒、酥油茶，
会更加香甜，
幸福的歌声传遍四方。
那是一条神奇的天路，
带我们走进人间天堂。
青稞酒、酥油茶，
会更加香甜，
幸福的歌声传遍四方……

歌声未落，一个女同学十分羡慕地说："我要是有这样的机会，说什么也得参加，这辈子都值了。"一个男同学问秦志方："你不是喜欢音乐吗？什么时候也写一首《电力天路》啊？"女同学添油加醋："你们电力就是比不了铁路，青藏铁路实实在在给西藏人民带来好处！"秦志方很尴尬，无言以对，想想也是啊，和人家铁路相比，确实还差点。他心里憋着一口气，自己不但要写《电力天路》，西藏有电网工程，一定要参加！

听秦志方讲同学聚会的事，杜丽颖能感受到他当时是一种什么心情，他想去西藏也可以理解。可时机不对啊，现在卡在节骨眼，不能甩手走了啊！你倒是实现自己的抱负了，我怎么办？

另外还有一个原因，秦志方不好当着杜丽颖的面说出来。

他下决心这么做，是受到爷爷的影响。他一句话两句话给杜丽颖说不明白，干脆先不说了。他下决心报名参加藏中联网工程建设，心里也犹豫过，杜丽颖不同意怎么办？心里没底。想借着给她过生日的机会，探探口风。刚才杜丽颖的一番话，让秦志方心里彻底凉了。这一关过不了，怎么办呢？

他想不出什么好办法。

两人分别的时候，杜丽颖再次对秦志方说："去西藏参加藏中联网建设，我不同意，你听明白了没有？""明白。"秦志方点头。杜丽颖害怕他变卦，叮嘱他不要打去西藏的主意，星期天陪她去选婚纱，好好准备婚礼……

离开杜丽颖回到家里，秦志方走进客厅，爷爷秦玉勇坐在沙发上看电视。爷爷九十多岁了，身板硬朗，虽然耳朵有点聋，眼睛还好用，说话声音洪亮。可惜左腿残疾，行动不便。看见秦志方走到近前，爷爷把身子往一边挪了挪，让他坐到自己身边。"爷爷，看什么呢？"秦志方一边问，一边从水果盘里拿起一只苹果，放到嘴里啃。"看新闻。"秦玉勇拿起遥控器，把电视机关了。"爷爷，你咋不看了？"秦志方嘴里嚼着苹果，说话有点含糊不清。

"不看了。你给小杜说要去西藏的事了吗？"秦玉勇看着孙子问。秦志方赶紧把嘴里的苹果吞进肚子："说了。""她什么意思啊？"秦玉勇又问。秦志方苦笑："不同意呗！""什么理由啊？"秦玉勇再问。秦志方回答："都准备结婚了，我走了，有些事不好办……"秦玉勇点点头，想了想，问："你是什么意思啊？"

"我……"

“你有点动摇是不是?”

“不是。”

“我看出来了，你有想法。”

“我没别的想法，还是想去西藏。”

“说的是真话吗?”

“当然了。您平时没少给我说当年在西藏和战友们修路的事。当年那么艰苦，你们那代人把生死置之度外坚持在西藏修路。现在条件好了，为西藏建设做点贡献是应该的，年轻人志在四方嘛!”

“这就对了！这不光是你自己的事，你也是替爷爷……”

“爷爷，我知道。”

“爷爷老了，去不了西藏了。要不是走不动，真的好想去啊，去看看那些牺牲的战友……”

秦玉勇哽咽着说不下去了，两行热泪涌出来。

见爷爷难受，秦志方赶紧从抽纸盒里抽出一张纸巾递给爷爷。接过纸巾，秦玉勇一边擦眼泪一边说:“我支持你去西藏，可主意还是你自己拿，也别和小杜闹僵了，有话好好说。唉，爷爷是真忘不了那些修路架桥的地方啊……”他颤巍巍地从沙发上站起来，拿起拐杖往自己的房间走。秦志方要搀扶爷爷，被爷爷拒绝了。

进了房间，秦玉勇弯腰从床下拽出一只小木箱子，摸出口袋里的钥匙打开小木箱上的挂锁。箱子里面有根一尺多长的钢钎和一个笔记本，还有一个红布包。秦玉勇小心翼翼打开红布包，里面是一枚川藏公路通车纪念章，还有一张发黄的老照片。照片上是一个肩背医疗箱的女卫生员，二十出头的样子，一双大眼睛清澈明亮，纯洁无瑕。秦玉勇拿起照片，轻声说："怡美，你还好吗?"

看着手里的这张旧照片，往事像潮水一样涌上心头。秦玉勇掩饰不住自己的激动，眼泪"吧嗒吧嗒"掉下来……

第三章　爷爷和他的战友

星期六，杜丽颖给秦志方打电话，约他去婚纱店选婚纱。秦志方在电话里支支吾吾：“明天有个报表必须完成，恐怕要晚去一会儿。”“你不能今天加班干出来吗?”杜丽颖接着问。秦志方说：“报表太多，加班也干不完。”听出来杜丽颖不高兴，他答应明天一定来，只是会晚一点。

婚纱店里摆满不同样式的婚纱，红的白的琳琅满目。导购员不停地给杜丽颖做介绍：“选一套称心如意的婚纱对女人来说是很重要的事，多少年之后回忆起来都很温馨浪漫……”杜丽颖赞成：“是啊!”她拿出手机给秦志方打电话，问什么时候来。手机占线，没打通。导购员问：“等你男朋友啊，上次你们是一起来的。”杜丽颖点头：“说好今天选婚纱，他有事晚会儿来。”导购员笑了：“选婚纱不像别的衣服，两个人都满意最好。”

杜丽颖又拨打秦志方的手机号，“嘟嘟”响几声，秦志方接起了电话。杜丽颖有点急：“你还磨蹭什么呢？报表还没弄完啊?”“啊，快了，你先挑着……”忽然，杜丽颖在电话里听到一个声音。“十一号秦志方，请到内科[illegible]号!”

这不是医院吗？杜丽颖蒙了："秦志方，你去医院干什么？你生病了？""没有啊！"秦志方急忙辩解。"没病去医院干什么？"被她一逼问，秦志方顺口说道："体检。"体检？杜丽颖不明白了："是婚前体检吗？领结婚证之前不是做过体检吗？还体检干什么？怎么回事？"

知道瞒不住了，秦志方支支吾吾地说："是去西藏体检。"

杜丽颖急了："你在哪个医院？""在市医院……"不等他说完，杜丽颖急吼吼地说："你等着，我马上过去！"说完，匆匆忙忙往外走。导购员在后面喊："你选的婚纱……"杜丽颖回了一句："暂时不买了！"

杜丽颖开车一路急驰，来到市医院。

她在医院走廊找到秦志方，一眼看到他手里拿着体检表，顿时心里的不满全都写在了脸上，一把将体检表抢到手里，满脸怒气。

"怎么回事？"杜丽颖开口问。

"藏中联网工程缺人手……"秦志方小声回答。

"这和我有什么关系？"

"送变电公司中标藏中联网工程26号标段，需要我这样的技术人员……"

"我不同意！公司领导不知道你快结婚了吗，还派你去西藏啊？"

"领导知道我这种情况，不同意的，是我报名坚决要参加。"

"你有病啊？不知道要结婚了？"

"机会难得，应该去锻炼锻炼。"

“送变电公司搞技术的缺你一个啊!”

“我想去，不仅仅是自己的事。爷爷支持我去……”

听秦志方提到他爷爷，杜丽颖更不高兴了：“去不去西藏和你爷爷有什么关系？你也不是替他去的，还拿出挡箭牌了!”秦志方赶紧说：“我爷爷在西藏修过路，因为残疾，一直没机会去西藏。听说我能去西藏，所以特别支持。”杜丽颖甩脸子：“他支持有什么用啊，我是和你结婚，别人说的算吗?”秦志方只好改变策略，想说服杜丽颖：“其实我也是有点私心，咱俩不是都想去西藏看看吗？有这样好机会，不能错过啊！等于我先打前站了。”

“你就胡扯吧，你心里的小九九我还不知道吗？你爷爷支持，我能理解。他是筑路老兵，当年为了修川藏公路流血流汗不容易。放在平时我不扯你后腿，这点觉悟我还是有的。可现在太关键了啊！亲戚朋友都知道我要结婚了，到时候你没影了。你说，我脸往哪搁啊？你也得为我想想吧？去西藏，我坚决不同意!”

“我都报名了，往回撤不合适啊！丽颖，你给我点面子……”听到秦志方这么说，杜丽颖心里的火直往头上蹿：“我找你们公司领导去，不信当领导的不通情达理。”看到杜丽颖很生气，动真格的，秦志方哀求：“求你了，别去找领导。我自己说还不行吗?”杜丽颖看着秦志方可怜兮兮的，想退让一步：“你真的找领导说不去了?”秦志方仿佛下了决心：“你把体检表给我，我找领导说还不行吗?”

虽然很不情愿，杜丽颖还是把体检表递给秦志方。“你想好了，是我重要还是去西藏重要?”秦志方忙说：“都重要，藏中联网工程是国家重点工程，全世界都没有在平均海拔近四千米的地方建设输电线路……”杜丽颖很生气：“你说，我重要还是藏中联网工程重要?”“你重要！你重要!”秦志方这次回答得很坚定，杜丽颖满意了。

医院体检结束后，秦志方回到家里，想把情况给爷爷汇报一下。爷爷没在客厅里，秦志方走到爷爷房间门前，轻轻敲门：“爷爷，您在吗?”“进来吧!”听到秦玉勇在房间里说。

秦志方推开门走进房间，看到爷爷坐在一只马扎上，床上铺着一张《西藏日报》，秦玉勇低头专心致志地看报。秦志方知道爷爷对《西藏日报》有种特殊的感情，一直订阅，每天读《西藏日报》是他雷打不动的生活习惯。

房间靠窗的角落是专门放《西藏日报》的地方。等到报纸摞得有一人多高的时候，就把报纸挪到地下室去存放。在秦志方印象里，爷爷不允许处理《西藏日报》，以前居住的地方不宽敞，爷爷特意在他上班的毛笔厂的旧仓库找了一个地方存放报纸……秦志方弄不明白爷爷为什么对《西藏日报》情有独钟。中国出版的报纸这么多，适合老年人阅读的报纸杂志有的是，他为什么这样偏爱《西藏日报》呢?

看完《西藏日报》，秦玉勇小心翼翼地把报纸折叠起来，放到床头柜上。“爷爷，我体检完了，应该没什么问题，能去西藏。”秦志方说。秦玉勇点点头：“年轻人就该这样，到西藏去看看，那里与济南比是另一番天地，会有很大的收获。”他看到秦志方吞吞吐吐有话要说的样子，问：“你有什么事要给爷爷说吗?”“也没什么要紧的事。”秦志方心里拿不准，说还是不说。“不要紧的事也是事啊，你说。”秦玉勇催促。

看到爷爷的这种态度，秦志方决定不再憋着了。“爷爷，我想知道，您为什么这么支持我参加藏中联网工程建设呢？”“你想知道这个啊？”秦玉勇抬头看看满脸疑惑的秦志方，“你不知道爷爷当年参加过川藏公路建设啊？”“知道啊，所以您大力支持我去西藏，是不是？”秦志方坐到床沿上，想听爷爷怎么说。“以前给你说得不完整，如果这次你真的去西藏，爷爷有事想让你办。”这句话让秦志方有点发蒙，没听说爷爷在西藏有什么人联系啊，想让自己替他办什么事呢？怪不得爷爷这么支持去西藏呢，原来他有小秘密啊，一直藏着呢！

心里正想着，秦志方听到爷爷招呼：“你把床下的箱子拿出来！”秦志方弯下腰，从床底下拽出小木箱子。对这个小木箱子秦志方并不陌生，就是不知道里面装的是什么，爷爷不许别人碰。里面装的什么，秦志方不知道，那是爷爷不想说的秘密。

没想到今天问爷爷为什么支持自己去西藏，他让把小木箱子拿出来，去西藏和它有什么关系呢？

“爷爷以前给你说过在西藏参加川藏公路建设的事，都是零零碎碎的。今天给你详细说说爷爷当年在西藏的事，为什么支持你去西藏。”秦玉勇声音低缓，神色肃穆，这种情形在秦志方印象里从来没有过。秦玉勇拿出小木箱里的日记本，打开，扉页上写着两行字：

“特别能吃苦、特别能战斗、特别能忍耐、特别能团结、特别能奉献。”

“一不怕死，二不怕苦；顽强拼搏，甘当路石；军民一家，民族团结。”

“这上面第一行是‘老西藏精神’。下面第二行是‘两路精神’。”秦玉勇解释，“‘两路’指的是川藏公路和青藏公路，我给你讲过的。”秦玉勇用手摸着日记本，缓缓地说，完全沉浸在往事回忆之中。

20世纪50年代以前，内地没有通往西藏的公路，西藏当地的所有交通运输靠人力、畜力完成。1950年，为了解放西藏，中共中央决定“一面进军，一面修路”。于是，第一条进藏公路开始修建，这条公路从四川雅安到拉萨，称为“康藏公路”。当时雅安为西康省省会，后西康撤省，辖区归四川，康藏公路改称“川藏公路”。

当时中共中央决定中国人民解放军十八军进藏。因为六十二军已进入雅安，从六十二军一八五师抽调人员作为十八军进入西藏的前锋，26岁的秦玉勇就是从一八五师编进前锋队进入西藏的。同时，交通部还征集大批筑路民工，随同筑路部队一起参加川藏公路施工。

1950年2月，筑路大军奔赴雪域高原。参与修路的第一期人员有十多万——包括解放军、工程技术人员和民工。横在筑路战士们面前的是十四座终年积雪的大山，这里自然环境非常恶劣。十余万人的筑路工具是钢钎、铁锤、镐头这些基本的工具。整整修路四年，硬是在人迹罕至的崇山峻岭中修建了西藏自古以来的第一条公路。

在高海拔地区，很多人出现剧烈的高原反应，遇到前所未有的考验。公路是在崇山峻岭中靠一锹一镐开出来的。地质条件恶劣，经常出现塌方、崩石、泥石流等自然灾害，防不胜防。大小不等的滑坡和塌方连续不断，施工难度极大。

秦玉勇在先锋队二大队参加施工，全队总共有部队官兵和民工四百多人。他们好不容易在山洼里找到露营的地方，帐篷密密麻麻一个挨着一个。

住的条件艰苦，吃的喝的也供应不上。饮水就地取材——把山上的积雪收集起来，放到大锅里。在大锅下面点上柴火，把雪化成水。

这天早上，秦玉勇和战友卢宏斌吃完饭，和其他筑路战士一起匆匆忙忙赶到筑路工地。因为这段路特殊难修，队长要求大家抓紧时间赶进度。

要修的路在陡坡的半山腰，半山腰的坡度超过八十度，几乎就是直上直下。在半山腰修路没有什么做保险，唯一的保险就是从陡坡上顺下来一条绳子，系在修路战士的腰间。特别怕刮大风，西藏的大风吹起来十分猛烈，飞沙走石，人在陡坡的半山腰根本站不住。一旦被大风在半空中吹起来，又抓不住东西停下的话，就十分危险了。昨天，一个战士就是被大风吹起来后，系在腰间的绳子在岩石上摩擦断了，掉在陡坡下的怒江里。大家眼看着他被汹涌的江水吞没……

根据这几天的规律，大风在下午的时候最猛烈。为避免这样的牺牲，二大队长决定，起早修路，在下午刮大风的时候暂时停工，避开风头。

昨天收工的时候，修路用的钢钎和大铁锤都放在工地上。干这个活不需要什么技术，一人撑钢钎，一人抡大锤砸钎。砸一下钢钎，撑钢钎的要转动一下钢钎，接着再砸。钢钎一般是一米多长，不断地磨损，很快就变短了。一米多长的时候，撑钢钎的人不太担心大锤砸到手，可以把握钢钎的双手放得低一点，即使抡大锤失去准头，砸到手上有个缓冲，不至于受伤太重。钢钎越短越危险，握钢钎的双手越容易被砸伤。在筑路工地上，经常看到手上缠着白纱布的战士，他们轻伤不下火线。

为了给砸伤手的战士进行处理，队里的卫生员展怡美就成为筑路工地上最忙碌的人。除此之外，有的战士和民工出现高原反应，她也要及时赶到现场帮助处置。

秦玉勇和展怡美认识是因为战友卢宏斌的缘故。卢宏斌和展怡美是老乡，在一个村子长大的，青梅竹马，还是娃娃亲。两个人一起参军，一起到筑路部队。展怡美有点好吃的从来不舍得吃，来找卢宏斌一起分享。有时候，秦玉勇也会跟着沾光，弄得他不好意思。“以后展怡美来找你，你别招呼我。”“战友嘛，有好事不能把你落下啊！”卢宏斌很诚恳，他就是这样实实在在的人。展怡美给秦玉勇留下非常好的印象，不仅长得好看，心眼也好，还会唱歌。她经常在战士们休息的时候，给大家唱几首歌。战士们都叫她“筑路队的百灵鸟”。

两个人跟着筑路队来到工地，找到昨天干活的地方，看到放在地上的大锤和钢钎。施工队规定，钢钎用到二尺的时候，可以换新的钢钎。因为太短了，扶钢钎的人容易被砸手。战士为了节约，都自觉地把钢钎用到一尺六七的时候才换新的。秦玉勇用的这根钢钎更短，只有一尺五六。

“钢钎太短了，换新的吧！”卢宏斌看看秦玉勇手里的钢钎，提醒他。“再用一上午，下午换新的。”秦玉勇催促，“抓紧时间快干吧！”卢宏斌往手心里吐口吐沫，把大锤抡起来。

“叮当”。

“叮当”。

“叮当”。

……

大锤砸在钢钎上的声音此起彼伏，像是奏响一曲筑路乐章。

每个人都铆足劲儿，抓紧时间干。

这条公路是送给西藏人民最大的礼物啊！

有了公路，西藏人民才能走出高原，看到更广阔的天地啊！

有了公路，西藏人民才能更好地与外界交流，打开眼界啊！

虽然很苦，虽然很累，想想公路通车后为西藏打开通向外界的大门，他觉得也值了，这是他这辈子最大的荣耀啊！

秦玉勇完全沉浸在对美好未来的想象中。

忽然一阵大风吹过来，卢宏斌轮锤的手一偏，大锤砸到秦玉勇的左手上。“啊呀！”两个人几乎同时叫起来。卢宏斌抱歉地说：“你看这事弄得……”“这有什么大惊小怪的啊，砸手不是太平常了吗？”秦玉勇安慰他，低头看看左手，肿胀得像个馒头。

“卫生员——”卢宏斌仰起头大声喊起来。

陡坡上面，展怡美出现了，大声问：“谁受伤了？”“秦玉勇手砸了，快来！”卢宏斌喊着，展怡美大声说：“上来吧！我没法下去啊！”

在卢宏斌的帮助下，秦玉勇爬上陡坡。展怡美看了看他的左手，捏了一下。“哎呀！”秦玉勇禁不住大声叫起来，疼得脑门冒汗。

“很厉害吗?”卢宏斌有些焦虑。

“可能是骨折了。”展怡美做出判断,“骨折我处理不了,必须回卫生所找大夫处理。”“快走吧!”卢宏斌催促着。展怡美说:“正好我要回卫生所拿绷带,今天受伤的人多,绷带不够用。”“小心啊!”卢宏斌叮嘱一句,看着秦玉勇和展怡美走了。

两个人为了快点回卫生所,从一处悬崖下抄近路走。

他们忽然听到头上有响动。

展怡美抬头看,发现上面的石头塌方了。来不及叫秦玉勇躲开,她一下扑到秦玉勇身上。接着,几块大石头落下来,有的砸到展怡美头上,有的砸到秦玉勇的左腿上……

醒来的时候,秦玉勇已经躺在医院的病床上了。他的左腿缠满绷带,渗出了血。医生告诉秦玉勇,左腿伤得太厉害没法处置,必须转到巴塘的部队医院去。秦玉勇问:“还能治好吧?”医生含糊其辞:“看情况吧……”

一个施工小组的战友来看望秦玉勇,唯独不见卢宏斌,秦玉勇隐隐有一种不祥的感觉,急忙问:“展怡美还好吧?”几个战友霎时憋不住了,眼泪犹如断线的珠子:“她牺牲了,卢宏斌在料理后事……”“都是因为我啊!”秦玉勇两只拳头捶打着病床,号啕大哭……

几个战友安慰秦玉勇好好养伤,发生这样的事是谁都不愿意看到的。把伤养好,早日回来参加施工,就是对展怡美最好的纪念……秦玉勇叮嘱战友:“如果卢宏斌能来看我的话,请他把那根短钢钎拿来,我想保存它作永久的纪念。如果可能的话,请他带一张展怡美的照片……”

当天下午，卢宏斌匆匆忙忙赶到医院。见到秦玉勇，两个人抱头号啕大哭。卢宏斌拿来他俩用的那根短钢钎，还有一张展怡美的照片。秦玉勇问："把她安葬在什么地方了？""就近安葬的，我有时间就去看看她，别让她一个人太孤单了……"卢宏斌说着，眼泪禁不住"哗"地流下来……

"都怨我啊……"不等秦玉勇说完，卢宏斌捂住他的嘴："你好好养伤，争取早点回来。我们在一起继续修路……"

因伤势严重，秦玉勇需要马上转院。正好有一辆汽车去巴塘，医生安排秦玉勇搭乘这辆汽车走……

一心想重回到筑路部队的秦玉勇没有如愿。

转到巴塘的部队医院后，因腿伤无法医治，最后只能截肢，秦玉勇失去半条左腿成为残疾人。伤好后，他被安排退伍，到济南一家毛笔厂上班。随身带的小木箱里放着三样东西：一根短钢钎、一本日记、一张展怡美的照片。

短钢钎让他永远怀念难忘的筑路岁月，日记里记载他无悔的青春岁月，展怡美的照片让他时刻不忘自己的救命恩人。

退伍到毛笔厂之后，秦玉勇给卢宏斌写了好几封信，都被退回来，原因是"地址不详"。筑路部队是移动的，修好一段路就往前移动，再修下一段路。秦玉勇写的收信地址还是自己筑路时的大概地址，邮局无法找到具体收信人……这成为秦玉勇的一块心病。

在毛笔厂工作那些年，秦玉勇没间断地给原部队写信，想知道自己所在的筑路部队战友的去向……筑路部队1950年2月进入西藏，一直到1954年4月公路通车，中间不断移动，变化很大。

川藏公路建设完成，部队进行修整，番号有了变化，很多战士退伍后回到地方。加上条件限制，想找到原部队的人太难了……

他最大的心愿是想知道卢宏斌退伍后去了什么地方，展怡美安葬在哪里？哪怕自己去不了西藏，委托他人在展怡美墓前献一束鲜花也好，这样也能表达他对展怡美由衷的敬意和怀念。但是，他的心愿一直没有实现。

退伍后回到济南，秦玉勇依旧在千方百计打听。按理说，展怡美牺牲后安葬在当初公路施工不远的地方，不难找。他多方询问的结果是，那里的确有一处墓地，安葬牺牲的筑路部队战士，但没有展怡美的墓。这不是太奇怪了吗？难道卢宏斌把她安葬到别的地方了？不可能啊！但确实找不到她的墓地了。

秦玉勇退伍后开始订阅《西藏日报》，毛笔厂的工友都不理解，为什么要订这份报纸啊，用处不大呀？他们不知道秦玉勇心里对西藏一直有个情结，一辈子解不开。每次从收发室取回《西藏日报》，他都从头至尾认真阅读，生怕漏掉什么。他最想得到的信息是展怡美的墓地在什么地方。有生之年还能为她献一束鲜花吗？哪怕委托别人献花，也算完成了自己的一桩心愿啊！

支持秦志方去西藏，一是觉得年轻人应该到最艰苦的地方锻炼，实现抱负；另一方面，是想让孙子帮自己打听展怡美的墓地在哪里，卢宏斌退伍后去了什么地方。

他从筑路部队退伍已经六十多年了，筑路情结永远藏在心底。回想起来，他禁不住热泪盈眶。那些人、那些事常常像电影一样从脑海里一一闪过。秦玉勇禁不住在心里呼唤：亲爱的战友，你们在哪儿啊……

第四章　拉萨中转站

十天以后，杜丽颖满心欢喜地来到婚纱影楼。她感觉有点不对劲儿，以前不管在哪里约会，秦志方都是早早来等着她的。何况拍婚纱照这么大的事情了，他竟然没有提前，这不是反常吗？

杜丽颖从手包里拿出手机，站在婚纱影楼门前给秦志方打电话，口气很不满："喂，秦志方，我到婚纱影楼了，你这么还没到啊，磨蹭什么呢？啥，你不来了！"秦志方的回答叫她大吃一惊。"为什么啊？我们和婚纱影楼已经订好的，不拍婚纱照要付违约金啊！你有什么急事不来啊，你在哪儿呢？"杜丽颖连珠炮似的发问。

飞机场候机楼内，山东送变电公司西藏藏中联网工程26标段项目部的员工列队站好，项目部经理张立强手拿花名册准备点名。

之前给每个员工发了施工手册，让大家利用在飞机场候机时间和乘坐飞机的时间，好好看看。

张立强按花名册点名："丁浩宸 、马韬 、王心田、牛雪红、曲鹏、孙书范、孙秀华、李文涛 、汪孝男、郑少南、石建旺、王相英、周铁虎、郭振华，邱弘毅、宫福清、管又飞……"

每个叫到名字的员工都喊声“到”。

点名完毕，张立强讲话：“同志们，我们都是第一次去西藏，大家对西藏人生地不熟，虽然打前站的同志做了一些准备，但肯定会发生一些预料不到的情况，大家要有思想准备。我把大家带到西藏，就要一个不落地安安全全地带回来。有人可能会有高原反应，出现高原反应后先吸氧，不行再找黄大夫处置。坚持不了的不要勉强，赶紧回来……”

不知道谁的手机忽然响了，张立强不受干扰继续往下讲。秦志方急忙拿出手机看，来电显示杜丽颖的手机号，他快步走到旁边接电话。

“你干什么呢？”手机里传出杜丽颖的大嗓门，她很少这样说话，平时都慢声细语的。一听就知道她火了，秦志方赶紧说：“丽颖，对不起，我没找领导说不去西藏。”“你说什么？骗我啊！”杜丽颖声音更高了，火气更大。

“我在飞机场呢，准备去西藏……”秦志方说话像蚊子。“听不清，怎么这么吵啊，好像是飞机场啊？”杜丽颖大声问。秦志方知道瞒不住，原来的想法是到西藏后给杜丽颖说明情况，现在只得改变计划。“我不能去婚纱影楼了，我要去西藏，准备登机了……”“哇”的一声，杜丽颖哭了：“我去机场找你，必须给我说清楚！”

杜丽颖走到停在路边的轿车前，打开车门上车，发动机器，一脚油门，轿车猛地冲过去了，吓得路人直躲。“妈呀，这女的开车不要命啊！”一个行人吓得捂住胸口。

她用最快的速度赶往机场，刚停下车就看见一架客机起飞了。再打电话，响起的是提示音："对不起，您拨打的电话已经关机!"

秦志方就坐在这架刚起飞的飞机上。

杜丽颖仰头望着越飞越远的飞机，眼泪止不住地扑簌簌流下来。她使劲拍打着汽车的引擎盖，仿佛要把心里的怒火都发泄在这车上……

她昏昏沉沉地回到家。母亲看到杜丽颖的脸色不好，问她怎么了，她也不说话。她走进自己的房间关上门，一头扑到床上，号啕大哭。

母亲手足无措，推推门，里面反锁了，急忙问："孩子，你怎么了?""我要和他离婚!"母亲一愣，这是闹的哪一出啊，才领了证，怎么就离婚啊？真是耍小孩子脾气。不管怎么劝，杜丽颖都不听，关在房间里哭……

过了一会儿，在外面和牌友打牌的父亲回来了。杜丽颖母亲赶紧把他拉到女儿门前，用手比画比画，里面抽抽搭搭的哭泣声传出来。"怎么了?"父亲问，母亲摇摇头。父亲往门前凑凑："别哭了，出来吃饭吧。不就是去西藏没告诉你吗?"房间里的哭声戛然而止。"你怎么知道的?"杜丽颖母亲瞪着眼睛问。"害怕丽颖扯后腿走不了，先斩后奏呗，想当初你不是也这样吗?"杜丽颖母亲使劲怼他一下，这个死老头子哪壶不开提哪壶，如果是这样就没什么好担心的，自己还能做女儿的思想工作呢……

没到西藏之前，秦志方去过不少名山大川。一个去过西藏的邻居对他说，只有到了西藏，才知道什么是崇山峻岭，什么是巍峨壮观。他想象不出来，邻居说的巍峨壮观是一种什么形态。

电建施工用的车辆机械从铁路运送到拉萨。这么大的工程，如果没有青藏铁路，无法想象怎么运送到西藏来。没有这些车辆机械，无法想象藏中联网工程建设怎么进行。这一切都要归功于改革开放四十多年取得的巨大成就。

26标段项目部全体人员在拉萨休整两天，以便适应高原气候和环境。有剧烈高原反应、不适合在西藏工作的员工安排返回内地，任何时候都要保证生命安全。

项目部人员被安排在酒店休息。张立强没闲着，他和副经理周铁虎一起到藏中联网物资公司拉萨中转站去联系施工机械和材料运输的工作。

藏中联网物资公司是专门为这个工程成立的，分为四个中转中心，指定四川、云南、西藏的五个火车站为卸货车站，拉萨火车站是其中之一，同时在拉萨设立中转站。在西藏施工，每年的黄金时间是6月至10月。施工用的各种设备和材料运输集中在这几个月。要保证设备和材料及时供应，又要在运输中不出问题，中转站的员工说“压力如山”。

对输电线路工地需要的机械和材料都是仔细测算好的，既不能耽误施工队使用，又不能提前到达太早，以免积压在中转站，耽误其他材料进场。根据总指挥部的情况通报，中转站路站长在一星期之前知道山东送变电公司26标段项目部到达的准确日期。按照这个日期，必须准备好项目部需要的机械和材料，还有运输车队，和项目部一起走。

路站长马上与26号项目部经理联系，两个人一通电话，他非常高兴，张立强原来是他在东北电力大学读书时的校友。两个人在电话里互相寒暄几句，赶紧切入正题。路站长问清项目部人员什么时间到达，停留多长时间，需要随队带走那些机械和物资……他让张立强通过电子邮箱发份清单，他先要与藏中联网工程物资公司下达的26标段项目部设备和物资清单相对照，按照清单做好准备，以免耽误项目部行程。

路站长职务级别不高，压力却很大。运输距离长、道路条件差、环境天气恶劣。部分运输路线长达6000公里，公路、水路、铁路换装环节多，进藏铁路资源协调困难。中间有一个环节出现问题，下一个环节就衔接不上，容易出问题。

设备到西藏以后，困难更多。通往西藏东部的公路地质灾害和水毁频发，通麦天险、七十二拐、怒江天险等路段都在东部318国道上。电力设备中有一些超大件，运输面临的困难为国内500千伏输电线路工程有史以来之最。

这些需要运送的电力设备的60%从拉萨中转站接收后再运输到各项目部工地。出现在供货单上的只是一些数字，落到路站长肩头就是艰巨任务，必须保证准确、及时、顺畅、到位……设备、物资的交货地点为施工现场车板交货。平均每台大件设备运输里程为4148公里。线路物资采取两程转运方式，累计接卸铁路车皮近2600个；公路运输转运7586辆次，累计运输里程750万公里，是地球和月球距离的19倍，相当于绕地球赤道187圈。

高原气候多变，冬季寒冷而漫长，有效施工工期短，对电力设备和物资供应周期提出了严苛要求。为满足工程施工进度要求，必须在2017年工程冬歇期之前完成所有主要设备进场工作和线路物资供应工作。要万无一失地完成这样大规模的物资供应工作，谈何容易。

路站长准备了两个手机，防止在关键时刻手机出现问题。他面对的不仅仅是一些冷冰冰的电力设备，这些设备好像一队队出征的战士，在他的指挥下有序地输送到施工地。他像一只停不下来的陀螺，晚上睡觉有点动静就会惊醒，怀疑是不是有电话，满脑子转的就是车皮、卡车、设备……

打开电脑，登录中转站公共邮箱，看到收件提示有邮件，是张立强发来的。赶紧打开邮件下载，然后打印。物资清单上分门别类列着26标段项目部去芒康工地所需的设备和物资。路站长打开物资调拨单，查看最近一周物资到货情况。还好，26标段需要的设备和物资大部分已经到达，只有三台抱杆设备今天晚上到达。铁路调度部门通知，今天晚上有五个车皮的物资到货。中转站设在拉萨火车站的存货场，那里刚好可以放置五个车皮的物资。他可以安心睡几个小时，等待车皮到站。

刚躺下迷糊了一会儿，手机忽然响起来。路站长打个激灵，一下坐起来，拿起放在枕头旁边的手机："喂。""是路站长吗？"打电话的人问。"是我啊。"路站长刚才接电话时看了手机来电号码，是拉萨火车站货运宋调度的。"宋调度，有事……"没等路站长说完，宋调度赶紧说："明天凌晨三点，要有货运列车到站，有你们二十五个车皮。"路站长蒙了："不是说五个车皮吗？怎么变成二十五个车皮了。""是临时加挂的，准备好人卸货，别耽误了！"说完，宋调度挂断电话。

路站长立马睡意全无，事情来得太突然了，叫路站长措手不及。中转站车站存货场已经是饱和状态，能再放五个车皮的设备物资。忽然多出二十五个车皮的设备和物资，往哪里放啊？必须把存货场的设备和物资转运到中转站设在市郊的储备仓库，把存货场腾出来。中转站的员工建了一个工作群，平时有工作都在群里安排。他看看手机显示的时间，快十一点了，离凌晨三点还有四个钟头。装卸工平常都是临时招的，这么晚肯定找不到装卸工了，只能自己的人来干。在工作群里发消息通知，白天没什么问题，这么晚有人睡下没看见怎么办？路站长赶紧给几个主管打电话，让他们分别通知员工，立刻到车站装卸设备和物资。

装卸的事情安排完，路站长接着打电话给川通运输公司的运输队长孙永清："赶快把司机召集起来，到车站运货！""你们真够拼命的，也不管什么时候。"孙永清显然不满意，运输公司和中转站协作以来，他算是领教什么叫"雷厉风行"了。"一定要快啊！凌晨三点有二十五车皮的设备和物资呢！"孙永清感觉头有点大，也太拼命了吧！"赶紧叫人啊！"路站长补充一句，"多补加班费。"

四十多分钟后，中转站的全体员工赶到拉萨火车站。运输公司的孙永清带着六辆大卡车也到了存货场，拉开了"大战"的架势。路站长说："必须抓紧时间运出一部分设备和物资到中转站货场，把地方腾出来。"他说完挥挥手，带领大家进入存货场。

时间实在紧张，大型设备因为缺少起重机械，无法搬动。好在放置设备和物资时，按照不同门类进行存放，迅速找到人工可以装卸的物资，像尺寸短的铁塔件、金具、绝缘子等，先往卡车上装。在平时，装卸工装货的时候，不管卡车司机的事，他们或找个允许抽烟的地方抽烟，或在驾驶室里玩手机。今晚上被中转站的员工感动了：人家真是拼啊！咱也不能袖手旁观啊！

凌晨两点半，拉萨火车站存货场开出最后一辆卡车，看到空出来的一大块场地，路站长长长地出了一口气：总算有地方存放二十五个车皮的设备和物资了。疲惫不堪的中转站员工坐在地上休息，有的直接躺在地上。他们多数人是从内地来的，能适应在拉萨工作就不容易了，出力气当装卸工真难为他们了。路站长大心眼里向这些员工致敬。

路站长忽然想到一件事：一会儿要进站二十五个车皮啊，靠中转站的员工连续装卸恐怕是不行了，有人已经开始呕吐，怎么办啊？

路站长心急火燎，抓耳挠腮，急中生智，能不能向拉萨供电公司求援呢？路站长心想，凌晨两点钟打扰人家确实不合适，可这个时候也不能顾及太多了，完成装卸任务要紧，这批设备和物资里有26项目部需要带走的抱杆，不能耽误了。他记得手机里存了拉萨供电公司一位副经理的电话号码，赶紧在手机联系人电话号码里找出来。关键时刻，希望对方提供帮助。

电话打通了，这位副经理在梦中被惊醒，听完路站长说明情况，只说了一句“你放心”。路站长心里的石头，总算落地了……

第五章　玛吉阿米餐厅

来到拉萨的第二天，项目部准许员工自由活动，自由组合，最少三人一组，以防出现意外情况，有事情要及时汇报。

很多员工想借这个机会去布达拉宫，那是很多人向往的地方。有句话说“没到布达拉宫等于没去过西藏”。遗憾的是，参观布达拉宫要提前预约，否则无法进入。项目部员工不了解参观需要预约，只好作罢，等到以后再找机会了。多数人瞄准了第二个目标——大昭寺。

秦志方一行人来到大昭寺门前，看到两根高大的五彩经幡在阳光下猎猎飘动，庄严肃穆。大昭寺门口有许多信徒磕等身长头，门口的石头地板被磨得光亮如镜。昨晚，秦志方从手机上查找大昭寺的资料，今天来参观现学现卖，边走边给李文涛、邱弘毅介绍大昭寺的来历。

大昭寺建于唐朝贞观年间。公元7世纪，吐蕃在松赞干布的治理下，势力强大。富有政治远见的松赞干布先迎娶了邻国尼泊尔的尺尊公主，然后又派大臣到长安求婚。大昭寺就是松赞干布为纪念尺尊公主入藏修建的，佛殿中供奉着文成公主入藏时从长安带来的释迦牟尼十二岁时的等身镀金像。

他们走进大昭寺正门，大昭寺最早的建筑都从正门开始，外院是后来修建、扩充的。大殿左右各有一尊巨大的佛像，左侧为宁玛派创始人密宗大师莲花生塑像，右侧是未来佛塑像。

入口处有三根石柱，其中一根用汉藏两种文字刻着公元823年签订的唐蕃会盟书。入正门沿顺时针方向是一处宽阔的露天庭院，这里早期是规模盛大的拉萨祈愿大法会的场所。往前走是大昭寺的主体——著名的“觉康”佛殿。佛堂呈密闭式院落，中央大经堂是大昭寺僧人诵经修法的场所。围绕佛殿的是庭院式转经回廊，庭院四周的柱廊壁与转经回廊壁上的壁画，因满绘佛像被称为“千佛廊”。

大昭寺色彩绚烂，每一间窗格都精雕细刻，每一块门帘都绘着富有藏族特色的图案，寺庙的金顶在夕阳下闪着灿烂的光芒。

环大昭寺内中心的释迦牟尼佛殿一圈称为“囊廓”，环大昭寺外墙一圈称为“八廓”。大昭寺外辐射出的街道叫“八廓街”，即八角街。以大昭寺为中心，将布达拉宫、药王山、小昭寺包括进来的一大圈称为“林廓”。这从内到外的三个环形，便是信徒们行转经仪式的路线。八廓街上，行人川流不息。秦志方等人顺着人流往前走，在这里有不走回头路的说法。

八廓街周围是清一色的藏式建筑，具有浓郁的藏族生活气息。这里是购物街区，有许多小店、货摊，给人留下了深刻印象。秦志方非常想去一个地方——玛吉阿米餐厅。去拉萨的游客少不了去一趟八廓街上的玛吉阿米餐厅，这是一个网红餐厅，深受游客欢迎。

“你俩和我去玛吉阿米餐厅吗?”秦志方问李文涛和邱弘毅。此刻，他们离坐落在八廓街东南角玛吉阿米餐厅已经不远了。

“这么多人都去这个餐厅，有什么说法吗?”李文涛看了看拍照的游客，转过头问秦志方。“据说这里是活佛仓央嘉措与情人幽会的地方，所以很多人都会来这里一探究竟。”听到秦志方回答，李文涛对玛吉阿米餐厅产生兴趣：“咱们进去看看。”三个人朝玛吉阿米餐厅走去。

六世达赖喇嘛仓央嘉措是西藏历史上的著名人物，也是诗人，在诗词创作方面有很深的造诣。进入布达拉宫后，仓央嘉措厌倦深宫中单调的生活，一直怀念多彩的田园生活，思念自己的情人玛吉阿米。他经常在晚上穿着便服外出，与玛吉阿米约会。玛吉阿米餐厅的位置当时有一处房子，见证他们的浪漫爱情。

多少年过去了，很多人都被历史的尘埃淹没。仓央嘉措和他的诗却像山中的格桑花，盛开在青藏高原和人们的心中，永不凋谢。

秦志方和杜丽颖喜欢读仓央嘉措写的热情奔放的情诗，两个人一起阅读《情歌》诗集，里面的诗文字优美，简洁生动，无限深情，深深地感染着他们。杜丽颖说：“如果有机会，我一定去拉萨的玛吉阿米餐厅看看。”他知道杜丽颖的愿望，自己先来感受一下。特别是在他和杜丽颖有矛盾的时候，他希望能把自己的感受传达给杜丽颖，请她原谅自己的不辞而别。

玛吉阿米餐厅吃饭的人挺多，排队的游客中还有好几位黄头发、蓝眼珠的外国游客，一边排队一边用英语交流。秦志方虽然不能全听明白，大意还是听懂了，说的是仓央嘉措和他的诗歌。

与其他餐馆、酒店不同，玛吉阿米餐厅的每个餐桌上都有留言本，供游客写下自己的感言。秦志方打开留言本，看到上面不仅有汉字写的感言，还有英文、法文等写的感言。上面有的写的是世界各地旅游者在这里的感受。有的在上面写着给情人想说的话。当留言本用完后，有的游客就把向情人表白的话写在餐巾纸上，夹在留言本中，这成为一种独特的餐饮文化。

排队等了半个小时，终于轮到他们点餐了。三人要了一个石锅鸡，还有林芝的烤藏香猪和土制血肠，主食是荞麦饼。这是他们第一次吃正宗的藏族饭菜，李文涛和邱弘毅一边吃一边听秦志方讲仓央嘉措的故事。他写的“人间正道是沧桑，不负如来不负卿”不知触动了多少人的心弦……

说到动情处，秦志方不由得想起杜丽颖，即兴朗诵仓央嘉措写的一首诗。

因为心中热烈的爱慕，
问伊是否做我的亲密的伴侣？
伊说：若非死别，绝不生离。

刚朗诵完，李文涛禁不住鼓掌：“真好！”他眼里竟然泛起了泪光。李文涛不久前离婚了，原因是妻子忍受不了他一年四季不着家的日子。尽管现在通信发达，打电话、发微信、视频聊天等非常方便，但这与面对面在一起还是有很大差别。妻子觉得李文涛木讷，不懂得浪漫。特别是情人节的时候，看到身边的同事有人送来玫瑰花，心里更别扭：送变电的人就只知道干活吗？她感觉耗不起，向李文涛提出离婚。

两个人和平分手，办好离婚手续从民政局出来，李文涛心中空落落的，觉得自己有点可怜。送变电的工作性质就这样，输电线路、变电站总得有人干吧？年轻人不出外施工，让四五十岁的老员工出来吗？等自己熬到年龄就不用外出施工了，那时会有一个稳定的家吗？他看着手里的离婚证，鼻子不由得一酸……

看到李文涛热泪盈眶的样子，秦志方有点不知所措，他才意识到自己的朗诵触动了李文涛心底最柔软的地方……

第六章　进工地的路上

办公室里没有其他人，只有路站长趴在办公桌上打呼噜，声音很响，在外面就能听到。张立强推开门进来，实在不忍心叫醒他。他们为装卸设备和物资一直忙到天亮，人不是铁打的，总得有个喘息的工夫。张立强心想，再等一等，让他睡一会儿。

“嘟——”手机忽然响了，路站长一激灵就醒了，他已经养成习惯，只要手机响，一定会条件反射醒过来。看到张立强，路站长摆摆手：“我先接个电话啊！”“好，好。”张立强回应。“是我啊，二十五个车皮全部卸完了，你放心，田总。绝对不会耽误出货，不耽误他们出发。好的，保证万无一失。”路站长打完电话，对张立强说：“是物资公司的田总，问能不能保证给你们供货。”路站长给张立强倒了杯茶水，递给他后又说：“你们要的设备和物资没问题，放心好了！”张立强看着他发黑的眼圈，说：“你干的这个工作很辛苦啊！”“干藏中联网工程的，没有轻松的，哪个不辛苦啊？”路站长端起茶杯喝口茶水，“这是藏茶，喝得习惯吧？”“还行，听说酥油茶汉族人喝不习惯。”张立强一边喝茶一边说。路站长笑了：“常喝就习惯了，习惯了就自然了。”两个人笑起来。路站长问：“你是想提货吗?”张立强点头：“明天一早走，今晚必须把设备装好。”

26标段的设备主要是前期施工需要的机械，钻孔机、打桩机、搅拌机和挖掘机需要大卡车运送。西藏318国道经过多次整修，路况已经大有改善，全部为柏油路面。但是道路狭窄的情况没有太大改观，像觉巴山、东达山等高山公路，急转弯多，塌方地段多，很容易引起交通事故。一旦发生交通事故，处理起来很麻烦，耗费时间也多。尤其是大型卡车在急转弯多的路段行驶更容易出现问题，必须谨慎对待。否则容易造成公路堵塞，会发生意外。

往项目部运输设备由协作单位完成，藏中联网工程物资公司拉萨中转站在成都找到川通运输公司。本想在拉萨本地找运输公司，因运输量太大一时找不到合适的公司，只能舍近求远。成都川通运输公司曾为青藏铁路物资公司运送过物资，有丰富的高原运送经验，拉萨中转站的运输任务都交给他们完成。拉萨中转站是甲方，川通运输公司是乙方。这种运输在内地采用的都是“大包”方式，乙方按照甲方要求，在规定时间把物资运输到甲方指定地点。甲乙双方按运输货物量，半月或一个月进行结算。

这样的运输方式在西藏遇到了挑战。运输车队在路上或走或停，什么时间吃饭、什么时间住宿、车出现问题修理需要多少时间……中转站把控不了。

各个中转站把问题进行梳理，汇报给藏中联网工程总指挥部。藏中联网工程总指挥部慎重研究后，决定分段设置安全检查点，在四川泸定瓦斯沟，西藏芒康如美、邦达，云南奔子栏设置四个固定安全检查点。

“我已通知川通运输公司的孙永清，一会儿来和你接头。他们有九辆车编进你们车队，和你们一起走。”路站长说。张立强接上：“我这是第一次和乙方车队编在一起，有什么要注意的，你给我交代一下。”路站长告诉他，因为是一个车队，路上要保持好联系。物资运送车队到达安检点，必须停车接受检查。“都检查什么呢?”张立强问。路站长回答：“检查车辆情况、物资捆绑情况、驾驶员身体状况等。一旦发现车辆问题及时处理，驾驶员出现身体不适情况及时治疗，这样能保证驾驶员安全驾驶。同时告诉驾驶员前方道路情况及注意事项。安检点还提供食宿保障等，对保证运输车辆安全行驶发挥了重要的作用。”

藏中联网工程的物资运送任务量大，运送距离长，运输要求高，社会关注度高，给运输公司带来很大压力。318国道海拔较高，气候多变，高山阴面的道路暗冰很多，加上自然灾害频发，稍不注意就会发生危险。之前驾驶员在运输中，何时停车检查车况、何时加油、吃饭等比较随意，潜藏一定的风险。安检点让驾驶员没有了后顾之忧。安检点的工作人员会对车辆、货物及驾驶员的身体状况进行全面检查，让驾驶员吃下“定心丸”。特别是风雨天、降雪天的时候，前方路况怎么样，需要注意哪些事项……工作人员都会提醒，发放安全须知卡，让驾驶员做到心中有数，遇到突发情况不至于慌乱。

说话的工夫，运输公司孙永清来了。路站长给两个人做了介绍：“你们从明天开始就是同路人了，要互相配合好啊!”两个人边握手边说“好”，三人一起离开办公室，去中转站货场。

中转站货场停了二十几辆卡车，有九辆车给26标段项目部装设备和物资，其他车辆是给别的项目部运输物资。一个材料员手拿一张材料清单，正在核对装在一辆卡车上的物资，塔材、角钢、连板、螺栓……一些镀锌塔材下面垫着草垫，这在以往的材料运输中还没见过。路站长解释："塔材是镀锌的，为防止运输中磕碰，特意放了草垫。藏中联网工程是百年大计，不能让施工材料出半点质量问题！"张立强心里有底了，工程从运输材料开始就严格要求，建成投运后，也一定是高质量的。

九辆卡车装好设备和物资，路站长上车检查。特别是装打桩机和挖掘机的四辆卡车，特意检查固定用的缆绳是不是牢靠，他叮嘱孙永清，路上对这几辆车要格外注意。

第二天，26标段项目部的车队从拉萨出发，一直向东。车队要经过林芝、波密、八宿、左贡，最后到达芒康，距离六百多公里。这个距离在山东汽车跑四五个小时就到了，但打前站的员工告诉大家，要走两天，让项目部的人有些意外。

车队行进的318国道经过色季拉山、业拉山、东达山、觉巴山、拉乌山等海拔四千多米的高山，还要经过七十二拐这样的险要路段。司机都是小心翼翼驾驶，车速跑不快，路况也不允许跑快。西藏山高路险，对汽车每小时的速度有严格限制。外地司机头一次在西藏驾驶车辆都是胆战心惊，丝毫不敢大意。

车队离开拉萨后，经过林芝八一镇，从林芝出来经过的第一座大山是色季拉山。路两边都是高耸入云的大山，山势陡峭。这里是典型的高山峡谷地区。有的大山露出灰白的岩石，像是被利斧劈出来一般。

看着公路两边的景色，坐在车里的秦志方和身边的人禁不住赞叹“太美了”。在秦志方的印象里，西藏生态状况不好，绿色植被不多。不曾想看到的却是另一番景象，完全颠覆了自己以前的臆测。前几天下过雪，盘山公路两侧还残留着积雪。这里的山路盘旋险峻。“快看啊，那里有个观景台！”坐在秦志方身边的郭振华忽然叫起来，手指路边用木头搭建的台子。

这是个观景台，旁边的一块木牌上写着 “色季拉山”“南迦巴瓦峰”，是用汉藏两种文字书写的。前面写的色季拉山是这座山峰的名字，后面写南迦巴瓦峰是告诉游客站在观景台，可以眺望南迦巴瓦峰。

在西藏很多地方都能看到这样的观景台，这是地方政府为方便游客观看风景搭建的，很受欢迎。天气好的时候，站在观景台上能够看到南迦巴瓦山的全貌。天气不好的时候它就隐藏在云雾中，让游客“不识庐山真面目”。南迦巴瓦峰是西藏林芝市最高的山峰，海拔7782米，它还有另一个名字“木卓巴尔山”。它终年积雪，云雾缭绕，不轻易露出真面目，也被称为“羞女峰”。在当地人心中，它是一座神圣的山峰。

色季拉山海拔4515米。路口有几个游客在拍照。因为赶时间，张立强没有让车队在色齐拉山口停留，大家心里有些遗憾。在这里，秦志方感觉胸闷，因为兴奋掩饰了不舒服，心想，但愿不要有剧烈的高原反应。

车队沿着蜿蜒的公路前行。卡车装着施工材料，车上插着一面红旗，印着醒目的大黄字“山东送变电公司藏中联网26标段项目部”。

车队中间的越野车上，张立强拿着对讲机，不时地与前边引导车上的李文涛联系，了解情况。放在越野车上的海拔测量仪显示海拔高度到4000米了。他手拿对讲机，提醒大家："现在海拔高度已经从3800米上升到4000米，谁有高原反应马上向我和黄大夫报告!"

对讲机响起通话声，是石建旺在讲话："报告，秦志方流鼻血了。"张立强关切地问："严重不?"对讲机传出秦志方声音："我有点头晕，能坚持。""不能大意，我们第一次来西藏，有情况赶紧报告!"张立强嘱咐。对讲机传来秦志方的声音："明白。"

这时，对讲机响起另一个声音，是周铁虎在讲话，很急迫："张经理！张经理!"张立强感觉有情况："请讲话!""邱弘毅出现高原反应，呼吸困难!"张立强忙说："赶紧报告黄大夫!"说完，他叫司机停车，自己下车向后面的车辆跑去。

一辆中型客车停在路边，几个员工把邱弘毅从车上抬下来。

随队的黄大夫从后面的一辆越野车上下来，一路小跑。跑到近前，黄大夫大声喊："快给他吸氧！把他平放在地上!"石建旺赶紧拿来一只小型氧气瓶，给邱弘毅鼻子里插氧气管。郭振华刚要打开氧气瓶阀门，被黄大夫制止："千万不要把氧气瓶阀门开太大，氧气猛地冲进肺部容易引起问题，慢慢打开氧气瓶阀门。"他边说边轻轻地打开氧气瓶阀门，邱弘毅开始吸氧。

张立强把黄大夫拉到一边，问道："黄大夫，不会有问题吧?""应该不会，再观察观察。"黄大夫走回邱弘毅身边，观察他的反应。黄大夫让石建旺拿来血压计，给邱弘毅量血压，如果血压没什么问题的话就不会有大问题。大家都很紧张，头一次来西藏，关于高原反应的事没少听说。在拉萨机场，他们看到一个内地来的游客刚下飞机，因为严重的高原反应就休克了，在机场进行急救。医生建议马上乘一下班飞机返回内地，这情景让大家心里有点发怵。

石建旺拿血压计，递给黄大夫。秦志方走过来，鼻子里还塞着棉花团。黄大夫一边给邱弘毅量血压，一边问秦志方："你没事吧？"秦志方说："我没事，能坚持。""感觉不好赶紧报告，这里不比内地，有问题不要硬挺，不然容易出问题！"

黄大夫盯着血压计上变化的数字。张立强问："行不行啊？千万不要出问题啊！"黄大夫又量一次血压，有些放心了："不要紧，休息一会儿，缓一缓。"看到邱弘毅呼吸平稳了，张立强出口气，心里多少安稳了些。

2003年夏天，张立强到山东送变电公司工作，先后参加过四个输电线路工程和三个变电站工程建设。参加第一座变电站建设时还是个毛头小伙子，身份是技术员。当时，特高压建设吸引了业界关注的目光。张立强参加工作不久就参加这样的变电站建设，很自豪，下决心努力工作，增长才干，为未来发展打基础。电站建设工地上，人们经常看到一个憨厚的小伙子手拿笔记本，跟在老师傅的身后问这问那。张立强屋子里的灯光经常亮到深夜，灯下有他孜孜不倦的学习身影……岁月流逝，他从稚嫩走向成熟，从技术员到项目部经理，担负起更重的担子和责任。

他常年在外奔波。女儿体质不好，家里还有老人需要照顾，张立强常年在外根本顾不上，只好让妻子辞职照顾家庭。

每当想起这些，他心里就满是愧疚。这次参加电力建设，他只有一个念头：高质量完成工程建设，不给山东电力丢脸。这次送变电公司组织26标段项目部，送变电公司领导几经研究，最后决定张立强担任项目部经理，不仅仅看中他的领导能力和管理水平，更看中他的敬业精神和高尚的人品。

临走前，他答应女儿，等到藏中联网工程完成了，一定在家里多待些日子，给女儿买喜欢的玩具，陪着女儿去儿童游乐园……

第七章　难忘的往事

车队沿着盘山公路下山，随着海拔高度下降，秦志方的高原反应有所减轻。秦志方从车窗里伸出脑袋往上仰，看到山峰耸入云间，昂然屹立，上面是皑皑白雪。山峰下的公路边是湍急的帕隆藏布江，雪白的浪花翻滚着奔向远方，“哗哗”的流水声在崇山峻岭间喧嚣……

这里的群山就在眼前，似乎伸手就可以摸到，很陡峭。西藏东部大部分是高山，在这里才能真正领会什么是“崇山峻岭”。

六月，西藏一年中的雨季。云追着山，山揽着云。蓝莹莹的天，绿茵茵的山，清凌凌的水。西藏的云是高山冰川汽化形成的，分为几层，有沉到山脚的，有浮在山腰的，有飘荡在山顶的。行走在天空的云，自由往来得更加随意、更加洒脱。西藏的天空永远有大朵大朵的白云在飘动，一会儿变成一群一群的羊群在漫步，一会儿又变成万匹骏马在无边的天际驰骋……

往公路下边看，尽是悬崖峭壁，看得秦志方有点发晕。不时有山风吹来，冲进车窗，裹挟着阵阵寒意。难怪工程指挥部提醒施工人员，一定要带好防寒的羽绒服。西藏这片神奇的土地，给大家带来了不一样的感受……

傍晚，车队到达鲁朗镇。根据计划，在这里住宿一晚上，明天继续往芒康的项目部驻地进发。鲁朗，藏语意为“龙王谷”，坐落在深山老林之中，这里是一片典型的高原草甸地带。两侧由灌木丛和茂密的云杉、松树组成鲁朗林海，中间是整齐划一的草甸。溪流蜿蜒，泉水潺潺，草坪上盛开着报春花、紫苑花、草梅花、马先蒿花等野花。颇具林区特色的木篱笆、木板屋、木头桥星罗棋布，勾画出一幅恬静优美的“山居图”。

鲁朗因独特的高原草甸风光吸引了四面八方的游客，每年都有外国人慕名而来。它被地方政府打造成闻名遐迩的“国际旅游小镇”。建筑与景观设计突出藏族文化元素，同时注重新技术、新材料的应用，提升鲁朗小镇城镇化水平，优化城镇功能，为游客提供一个高品质的文化空间。这里是西藏的旅游窗口。

他们事先在朗华酒店预订了房间，安排车队司机和几个高原反应厉害的项目部员工住下，项目部其他人分散到几家民宿居住。黄大夫拿着便携氧气瓶到朗华酒店，交给项目部有高原反应的员工，告诉他们：缺氧反应到深夜时会厉害一些，感觉呼吸困难一定要及时吸氧；如果胸闷厉害要及时给他打电话，以防不测。

鲁朗海拔稍低一些，周围植被茂盛，空气中的含氧量比其他地方高很多。秦志方感觉呼吸顺畅，头也不疼了。晚饭安排在当地人经营的饭店里，服务员把菜谱递给秦志方。他拿过一本菜谱，翻开看看，一边和李文涛、邱弘毅几个人商量，要哪些菜合适。几个人对本地菜不熟悉，请服务员推荐。

“你们尝尝萨干包和萨干汤吧。”服务员建议，并介绍什么是萨干。它是一种奶制品，颜色乳白透黄，细嫩柔韧，味甘甜清香。用萨干与牛羊肉调馅包的包子，就是萨干包，味道鲜美。在锅内下酥油加热，再下萨干，放少许糖或盐，就是萨干汤，饮之不腻。听服务员这么一说，几个人觉得不错，又要了松茸炒鸡和几个小菜。

服务员陆续把做好的菜端上餐桌，拿来两瓶青稞酒，问他们是不是喝一点。“好，放下吧！”秦志方让服务员把青稞酒放到桌子上，他不喝酒，其他人能喝点。到西藏不喝本地酒，好像没来过似的，喜欢喝酒的人都有这样一个想法。

饭菜做得不错，大家觉得挺好吃，基本吃光了。吃完饭，秦志方先结账，然后大家再把自己花的那份钱用微信转给他。秦志方、邱弘毅和李文涛决定一起转转。这次有机会来，下次有没有机会来还不一定呢，先一饱眼福，免得留遗憾。

鲁朗小镇只有一条主街道，路面整洁。三个人往前走，秦志方看到路边有一个邮局，门上有滚动的电子广告“24小时服务”。他停住脚步，说：“你俩稍等一会儿，我去邮局寄点东西。”从饭店出来的时候，李文涛看到秦志方背着一个背包，不知装了什么东西。看样子他要寄东西。“你往家里寄东西啊？”秦志方忙说：“不是往家里寄，给有关部门寄几份快递。”说着，他从背包里拿出几个邮政快递专用的大信封。邱弘毅感到奇怪：“寄什么东西还用专门跑到西藏来呀？在济南不是一样吗？”秦志方解释：“有的资料我是在这里才查到的，这次来西藏要帮我爷爷办个事。”李文涛不由得笑了：“你爷爷都那么大岁数了，有什么事儿需要在西藏办？”“这事一两句话说不清楚，有机会我给你们细说，你们也帮我打听。”说完，秦志方穿过马路，朝邮电局走去。

过了一会儿，秦志方从邮局里出来，招呼他俩往前走走。三个人走了二十多分钟，走出主要街道，看到一条小河，很多建筑临水而建，主要是藏族民居。湖水、小桥、草地错落有致，在灯光映照下格外迷人，有梦幻的感觉。秦志方忽然想到读过一篇旅游散文，描写鲁朗小镇：“春有山花烂漫，夏有绿树成荫，秋有层林尽染，冬有碧水蓝天，每时每刻都美成一幅画。七彩山林立于蓝天之下，色彩斑斓的枝叶相互交织，微风吹过好似蝴蝶翩翩起舞。草原如地毯般铺展开来，清脆的牛铃回荡，悠远而美好……”

不身临其境，体会不出小镇的美妙。三个人不停地夸赞，找不出更好的形容词了。秦志方忽然想到杜丽颖，她在干什么呢？如果两个人现在一起在小镇牵手旅游，该是多么浪漫的事啊！

看着秦志方有点神不守舍，李文涛问：“你想什么呢？”“我想要是杜丽颖在这里就好了，她一直想到西藏旅游呢！”秦志方回答。李文涛羡慕地说：“你俩是天生一对。”秦志方想起来，李文涛妻子也是医院护士，可惜离婚了，觉得挺遗憾的。害怕李文涛问自己和杜丽颖的事，也挺尴尬的，赶紧把话题岔开……

花了一个多钟头，三个人把小镇逛完了。沿着那条主街道往回走的时候，经过一个花店。孙永清抱着一束鲜花从里面出来，看到秦志方和李文涛，笑着打招呼：“你们也出来逛街啊！”“啊！”李文涛答应。“孙永清，买花啊！”秦志方举手和他打招呼。“别回去太晚了，明天起早走！”孙永清抱着鲜花走了。

看着孙永清背影，秦志方心里纳闷：大晚上的，他买花给谁呢？

第二天，项目部人员抓紧时间吃早饭，比预定时间提前半小时出发。

车队离开鲁朗小镇，继续向东赶路。离开小镇时，开始下雨。临出发时，孙永清找到张立强，说：“张经理，我坐最后一辆车，到排龙乡的时候，我有事要办，在那里停一会儿，不会耽误多久，能追上你们。”“排龙乡离公路多远啊？”张立强问，“路好走吗？”据他了解，当地除了318国道之外，乡村道路状况还不理想。孙永清说，排龙乡离公路不远，但路不好走。

车队从鲁朗小镇出发，经过曾经的通麦镇—排龙乡路段天险，这里号称“通麦坟场”，过去是川藏公路最危险的路段，比通麦镇东的古乡沟险路还要险。这段公路一边紧贴帕隆藏布江，一边是峭壁，路面狭窄，会车空间很小，悬崖上的石头摇摇欲坠，不时有石头脱落，泥石流等自然灾害频发。这里每年都会发生多起交通事故，有的司机在此连人带车一起坠江……

2016年之前，通麦镇—排龙乡的路段没有整修，司机谈之色变。

老虎嘴路况极为特殊，那里是个急转弯，路面狭窄。从上往下开车必须做好判断，到了急转弯的地方遇到下面有车辆开来很麻烦。交会的两辆车若是小型车辆还好点，都是大型货车就容易出危险。下面开上来的货车靠右行驶，贴着山崖，危险程度小一些。上面开下来的货车挨着公路外侧行驶，紧邻悬崖，下面是帕隆藏布江，一不小心就可能滑出公路，刹车不及时或者没有刹住，就会掉进帕隆藏布江。特殊的地理环境和特殊的山体、路基构造，使这段路集险、窄、陡于一身，每年都被损毁。虽然年年都有养路维修，但不能抵挡恶劣自然条件对这段路的严重毁坏。特别是每年雨季，公路泥泞不堪，山洪常常将山石冲下来。司机既要提防山上滚落的飞石，又要观察路面宽窄和即将往来的车辆，精神高度紧张。一些司机受不了这种精神折磨，不得不告别川藏公路……

孙永清在这条公路上跑运输二十年，是经验丰富的老司机了，但提起以前的通麦天险还是心有余悸。

跑川藏公路的第三年的夏天，他和三个同伴分别驾驶四辆卡车往拉萨送货，行驶到老虎嘴的时候，遇到大雨，道路一片泥泞，硬着头皮往前开。

雨蒙蒙，雾蒙蒙，车窗外灰蒙蒙一片，看不清周围情况。这种情形是司机最不愿意遇到的，他们睁大眼睛盯着路面，生怕有什么闪失。货车挡风玻璃前的雨刷不停地来回摆动，发出“沙沙”的响声。孙永清小心翼翼，对自己说：“小心！小心！”

握方向盘的手出了汗，左脚踩在刹车板上，不敢有丝毫大意，一点点往老虎嘴下面开。因紧张过度，他忘记按车喇叭提醒从下面上行的车辆注意。货车转过急转弯，刚想松口气，突然一辆小客车从雨幕中冲出来，同样没有响喇叭。两辆车同时躲避，小客车撞到山崖，大货车冲向悬崖。

拼命踩刹车，往回打方向盘，孙永清大脑一片空白……

货车往前滑行，一个前轮滑出公路边沿，势必要坠入下面的江中。孙永清满脑门冷汗，已经吓傻了，双手哆嗦，浑身筛糠，竟然忘了赶紧逃生。

千钧一发，车门突然被打开，一个中年人上来一把揪住孙永清的衣服，使劲把他拽出驾驶室。两个人跌落到地上，货车一边的两个轮子已经滑出公路，在惯性作用下栽进悬崖下的帕隆藏布江。

惊魂未定的孙永清爬起来，走到公路边探头看了看，只见货车的尾部迅速沉入江中……

这时候，孙永清才想到刚才出手施救的人。身边站着一个四十多岁的男人，穿着养路工作服。孙永清不由得紧紧握住他的手："谢谢！太谢谢了！"

从那以后，孙永清和次桑罗布成为好朋友。每次经过这里，都要提前告诉次桑罗布，停车看望次桑罗布，带来一些生活用品给他。开始交往的时候，孙永清是一种感恩的心态。后来两个人成了情投意合的朋友，交往越来越密切。他对次桑罗布的了解越来越多，更加佩服他一家人。

次桑罗布的父亲从部队退伍，主动要求到公路局养路段工作。他父亲当时完全可以挑选轻松点的岗位，可以在拉萨或者林芝安排工作。出乎很多人预料，他挑选到老虎嘴道班最险要的地段当养路工，在这里一直工作到退休。其间领导为照顾他，提出转到条件好一些的公路段，都被他拒绝了。老虎嘴能改造就好了，少出点事故，是老人最大的心愿。

老人去世后，次桑罗布按照他的遗愿，把老人安葬在养路道班附近的山岗上，从那里能看到老虎嘴路段。

次桑罗布接父亲的班当养路工，每年都会看到在老虎嘴出事故的车辆，看到那些死伤人员，心里非常难过。和父亲一样，他希望这段公路能得到彻底改造，不要成为川藏公路的"卡脖子"

路段。遇到恶劣天气，即使不当班，他也要赶到老虎嘴，帮助引导车辆，提醒过路司机。那天，他有病在家休息。他看到下雨，不顾发烧，赶紧往老虎嘴赶，生怕出现交通事故。来到老虎嘴的时候，正好遇到孙永清的货车出现问题，他冒着危险把孙永清从驾驶室里拉出来……

每当和孙永清说起这件事，次桑罗布都说："我父亲活着的时候，最大的心愿就是老虎嘴能改造了，让过路的司机少点危险。可惜到父亲去世，这个愿望也没实现。"他看着孙永清，喃喃自语："也不知道我退休的时候，这个愿望能不能实现？"

在通麦养路道班工作是个很辛苦的活儿，不论冬夏常年要维护路面。特别是冬天，遇到大雪天，有车辆抛锚，务必要帮助尽快脱离险境，防止发生意外。常常需要几个小时连续工作，次桑罗布患上严重的关节炎。天冷时，膝关节疼得不能走路。

为了帮助次桑罗布治疗关节炎，孙永清到处打听医疗方法，终于打听到有个老中医的膏药治疗有效，便登门求助。有机会去西藏，自己登门送去膏药，若没机会去西藏就发快递。能为次桑罗布做点事情，他觉得很值得。

2014年，次桑罗布退休，儿子多吉被他动员到这里当养路工。多吉本来是不愿意的，他把儿子领到爷爷的墓地，给儿子讲述他爷爷当年的事迹，讲述他爷爷为什么情愿一辈子在这里当养路工……

听完父亲的讲述，多吉痛哭流涕，表示愿意接爷爷和爸爸的班，在老虎嘴当养路工……从那时起，孙永清又开始和多吉打交道。他从次桑罗布一家三代人身上，深深理解了"奉献青春献终身，献完终身献儿孙”的含义，从心眼里敬佩次桑罗布祖孙三代。他们把一生中美好的时光献给了川藏公路，他们像铺路石，默默无闻，无私奉献，他们的崇高品格令人敬佩！

令人欣慰的是，次桑罗布一家三代的梦想在2016年终于实现了，通麦天险老虎嘴路段进行整修，新开通隧道，建设新的通麦大桥，老虎嘴路段彻底弃用。原来通过这段路需要两个多小时，现在走隧道和通麦大桥，只要半个小时。不单是时间大大缩短，关键是安全系数大大提高。从2016年开始，新开通的公路没有发生过一起车毁人亡事故……

因为318国道（川藏公路）的路况越来越好，运输生意跟着火爆。运输公司业务越来越多，孙永清职务升迁，负责的业务也越来越多，不像以前那样自己驾车跑川藏线，来西藏的时候比以前少很多。但这并不影响他和次桑罗布的友谊，反倒愈加紧密。只要有机会来西藏，都会看望次桑罗布，叙叙友情，交流彼此的生活情况。有时会带上鲜花到次桑罗布父亲的墓地，祭拜这位令人敬佩的老兵……

张立强乘坐的越野车行驶在26标段项目部车队前面，过通麦大桥后，他接到孙永清打来的电话，说要去看一个老朋友。这事他之前说过。张立强问，去的地方有多远，大概要多长时间？孙永清说，因为随项目部车队一起行动，不会耽误多长时间。提前和老朋友次桑罗布联系过了，让他在路边等自己。

越野车拐过一个弯道，孙永清看到站在路边的次桑罗布。“嘀嘀”，他忙按了几声喇叭，把越野车停在路边，随手拿起放在后座上的鲜花，打开车门跳出去。次桑罗布看到孙永清，忙迎上去：

"你好啊!""你好!"两个人热情握手。孙永清把手里的鲜花递给次桑罗布:"明天是你父亲祭日,我抽不开身去祭拜。"次桑罗布接过鲜花:"不到家里坐一会儿啊?""这次跟车队走,来不及了。到芒康后,还要去四川拉货。你代表我祭拜老人家吧!"孙永清一边说一边拉开越野车的门。

"过觉巴山要小心啊!前几天又出事了!"次桑罗布叮嘱着。

"知道了,多保重!"孙永清从越野车窗子伸出手,和次桑罗布告别。次桑罗布一手抱着鲜花,一手朝越野车挥手,目送越野车渐渐远去……

山中朝阳的山坡上有两座坟墓,四周开放着美丽的格桑花。天空一片湛蓝,白云朵朵,仿佛伸手就能摸到。次桑罗布从山坡下走来,肩上斜挎着一只边角已经磨白了的老军用包,里面放着一瓶青稞酒和一只酒杯。怀里抱着一束鲜花,走路有点喘。

他把鲜花放到地上,弯腰采摘山坡上的格桑花,耳边不断响起父亲和自己说的话:"一定要把公路养护好,那是多少人用生命换来的啊!我们家和这条公路联在一起,我这辈子,你这辈子,还有以后的子孙都不要离开这条公路……"

次桑罗布感到骄傲的是,自己继承父亲的事业,儿子在自己教导下,又继承爷爷的事业,把青春献给这条充满壮丽色彩的公路。自己对得起父亲的养育之恩,没有给父亲丢脸。次桑罗布采集了一大把格桑花,编成一个花环,把地上那束鲜花拿起来,朝山坡上的两座坟墓走去。

来到第一座坟墓前,次桑罗布先把鲜花摆放到墓前,立正站好。"阿爸,这束鲜花我是代替孙永清祭拜您的。"说完,他从书包里拿出青稞酒瓶子和酒杯，往酒杯里倒满青稞酒，双手颤抖着把酒杯放到墓前，声音呜咽：“儿子给您敬酒了……”两行热泪扑簌簌地落下来，跪在地上，心里有很多话想和父亲说。隔一段时间他来到父亲墓地说一会儿话，这已经成为他的一种生活习惯……

次桑罗布站起来三鞠躬，然后拿起刚编好的花环，往旁边的坟墓走去。每次来祭奠父亲，他都要祭拜父亲的战友。父亲当年就是为了陪伴自己的战友在这里扎根的。

第八章　不会一帆风顺

西藏天气变化剧烈，刚才还是好好的天气，转眼可能就是倾盆大雨。民间俗语说“一山有四季，十里不同天”，在西藏能切身体会到。

26标段项目部车队开始爬东达山的时候，天气还是好好的。到半山腰，天空飘起雪花。夏天下雪，秦志方头一次遇到，觉得新鲜。从济南出发的时候，项目部给每个人都发了一件羽绒服。大家觉得不至于吧。没想到，真用上了。车窗外，刚才轮廓清晰的大山，已消失在茫茫大雪之中。

雨刷不停地扫刷挡风玻璃上的雪花，“沙沙”地响。张立强对雪天不陌生，雪景也看过许多，对东达山的雪天还是颇有感慨。

看不到路边的山峰，完全被雪雾遮掩。大山与天空完美地拼接，变得朦朦胧胧。这个景色人工画笔无论如何是画不出来的，他们的内心被深深震撼。

到达东达山垭口，大雪依旧不停。

这里有一个海拔标志塔，因下大雪看不清这座标志塔本来的模样。这时，开来一辆旅游车，从车上下来几个游客，是特意停车照相的。看到标志塔被大雪覆盖，一个游客喊：“你们稍等，我知道那个海拔数字在什么地方！”一边说一边跨上标志塔台阶，伸手扒开覆盖在标志塔上的雪，很快标志塔上的“海拔5130米”几个字露出来。

难得遇上这样一个机遇，张立强决定，让员工们在这里拍照留念。几个游客照完相，上车走了。项目部员工下车，分批登上标志塔台阶照相。

夏天在大雪中照相真是件惬意的事，机会难得。头一次来西藏，遇到这样的大雪天，同一天体会冬夏两个截然不同的季节，感受太奇妙了。秦志方本来想把自己的照片通过微信发给杜丽颖，想一想，还是忍住了。从济南出发到西藏，打电话她不接，发微信她不回，好像消失了一样，看来她真生气了。秦志方有点后悔：他不应该先斩后奏，万一杜丽颖真要和他吹了怎么办？他觉得自己还是鲁莽了。怎么才能补救呢？希望能找到一个和杜丽颖沟通和解的好办法。

在海拔标志塔照完相，大家上车，车队有序地往山下行驶。这时，大雪渐渐停了。没多久，阳光从云缝里射出来，山头上的雪反射着金光，仿佛仙境一般。车上的人都看呆了，在内地从来没见过这么美丽的景色，难怪有人说，一辈子去一次西藏，别处的风景都不看也没什么遗憾了。

员工们纷纷拿出手机，对车窗外的风景拍照，嘴里还不时发出赞叹：“太美了！”秦志方和大家一样，拿着手机对着远处的雪峰拍照。

拍完几张照片，秦志方想看看拍照效果怎么样。放下手机，无意看到公路上有两个人一边磕头一边前行。两个藏族人，一老一少。膝盖处绑扎着牛皮，两只手掌分别绑着木板，防止与地面接触擦伤。两个人神情肃穆，磕完头之后，从地上站起来双眼看着前方，满脸虔诚，口中念诵六字真言“唵嘛呢叭咪吽”，然后重复刚才的动作……

越野车从朝拜的两个人身边开过去，秦志方从车窗里伸出头，用手机拍下两个人的背影。不知道他们从哪里来，不知道他们还要多长时间才能到达目的地。他从心里佩服他们把心愿付诸行动的勇气，那种发自心底的力量是不可战胜的！

车队往前走，到了觉巴山，这座山海拔三千多米，在西藏不算很高的山，但这里是318国道——原来的川藏公路的最险路段。三十多公里的盘山公路，近两千米的高差使觉巴山成了318国道最难走的一座大山。有一段公路修筑在悬崖峭壁上，是紧靠山体硬生生开凿出来的，依壁临渊，不少人经过这里都不敢往悬崖下面看。

走着走着，堵车了，车队只好停下来等待。司机说，这条公路最狭窄的地方，对面两辆大货车无法错开，只能一辆停下，等待另一辆小心翼翼地通过。特别在拐弯的地方，时常发生堵车现象。今天这样的天气，司机更是小心谨慎，堵车比平时厉害。

车队等了二十多分钟，终于可以继续前行了。觉巴山地质情况不好，山石松软，遇到下雨下雪天常发生塌方和坠石。秦志方读过《觉巴山赋》，描述其中之险：“岭逶迤，与天齐。看碎石绊足，浅滩没膝；飞沙掩面，扬尘扑鼻。马过磨蹄，人过脱皮。叠嶂之间，雾漫漫犹难辨；绝顶之上，云滚滚若可及。乌鸦啼，子规泣，飞鸟难越千仞壁；冰霜袭，轰雷击，鬼神欲语山河栗。”

车队途经一处险段，路边的公路护栏被山上的落石砸塌了，一半已坠下公路，看着就让人胆战心惊。觉巴山的云雾是飘动的，一会儿浓一会儿淡，云雾中的人家也一会儿清晰一会儿模糊。大团的云雾涌来的时候，山上的人家就全然不见了，好像在捉迷藏……

打开车窗，秦志方探头向下看，下面是波涛汹涌的澜沧江。在山下看澜沧江，江面不算窄。越野车开到山上再往下看，澜沧江像一条很细的飘带缠绕在峡谷里。在幽深的山谷里，不时有白云飘过，把澜沧江切成了一段一段。雪白的云、清澈的江、绿色的山、蜿蜒的路……构成一幅和谐美丽的画卷，令人陶醉。

越野车经过一个多钟头的爬行，终于到了觉巴山顶。

临时停车，缓解一下紧张情绪。高峡深谷尽收眼底，白云在山腰间飘浮，一片片，一层层，云海与绿褐色的群山相偎相依。这番景色让人心旷神怡，仿佛自己也飘飘欲仙。这是巧夺天工的画卷，即使有所谓神来之笔也难以描绘。这一刻，项目部员工早已忘记了刚才路上的胆战心惊，忘记了旅途的疲惫，开心地欣赏着觉巴山的云图山画。

过觉巴山是对自我的一种挑战。秦志方想起爷爷，当年筑路战士在恶劣自然条件下修筑川藏公路，他们付出了怎样的代价，需要无私的奉献精神啊！他想起爷爷日记本扉页上写的“老西藏精神”。多少筑路战士为觉巴山这条公路的开通献出了宝贵的生命，他们是真正的英雄。

秦志方拿出手机，打开相册，找到爷爷让自己拍的三张照片：一根短钢钎、一本日记、一张展怡美照片。看到照片上风华正茂的展怡美，秦志方心里感慨万千。他仿佛看当年筑路的情景，那些走进历史深处的背影，永远值得敬仰和怀念。当年那些年轻战士修筑的不仅仅是一条给西藏人民带来幸福的公路，更是筑起了一座精神丰碑，昭示后人为振兴中华拼搏奋进！

秦志方想到爷爷委托给自己的任务，一定要找到展怡美的墓地，向这位女护士致敬……

第三天下午，26标段项目部的车队终于到达目的地——芒康县果洛村，村庄坐落在洛兹山下。本来可以把项目部安排在芒康县城，但离施工工地有些远，又没合适的地方放施工材料，最后选中果洛村。项目部驻地是一座大院子，两排平房。这里原来是一家沙石场，大院子可堆放电建材料，两排平房腾出一排做仓库。对项目部来说，各方面都合适。

走进项目部大门，迎面看到竖立一块大标语牌，上面写着："山再高没有我们志气高，困难再大没有我们决心大。"这是项目部全体员工的心声，在今后一年半的建设时间里，他们将用实际行动实现自己的诺言。

站在标语前，张立强想起一件事。

2016年6月，在英国伦敦召开世界电力发展论坛大会。世界排名前30位的电力公司都派专家出席。很多专家在论坛召开前向大会提交论文。组委会安排部分专家在大会发言。一位来自中国电力科学院的专家引起关注，他在发言时透露一个讯息：中国国家电网公司将在西藏建设一条500千伏输电线路。这条输电线路东起西藏芒康县，经过左贡县、八宿县、波密县、林芝市（八一区）、朗县、加查县、曲松县，到达桑日县。输电线路名称“藏中联网工程”，建成投运后，将大大改善西藏东部供电状况，为当地社会和经济发展提供可靠的电力保障，提升西藏东部人民生活水平。

某个国家建设一条500千伏输电线路，算不上新闻，也不值得大惊小怪，更不会引起业界兴趣。可中国电力科学院这位专家的发言像一颗石子投进水潭，泛起一圈又一圈涟漪，立刻引起与会者关注。这是因为，藏中联网工程全部线路建在海拔3000米以上的生态薄弱地区。在这样的地方建500千伏输电线路，是非常困难的。

参加论坛的专家来自世界各地有名的大电力公司，美国电力公司、法国电力公司、意大利国家电力公司、东京电力公司……他们对世界电网建设了如指掌。在海拔3000米以上地区建设500千伏输电线路，他们觉得不可思议。有的专家曾去过西藏，对当地的环境和气候有所了解，他们认为在西藏建500千伏输电线路不可能！

伦敦泰晤士电视台的记者就此专门采访中国电力科学院的这位专家：“这是不是只是一种设想，真要实现，还需要很长时间？”这位专家肯定地回答：“我们已经做了充分论证，并对输电线路进行勘察设计，明年就会动工。”

这次采访在电视台播出后，引起轰动。很多外国人知道铁路进藏已经很了不起了，现在中国人又要搞大电网进藏，真是敢想敢干。但这和铁路进西藏还不一样，地质条件更差，环境更恶劣，要求更高，中国人能做到吗？外国电力专家表示怀疑。

想到这，张立强禁不住握紧拳头，中国电力人一定要在西藏创造电力建设的奇迹，为中国电力争光！

果洛村海拔高度4000多米。在这个海拔高度，项目部的部分员工产生高原反应，头昏脑涨，脚下像踩着棉花。“海拔高度相差100米都有很大差别，4000米以下，有的人高原反应并不厉害，超过4000米反应就厉害起来，有个适应过程。”黄大夫叮嘱大家，“夜间睡觉一定要配好氧气瓶，觉得心悸、胸闷要吸氧，不要挺着。”

有人说，在西藏有高原反应，能不吸氧就不吸氧，免得养成氧气依赖症。黄大夫说，这种说法一点科学道理都没有，缺氧时间长了，对脑部、肺部都有损害。感到呼吸困难，一定要及时吸氧，减轻症状。

西藏高山地区夜间温度很低，盖两床被子，再压上棉袄，还觉得冷。这里一年最高温度是零上26摄氏度。县城里的宾馆常年开暖气，小宾馆会给住宿客人准备毛毯和电褥子。即使同样的26摄氏度，这里也感觉要比内地冷许多，是高海拔的原因。

睡到半夜，觉得胸口很闷，张立强只好坐起来，拿起放在床下面的小型氧气瓶。他把输氧管插到鼻孔里，吸氧后，过一会儿好受了些，反应症状也减轻了。他害怕其他员工出现问题，顾不得身体不舒服，穿好衣服，走出房间。

他先到隔壁房间门口，敲敲房门：“怎么样，没事吧？”

房间里有人回答：“张经理，没事！”

听到回答，他放心了。他再到下一个房间，继续敲门：“怎么样，没事吧？”他害怕出现意外。“自己带领员工出来，就要一个不少地安安全全把大家带回去。”摸摸胸前佩戴的党徽，他这样想。

走到秦志方门前，他伸手敲门，想到路上秦志方出现高原反应，放心不下。“秦志方，秦志方！”他大叫。秦志方回答：“张经理，我在。我没事。”张立强这才放心了。

一扭头，看到黄大夫从他的房间里出来。“黄大夫，睡不着啊？”黄大夫点点头：“我怕出问题，出来看看。进藏头七天非常关键，能挺过来一般就不会出什么问题了。挺不过来，就不要逞强了。”有黄大夫在，张立强放心多了。为保证进藏员工的身体健康，藏中联网工程指挥部规定：每个项目部最少配备一名经验丰富的医生，随时监测员工的身体状况。有严重高原反应者要及时送到就近医院救治。

“谁顶不住了一定要说出来，我把大家带出来的，要把大家安安全全地再带回去！”张立强强调的这句话，分量是沉甸甸的。黄大夫点点头，他们往下一个房间走去。

走进邱弘毅的房间，看到他坐在床铺上，鼻子里插着吸氧管，看上去很难受。来的路上，邱弘毅高原反应严重，是黄大夫重点关注的对象。“邱弘毅，感觉怎么样？”张立强问。邱弘毅没说话，眼泪“吧嗒吧嗒”掉下来。“感觉哪里不舒服吗？胸闷吗？”黄大夫关切地问。邱弘毅答非所问：“我想回家！”张立强看出他情绪不稳，给黄大夫使个眼色：“你先去别处看看。”黄大夫答应一声，开门走了。

“邱弘毅，你有点紧张，是吗？”张立强问。邱弘毅哭着说：“我不是紧张，我是害怕。我到西藏是工作的，但不能把命搭进去啊！”他说出心里话，接连的高原反应让他感到害怕。在拉萨待了两天没有这么激烈的高原反应啊，到芒康怎么会这么厉害呢？不同的人高原反应不同，年轻力壮的反倒厉害。有人在海拔3000米以下高原反应不厉害，超过了会有反应，超过海拔4000米会有剧烈反应。有人经过一段时间会逐步适应，能坚持工作。有人会一直有高原反应，必须离开高海拔地区，回到内地后高原反应症状自然消失……

邱弘毅属于哪种情况不好说，张立强觉得要观察一下。他和邱弘毅促膝谈心，分析他遇到的状况。为保证员工参加藏中联网工程建设时的人身安全，每个分指挥部都建增氧舱，对出现强烈高原反应的员工及时采取应对举措，避免发生意外。对不适合在西藏工作的员工及时做出调整，以防万一。说实在的，张立强希望项目部员工都能坚持工作，不要半途缺员，前提是保证员工的身体健康。邱弘毅这种状况，他和黄大夫沟通过，经过一段适应，应该没有问题。他还是想让邱弘毅留下来，有过参加藏中联网工程建设的经历，无论从哪个方面来说，都是宝贵财富。

桌子上放着红景天液，是项目部为增强员工体质、抵抗高原反应发给大家的。张立强打开一瓶红景天液，把吸管插进去，递给邱弘毅。“别那么悲观，像你这种状况有好几个。有个适应过程，也许慢慢会好的。”他安慰道。

张立强对邱弘毅说：“如果能够克服高原反应，身体又能逐步适应，就不要轻易回济南。了解情况的人，知道你是身体不适应。不了解情况的，以为你是临阵脱逃，不想在艰苦条件下工作。对自己的未来无疑是有影响的，年轻人都想让自己有提升空间，做事情一定要考虑长远些。你的工作是会计兼资料员，也和主业紧密相关。有在西藏工作经历的会计，找不出来几个，这是一种职业骄傲！”这番话让邱弘毅陷入思索，张立强说得很实在，为青年员工的职业生涯考虑，如果自己真的从西藏回济南了，就不能不考虑消极后果……

第九章　同学聚会

夜间睡觉不好受，就盼着天明。西藏与内地不同，天亮得很晚，早上七点钟天都不亮，晚上天黑也晚，十点钟才会完全黑下来。县城里的人们下午三点半才上班，商店一般营业到晚上十点。

天亮后，大家早早起来，都没睡好，眼里充满血丝。张立强招呼大家到食堂吃饭，心想，赶紧吃口热乎饭，缓解一下。

食堂不大，放着两张桌子。

26标段项目部二十几个员工围着两张桌子坐下，互相问："睡着了吗?""吸氧了吗?"厨师李俊义笑呵呵地把一盆热粥端上来，还有馒头和咸菜，最后是一盘鸡蛋。"大家慢慢吃，这里条件有限，将就一下吧。"李俊义看着简单的早餐，觉得有点对不住大家。

"不错了，不错了!"张立强拿起饭勺往碗里舀粥。有人拿起一个鸡蛋，剥去鸡蛋皮咬了一口。"怎么没熟啊!"吃鸡蛋的人叫起来，鸡蛋真的没熟，蛋黄呈流质状滴到桌子上。

"怎么回事啊?"大家不约而同地把目光转向李俊义。

李俊义愣住了，自己有高级厨师证啊，鸡蛋都煮不熟，太丢人了！

“李师傅，怎么回事啊？”张立强急忙问。

李俊义有点发蒙，明明在高压锅里煮了3分多钟，鸡蛋应该熟啊，怎么会不熟呢？他猛然想起来，高压锅3分钟煮鸡蛋那是在济南啊，这里是高原啊，烧水只要到86度就到沸点，按照平时的经验在这里煮鸡蛋肯定不好使啊！

他赶紧把做好的馒头拿来，同样没蒸熟。看到李俊义尴尬的样子，张立强赶紧说：“没事，找找什么原因，一定能把饭做好。”

这顿早餐，谁都没吃好。

别提多窝火了，李俊义心里压着沉甸甸的大石头。

睡不好再吃不好，铁打的身体也受不了啊！俗话说，人是铁饭是钢嘛！

怎么才能把馒头蒸熟呢？

李俊义脑子里总是想着这个事。

冷不丁想到拉面，做拉面的师傅往面团里掺灰碱，拉出的面条才不会断。能不能在和面时加类似灰碱的东西，保证把馒头蒸熟呢？李俊义心里这样想。他尝试往白面里加少许的盐，不行，馒头还是蒸不熟。他再尝试加别的食品添加剂，也不行。他转头看到没有煮熟的鸡蛋，冒出一个念头，加点鸡蛋行不行呢？

于是，他在白面里加鸡蛋，揉成馒头上锅蒸。

这次的馒头竟然蒸熟了！

蒸馒头的问题解决了，煮鸡蛋的问题还是没解决。李俊义想，加长时间看看怎么样。他把鸡蛋放进高压锅，开始计算时间。

5分钟，鸡蛋没熟。

8分钟，鸡蛋没熟。

10分钟，鸡蛋依旧没熟。

一个鸡蛋在高压锅里煮10钟不熟，听起来像神话。李俊义把时间延长到12分钟，时间到，打开高压锅，终于把鸡蛋煮熟了！

他从来没有这样高兴过，仅仅为了煮熟一个鸡蛋。

项目部厨师主要工作是把伙食调剂好，在内地这不算什么事，在这里可就难了。食品、肉蛋、蔬菜的采购工作主要是司机沈师傅兼职，有时李俊义也会跟着一起去芒康县城采购。

项目部眼下最紧要的是做好两件事：一是对线路铁塔位置进行复测，准确定位，为开工做准备；二是准备迎接协作施工队进场。藏中联网工程全线长两千七百多公里，有八十多家参建单位，五万多人参与施工。这样一个大工程，仅仅依靠全国四十多家送变电公司是完成不了的，需要很多协作单位施工。

26标段项目部的协作单位是四川三家电建施工队，多年与送变电公司协作，互相配合得很好。这次不同以往，环境差，自然条件不好，任务重。在很多方面双方要配合好，也不是容易做好的。张立强感觉压力很大，另一件事情也让他倍感压力，就是环保问题。

昨天，县环保局的同志来到项目部。他们首先欢迎山东送变电公司来芒康建设大电网，说有困难当地政府想办法解决。接下来谈的问题，就是在施工期间做好环保工作。

项目部召开的第一次会议是党员会议。

为了发挥党组织的战斗堡垒作用，送变电公司制定了切实可行的规章制度，要求在电力建设工地上，党员必须率先垂范，发挥模范先锋作用。

每个党员都是在党旗前举拳宣誓过的，都是经过各级党组织考验过的。他们都是在电网建设一线经过考验的。越是艰苦的地方，越能锻炼党员的品质；越是艰难的工程，越能考验党员的意志。藏中联网工程建设像一个熔炉，要把党员千锤百炼，淬火成中流砥柱，迎着风浪上，面向困难冲！

“今天第一次开党员会议，大道理就不讲了，说点实在的。”张立强开场白很直接，“这里施工吃苦耐劳是第一位的，党员必须带头！你不能讲价钱，遇到困难不能往后缩！也不用大家表决心，我准备了一个誓词‘四多四不倒’，你同意就按手印，表示你能做到，做不到不要承诺!”

他打开一张A4白纸，上面打印着粗大的黑体字：“艰难多，吓不倒！条件差，难不倒！任务重，压不倒！敢拼搏，永不倒!”

张立强先用签字笔写下自己的名字，然后打开一盒红印泥，用大拇指蘸蘸印泥，在名字上按下红手印。

接着，周铁虎写下自己的名字，按红手印。

郭振华写下自己的名字，按红手印……

正式党员签字、按下红手印后，三个预备党员接续。秦志方第一个写下自己的名字，按红手印……

党员会议第一项议程结束，接着讨论工程的事。张立强把底交给大家：能施工的时间只有半年，要抓住黄金时间抢点。工期压得很紧，26标段必须要按时完成工程任务，保证做到建设优质工程。调到项目部的员工都是精兵强将，当初确定人选时，山东送变电公司领导反复比较才挑选出来的。张立强对他们很有信心，对十几名党员更有信心。

听完张立强讲话，周铁虎拍着胸脯："咱们在西藏是头一次干输电线路，坚决不能掉链子！现在最要紧的工作是线路复测，把每个铁塔位置定准了，协作单位进来后，就不会窝工。不然好几百人，耽误一天损失不小啊！"

会议决定组成四个复测小组，条件艰苦，党员带头。"我带秦志方和郭振华负责90号到119号塔的线路复测。"张立强把他制订的方案拿出来，"周铁虎和王相英再带一个人，负责126号到136号基塔的线路复测……明天开始，按照四个小组的分工，把前期工作都做好。哪个环节出现问题，负责人要受处罚！"大家了解张立强的工作风格，就是个拼命三郎，跟着他干工作得做好吃苦受累的准备。

杜丽颖听到"嘀嘀"两声响，手机来微信了。她打开微信，是秦志方发来几张图片。她正工作，没时间看，顺手把手机放到旁边的桌子上。同事小周进来，看见手机微上的图片。"是秦志方发的?"她一边从药品柜里拿出消毒绷带一边问。杜丽颖点头："嗯。""你还真舍不得和他分手啊？不行就算了，长年累月不着家，谁受得了啊！"小周拿消毒绷带往外走，又说了一句："你和他黄了，我给你介绍新男朋友，保证叫你满意。"杜丽颖没答话，和秦志方结的疙瘩一时解不开。

手机响，来电显示号码，是自己要好的朋友——高中同学童香梅打来的。

"喂，"杜丽颖赶紧接电话，"香梅啊！""是我，你这个周末休班不?”童香梅问，医院护士都是轮休，星期日经常上班，她看看值班表，确定不值班。“周末我休班。”杜丽颖回答，“有事啊?”童香梅说：“我想办高中同学聚会，你能不能参加?”“能参加。”杜丽颖肯定地说。童香梅很高兴：“那就好，大半年没见你了，正好聚一聚。一定要来啊，我有事给你说。”打完电话，杜丽颖想，她有什么事要给我说呢。

同学聚会举办地点在黄河酒店，四星级酒店各方面条件都不错。前两次同学聚会也是在这里举办的，参加聚会的高中同学都挺满意，这次聚会还在这里举办。

关于同学聚会，这些年挺时兴，也有各种各样的说法。有的同学聚会以联络感情、回忆青春、感恩老师为目的。老同学坐在一起叙叙旧，聊聊天，回忆曾经一起求学的日子，充满温馨，令人向往……有的同学聚会，相互间攀比、炫耀、阿谀奉承和攀附关系，聚会后留下的是惆怅和失落……

杜丽颖高中的同学聚会还好，因为班长童香梅一直主张只叙同学情，不要掺杂其他。同学聚会的主题是：在我的青春时代，我最好的人生季节里，有最好的你们相伴。每次同学聚会气氛都很融洽。

为了不耽误同学们平时上班，同学聚会特意安排在星期六晚上。

同学中有个当老板的，生意做得风生水起，提出同学聚会的费用自己买单，被童香梅谢绝。她坚持大家平等，实行AA制，任何人都不要体现优越感。这样的同学聚会才能在一种平等、温馨的氛围中进行，不要有“吃人家的嘴短”的感觉，也不是给少数人提供炫耀的场所，不要让同学聚会变味。她的主张得到同学们的赞成。但也要考虑有的同学收入不高，要让这些同学量力而行，花费就不能太高。每次都精打细算，让大家满意。出现少量亏空，童香梅自己掏腰包，自己张罗同学聚会，做贡献也是应该的。

每次同学聚会，袁潇雨都会早早到。袁潇雨走进预订好的房间，看到里面摆放了两张大圆桌，每张桌子可坐十四五个人。“袁潇雨，快过来坐呀!”看到袁潇雨走进房间，童香梅热情地招呼他。袁潇雨走过来，拉开一把椅子坐到她旁边。童香梅把放在桌子上的一盘瓜子往袁小雨面前推了推：“瓜子挺好的！”袁潇雨一边说“谢谢”，一边拿起一颗瓜子放在嘴里嗑，两个人一边嗑瓜子一边聊天。童香梅问他现在做什么呢？还搞摄影吗？

袁潇雨是青年摄影家，与一般摄影不同，他搞的是极限摄影。中国申办北京冬奥会，为了讲述中国冰雪故事，他和几个朋友组建极限摄影队，通过拍摄独具特色的冰雪人物，展示平凡生命的极致表现以及不断挑战自我的勇气和精神，为申办冬奥会贡献自己的力量。

他们团队跟踪拍摄一群追逐梦想的滑雪爱好者，展现他们在高山之巅的滑雪极速风采，展现中国年轻人无畏艰险、不断挑战极限的精神。他们的极限摄影取得成功，拍摄的滑雪极限运动纪录片在国内屡屡获奖，在国外也受到好评。他感到很骄傲，下决心取得更好的成绩。“只有爬得更高，才能拍摄出人生最美的弧线。”袁潇雨经常鼓励自己的伙伴。支撑他搞极限摄影的力量，是他内心挑战自我、实现人生价值的愿望。如果不出意外，这会成为他一生不懈的追求。

去年，袁潇雨带领几名青年摄影师，跟随一支挑战极限的高山滑雪队去长白山。滑雪者准备在长白山挑战滑雪的高难度，他和几个伙伴想拍摄极限滑雪的纪录片，参加在蒙特利尔举办的世界体育纪录片大赛，展示中国极限滑雪者的风采。一般情况下，这种极限滑雪需要三位摄影师配合，从不同方位和角度进行拍摄，才能获得理想的纪录片素材。在三位摄影师中，最危险的是跟拍摄影师。袁潇雨把最危险的摄影工作留给自己，两个伙伴一个有孩子，一个准备结婚，他不想让伙伴发生意外。

那天，一名极限滑雪者从高高的山崖上一跃而下，犹如展开翅膀俯冲的雄鹰。袁潇雨拍摄了仰视镜头后，穿着滑雪板紧紧跟在这名极限滑雪者的身后拍摄。在他的极限摄影生涯中，这是最危险的一次，也是最刺激的一次。按照拍摄计划，极限滑雪者从山崖飞跃下来，经过一个陡坡，剩余的雪道就比较安全了。为适应这个陡坡，袁潇雨还在上面反复练习了几次，觉得有把握，才决定跟踪拍摄。

没想到，还是在这个陡坡上出现了问题。这名极限滑雪者在前面飞驰，袁潇雨紧跟在后面，拍摄很顺利。突然，雪道边的树林飞起一只野鸡，掠过他的头顶。袁潇雨一慌，又想保护摄影机不出问题，脚下滑雪板一偏冲出雪道，他狠狠地撞到了一棵树上。当时就昏了过去，手里死死抓着摄影机……

他醒来时，已经躺在医院的病床上了。这次意外造成腿骨严重骨折，医生在他的腿骨上加装了钢板。医生对他说，以后要永远告别极限摄影了。这次意外受伤，改变了他的生活，告别了热爱的极限摄影事业。他开了一家影楼，内心对摄影事业的渴望，从来没有减弱……

平日里，童香梅和袁潇雨见面比较多，对他的情况也了解得多些。童香梅从师大毕业后，到中学当教师。袁潇雨的表妹恰巧是她的学生，因此两个人交往比其他同学多一些。“你的腿好些了吗？”童香梅问。“就这样了，阴天时会疼，没大事，就算不错了。”袁潇雨回答，他忽然想到一件事，“听说你要去西藏支教，真的假的？”“真的。”童香梅肯定地说，“去西藏实现人生价值，也切身体验一次西藏与内地有什么不一样。”袁潇雨正想说说自己的一个想法，杜丽颖和几个同学走进来。童香梅起身去招呼他们，袁潇雨把想说的话吞回肚子。

很快，两张桌子周围坐满高中同学，大家有说有笑挺热闹。杜丽颖、袁潇雨坐在一起。

袁潇雨悄声问：“童香梅想去西藏支教，你知道不？”“不知道啊，她怎么想去西藏支教呢？”杜丽颖放下手里的茶杯，“去多长时间啊？”“好像一年，我觉得挺好的。如果真去的话，我想求她帮我做件事。”袁潇雨说话时有一种期待，这个想法他酝酿一段时间了。

“她去西藏，你想求她办什么事啊？”杜丽颖追问。袁潇雨笑了笑：“到时候再说，还不知道能不能去成呢。”杜丽颖忽然想到了秦志方，他那么想去西藏，看来和他有一样想法的人不少啊！

第十章　复测途中的意外

材料仓库里放了很多货架和箱子，分门别类装着不同的材料。秦志方把领材料的单子递给仓库保管员，他接过单子看看，上面列着需要领取的材料的名称：经纬仪、钢卷尺、塔尺、花杆、水平尺……

保管员走到货架前，看看领料单上的物品名称，嘴里念叨："望远镜一个、棉袄三件、方便雨衣三件、两只强光手电筒、便携氧气瓶三个……"他把望远镜从一只箱子里拿出来问道："你们要上山吗?""测定铁塔位置，为开工做准备。"秦志方回答。

保管员拿来三件棉袄："咱们山东老家六月天热得要死了，在这里要穿棉袄，真是长见识了。""可不是吗？来西藏有很多想不到，真值得来。"秦志方一边清点物品，一边说。

第二天，四个复测组同时开始复测作业。

张立强、秦志方和郭振华每人背一个大背包，里面装着复测用的各种工具。平时在内地带上这些工具不是什么难事，在西藏就不同了，分量好像重了一倍，还不敢快走。按照预定路线，他们今天复测96号到101号铁塔的位置。这个计划有些冒进，保守的话复测的塔位可能还少。

山坡陡峭，杂草丛生。没有上山的路，杂草长得很高，费很大劲儿才能把杂草拨开。郭振华捡一根粗壮的树枝，作为开路工具。张立强边爬山边说：“西藏的山，又陡又险，一定多加小心！”三个人“呼哧呼哧”喘着气，费了九牛二虎之力爬到半山腰，眼前是一大片格桑花。秦志方禁不住伸手摘了一朵，放到鼻子底下闻闻，挺香的。

“歇一会儿，一鼓作气爬到上面。”张立强手里拿着一张线路图，一边看一边说。郭振华拿下背着的军用水壶，拧开壶盖大口喝水。他们浑身出汗，衣服贴着脊梁骨，被山风一吹，有些发凉。

秦志方平时喜欢爬山，每次爬到山顶，俯瞰嶙峋怪石、崎岖山路，心里油然产生一种信念：即使路再高再陡，也阻挡不了奋进的步伐。每次登上一座山峰，他都会伫立凝视，想到杜甫的《望岳》：

岱宗夫如何？
齐鲁青未了。
造化钟神秀，
阴阳割昏晓。
荡胸生层云，
决眦入归鸟。
会当凌绝顶，
一览众山小。

站在山顶远眺，群山起伏，云海茫茫，美不胜收。眼前的美景是心灵的牧场，远离浮躁奢华，仿佛回到童年，回归了大自然。这次来西藏，他心里有个最大的愿望，等工程顺利完成了，一定要找一座雪山攀登一次，完成在西藏登山的夙愿。也许，这也是他执意来西藏的缘故，有时为了实现自己的一个目标会很执拗……

今天爬的山陡峭，山顶尖尖的，是大自然鬼斧神工的杰作。“这么陡峭的山，当初勘察线路的时候，设计人员是怎么爬上去的?”郭振华用手指着山顶，问身边的秦志方。抬头看看，秦志方说：“我真佩服他们，每一次登山勘察不知道要付出多少代价。为了实现西藏大电网覆盖，他们是真拼啊!”“我们得好好向人家学习，把工程圆满完成，要对得起他们的付出和辛苦啊!”张立强站起来，招呼秦志方和郭振华继续往山上爬。

越往上越难走，秦志方走到张立强前面：“张经理，我来开路，你歇一会儿。”张立强点头，脸上的汗顺着下巴往地上滴。“咱们复测的这个99号塔，海拔4526米啊!”秦志方禁不住感叹。张立强说：“不是谁都有机会在高海拔地区建设输电线路的。我们投身建设一项突破生命禁区、挑战生存极限的高海拔电网工程，这辈子够骄傲的!”秦志方有同感：“藏中联网在中国电建史上创造了多项纪录，世界电力同行不要说建设了，见都没见过。”“苦点累点值了!”张立强有些自豪。郭振华插嘴：“张经理，建好这个工程，是你最大的愿望吧?”

“我还有一个愿望。”张立强说。

“还有啥愿望啊?”郭振华反问。

“在送变电公司工作，多数时间都在外地干工程，最长时间将近一年没回家。女儿上幼儿园我没接送过，现在上小学了，我还没接送过。我爱人身体不好，都是孩子爷爷、奶奶接送。女儿给我打电话说，她好羡慕别的同学有爸爸接送上学，好想爸爸能接送她上学。”张立强的眼睛湿润了。

“女儿的愿望你得满足啊！”秦志方接上说。张立强笑了：“我答应女儿，干完26标段，回济南后一定接送她上学，哪怕一次呢！”

秦志方特别理解张立强为什么有这样的愿望。家长接送孩子上下学，在一般人眼里是很简单的事，对送变电人来说几乎成了一种奢望。他们常年在外地工地参加建设，一年到头很少在家。回家的时候基本都是春节，那时孩子已经放寒假了。他们的辛苦，不在这个行当里是理解不了的。

又爬了半个多小时，离山顶越来越近了。三个人很累，决定休息一下，攒足力气向山顶冲锋。秦志方的手抓着旁边的小树，站住脚跟，往下看，山下是滚滚奔腾的怒江，它像一条飘带在山间蜿蜒流淌。

秦志方拿出手机递给郭振华：“给我照一张。”郭振华接过手机：“你还挺会找地方，看看这白云，多漂亮啊！”“我准备发给女朋友看看。”秦志方说。张立强插嘴：“听说你和女朋友闹别扭了？”秦志方不知怎么回答，他给杜丽颖打了十几次电话，就是不接。每天发微信，石沉大海。真不知道该怎么办了？张立强安慰他：“别急，有时间我帮你做工作。”他拍拍秦志方的肩膀，显得很自信。

拿起手机，对着秦志方，郭振华按下拍照图标。

意想不到的事情发生了，郭振华从手机镜头看到秦志方身后十几米处有一只黑熊。郭振华吓得手都哆嗦了，不知该怎么办。秦志方没有察觉到身后有黑熊，摆出照相姿势："你看这样行不？快照啊！""张经理……"郭振华的声音发抖。张立强听出来不对劲儿，同时看到那头黑熊。张立强顿时紧张，第一次在野外遇到黑熊，告诫自己要镇定，招呼秦志方："千万别动！"

秦志方看不到身后的黑熊，从张立强和郭振华的神态中，知道一定不能轻举妄动，一个失误后果不堪设想。他双腿有点发抖，不能跑，也不能对黑熊做任何动作，以免引起黑熊的过激反应。

三个人不敢说话，僵持在原地。

黑熊站在原地眨着眼睛看着他们三个。

时间一分一分地过去了，随时都会发生意外。

张立强盯着黑熊，手摸到插在腰里的一把电工刀，这是为防止意外准备的，随时准备与黑熊拼个你死我活。

黑熊看看他们，蹲坐在原地不动弹，抻着脖子怪吓人的。秦志方想起小时候去动物园，隔着铁笼子看里面的黑熊，憨态可掬很好玩。现在黑熊就在身后，才知道不好玩。脑子几乎一片空白，冷汗顺着后脊梁往下流。

黑熊看了他们一会儿，站起来，转过身慢悠悠地朝密林走去。

三个人依旧没敢动，大气不敢喘，直到黑熊彻底消失在密林中……

"啊，吓死我了！"郭振华大叫起来，浑身是汗。

"给我照上没有？"秦志方一边问，一边从郭振华手里拿过手机。

“我都蒙了，忘了照。”郭振华擦着脸上的汗。

秦志方打开手机相册翻看照片，有一张是自己和黑熊的照片。

真难得!

“照上了！照上了!”他高兴地叫起来。

有惊无险，能拍到这样一张照片真不容易。郭振华说：“快发给你女朋友显摆显摆。”这正是秦志方心里的想法，赶紧用手机微信发照片。

微信里的照片出现红色的“!”，发送失败。

没信号!

张立强举起望远镜往山头看，一边说：“这里没信号很正常，等我们把输电线路架上后，就有信号了。”三个人憧憬着。

在陡峭的山坡上爬了近一个小时，离山顶很近了。秦志方忽然一屁股坐到地上，捂住胸口，感觉有些上不来气，憋得慌。看到这架势，张立强招呼郭振华：“快拿氧气瓶，吸氧!”郭振华急忙打开背包，拿出一个便携式小型氧气瓶，打开输气阀，把输氧管插进秦志方的鼻孔里，让他吸氧。张立强害怕秦志方顶不住，黄大夫不在这里，万一有什么事，麻烦就大了。

吸了氧气，秦志方感觉好一些。郭振华用自己的手机给他拍了几张照片。刚才拍到的那张黑熊照片，让郭振华产生了一种想法：把施工和平时生活的一些场景进行拍照，保留为资料，一定很有意义。

张立强从背包里拿出棉袄铺在地上，搀扶秦志方躺下。内地人去西藏，除少数人外，大部分人多少都会出现高原反应，只是程度不同而已。因为海拔不同，秦志方的高原反应有时轻有时重。海拔4000米以下，秦志方的高原反应不很明显，超过海拔4000米高原反应就比较剧烈。黄大夫说，有个适应过程，挺过去就好了。

关键时刻棉袄发挥了作用，想想出来时氧气瓶都不愿背，嫌沉。郭振华佩服张立强，他说得对，不怕一万，就怕万一。郭振华问："张经理，我们离铁塔地址还有多远？"张立强把GPS仪器打开，信号断断续续，GPS仪器定位看不清。他从背包里拿出线路图纸，低头查看。铁塔地址就在上面，得抓紧时间上去。看到秦志方面色惨白，郭振华让他待在原地等着，测完铁塔的地址，再回来找他。

这个想法被张立强否定了："让秦志方待在这儿，我们回来有可能找不到。GPS定位有时有，有时没有，万一没有了怎么办？宁可慢点走，秦志方不能留下。"

爬山耽误太多时间，今晚他们回不到项目部了。

到了交班时间，于护士走进护理室，杜丽颖给她交班。交接结束后，于护士顺嘴问："丽颖，你不是准备结婚吗，请婚假了吗？"一句话把杜丽颖问得满脸通红，现在她最害怕别人问起这件事。

"黄了！"杜丽颖没好气地说。"为什么啊，秦志方挺不错的。"于护士很关心。杜丽颖心里更堵得慌："他跟人私奔了！"于护士不相信："不可能吧！"旁边的一个护士赶紧示意于护士，不让她再说了。

杜丽颖忍不住，眼泪"吧嗒吧嗒"地掉下来，心想，秦志方就是无情无义，根本没把自己放在心上，这样的男人嫁给他干吗？

前几天，杜丽颖对父母说，要和秦志方离婚。

母亲坚决不同意，才领了结婚证就离婚了，叫人笑掉大牙啊！再说了，秦志方各方面都不错，和女儿也般配，哪能说离就离呢！

父亲态度更坚决，依旧为秦志方说好话，说他其实就是不想放过这样一个机会。他们劝杜丽颖别冲动，举办婚礼晚几天没什么，去西藏的机会错过了不会再有，过了这个村就没有这个店了。父亲就是相中秦志方，处处护着他。可这次自己是绝对不会妥协了，想想真窝囊，刚领了结婚证就要离婚，这叫什么事啊？

她越想越恨，秦志方真不是个东西！

走到医院停车场，杜丽颖打开轿车门，坐到驾驶座上。想到于护士刚才说的话，眼泪不争气地又流下来。她其实不想和秦志方分手，真想分手给他打电话不就成了。她几次想打电话，又没打，很矛盾。

手机发出提示音，有微信，是婚纱店导购员发的："杜女士，你看中的婚纱还买不买？如果不买，准备售给别人，请回复。"杜丽颖果断地回微信："卖给别人吧！"

"嘟"手机提示音又响了，是秦志方发来的爬山照片。

"十分想念，请回话，求你了。"后面是拥抱的图标，还有一长串的"！"，可以看出他急迫的心情。

看到一串"！"，杜丽颖能想出秦志方抓耳挠腮的样子，心里有种满足感。她知道自己在秦志方心里的位置和分量，想到他偷偷摸摸去西藏，心里就不痛快。就算我反对，你也不能先斩后奏吧！

杜丽颖打开手机相册，里面有几张她和秦志方的合影，其中一张是在山东送变电公司和医院举办的文艺联欢会上照的。因为那次文艺联欢会，杜丽颖和秦志方相识，她对当时发生的事情记得非常清楚。

在电力系统，送变电的工作是很辛苦的。建设变电站和输电线路，基本都在荒郊野外，很多时候还不在本地，长时间不能回家。尤其是工程量巨大的输电线路建设，建设工期一两年，工程不完成一般不回来。其间虽然有休假，也就十天半月的，和家人聚少离多。电力建设远离城市，基本和外面的人没接触，社会交往不多，给青年人谈恋爱带来很大不便。

送变电公司的领导将解决大龄青年的婚姻问题作为重要任务安排给公司工会，要想办法为大龄青年牵线搭桥，帮他们找对象。做好这件事，要扩展他们的交往面，只有男女互相认识、相互了解才可能谈情说爱。

学校和医院是女青年扎堆的地方，和这两家单位开展联谊活动，能让送变电公司的大龄青年男员工有机会认识学校和医院的女青年。送变电公司工会牵头，和医院一起组织文艺联欢会，很受欢迎。

杜丽颖能歌善舞，长得漂亮，是一家医院的文艺活动积极分子。每次医院举办文艺晚会或有关活动，她都是主持人，同事称为“金牌主持”。有一次，医院和送变电公司举办文艺联欢会，杜丽颖做主持人，送变电也选了一个主持人，就是秦志方。为组织好这台文艺联欢会，两人多次碰面，研究主持台词和相关事宜，一来二去熟悉了。

交往中，杜丽颖发现秦志方喜欢音乐创作。秦志方唱歌不行，对音乐创作却很投入，写过好几首反映送变电生活的歌曲。其中一首《我们是光荣的送变电人》，参加国家电网公司举办的员工音乐大赛，获得银奖。这让他对音乐创作更加痴迷，在外地参加电力施工，闲暇时间就潜心音乐创作，在电力系统有点小名气。

喜欢音乐，是秦志方和杜丽颖的共同爱好。有了这个话题，两人自然能说到一起，谈到一块。开始的时候，杜丽颖没太在意，觉得就是多一个普通朋友而已。交往了一段时间，她发现自己时不时想和秦志方聊上几句。几天不聊天，心里就空落落的，产生一种奇妙的感觉。和同事说这件事，同事说："你是不是爱上他了？"接着给杜丽颖泼冷水："找谁也别找送变电的人，整年累月不在家，什么都指望不上。我表姐找了个送变电的老公，可后悔了……"

同事的话，杜丽颖没听进去。恋爱是一种很奇妙的事，在不知不觉中开始，交往越深，对秦志方了解得越多，他的优秀品质越吸引杜丽颖，觉得他是个很靠谱的人。后来，杜丽颖先向秦志方表白了……

尽管这次秦志方惹她生气，她还是下不了决心分手……

第十一章　麻烦不断

三个人继续往山上爬，不能爬得太快，因为高原反应，秦志方脸色苍白，“呼哧呼哧”地喘气。“实在不行了，我还是留在这里等你们。”秦志方一边喘粗气一边说。张立强摇摇头：“你现在这个样子，怎么能把你留下？慢慢往上爬。”秦志方不再坚持，三个人继续爬山。

好不容易爬到山顶，老天不作美，下起小雨。三个人急忙把雨衣拿出来穿上，找到一棵大树在下面避雨。秦志方在心里说：赶紧停吧！张立强想，如果雨下起来没完没了，今天的测量工作就没法进行了，真耽误事。

雨没停下，天空又飘起雪花。雨和雪落在树上，发出“沙沙”的响声。秦志方伸出手，雨和雪花落在手上，雪花很快融化了，水顺着指缝滴落到地上。西藏有“百里不同俗，十里不同天”的说法，今天见识了。如果雨夹雪一直下，今晚怎么度过都是挠头的事儿。

气温跟着下降，同样气温，没有雨雪不会感到多冷。现在三个人冻得瑟瑟发抖，嘴唇有点发紫。幸亏带着棉袄，不然就麻烦了。他们互相看看，都没有说话，内心很焦虑。没来西藏前，秦志方在电视里看西藏风光片，觉得在西藏旅游一定美得很。现在西藏工作生活，需要适应艰苦的自然条件和环境，对他们来说不是一件容易事。

过了一个多小时，雨渐渐停了。又过了一会儿，空中雪花越来越少，后来终于不下了。

“老天爷，你终于不下了。”郭振华禁不住大声地叫起来，没有身临其境的人很难能体会他现在的心情。

张立强打开GPS仪，看有没有信号。GPS仪的屏幕上没什么反应，非常糟糕。如果GPS仪不能工作，测量铁塔位置的工作就无法进行，他们上山就没意义了。

“是不是仪器出问题了？”郭振华转头问秦志方。“不会的！”秦志方肯定地回答，“出发前检查了好几遍仪器，就为防止出意外。”虽然嘴上这么说，心里也难免有点打鼓：在西藏无人区什么情况都可能发生，就像人有高原反应一样，机器说不定也会有高原反应，那可就惨了。三个人盯着GPS仪屏幕，着急没有用，只能希望GPS仪快点恢复功能。

过了半个小时，GPS仪屏幕出现操作页面。“快抓紧时间测量！”张立强吩咐秦志方和郭振华，在崇山峻岭的无人区，不知什么时候GPS仪又要罢工了，很多情况无法预料，尽快抓紧时间进行测量作业。三个人都是行家里手，互相协调、合作，作业很有效率。半小时后测量完毕，收拾好测量器具，准备下山。

秦志方说：“张经理，今天多亏你事先做了安排，不然可就惨了。西藏的工作环境和以前的工作环境相比，有很大的不同，这里许多事都是预料不到的。”“是啊，铁塔复测是一项简单工作，根本不是什么难办的事。可在这儿就不同了。吃一堑，长一智啊！”张立强把定位仪放进背包，“测量基塔定位精度与GPS仪信号强弱有直接关系，特别是在距离塔基较远、干扰大的无人区，需要经验和耐心。”

第一个铁塔的复测工作总算有惊无险地完成了，他们准备下山。按原计划，今天还要复测100号铁塔和第101号铁塔。张立强拿出手机看看时间，下午四点多钟了。秦志方问：“还来得及复测101号铁塔吗?”张立强摇了摇头，表示不可能。

按照输电线路设计，500千伏铁塔与铁塔之间的距离是1000米到1500米，在平原地区和丘陵地区步行20分钟到半小时，山区大约1小时。在西藏山区用多少时间无法把握。郭振华看线路设计图纸，指了指旁边的一座山：“101号铁塔在那座山头上，看着不是很远啊！”张立强看了一眼说：“看上去是不远，可要爬上那座山头，距离就很远了。”

两座山头之间直线距离不太远，走过去却要很长时间。在内地，对输电线路施工铁塔位置进行复测不是难事，在西藏就不行了。从设计图纸上看，两座铁塔之间的距离很短。实地复测，发现两座铁塔位置在两座山头上。心脏不好、血压高的人绝对不适合在西藏工作。尤其是在无人区，上山下山没有路，要花费很长时间。这里的山坡大部分陡峭，攀爬要花费很大力气，大大降低了行进速度。在内地能测量三座铁塔的时间，在这里能测量一座就不错了。

下山的时候，张立强问秦志方感觉怎么样？秦志方说：“比上山的时候好了许多，下山可能容易一些。”张立强摇摇头：“不要小看下山，所谓上山容易下山难。按原路返回，估计要到下半夜才能下去。今天就回不了项目部了。”张立强感觉只能是碰运气。

为节省时间，下山时用GPS仪导航。开始挺顺利，山坡的坡度也没那么陡峭，下山速度比较快。郭振华挺乐观：“照这样，今晚我们能回到项目部。”秦志方感到疲劳，特想回项目部好好休息一下，吃顿热饭，喝上热水。在内地这根本不算事，在西藏成为一种奢望。

“坏了！坏了!”张立强忽然大叫起来。秦志方和郭振华不知发生了什么事，赶紧凑过去：“怎么了？”GPS仪屏幕上一片空白，信号中断了。这下麻烦了，他们不知道现在处在什么位置，应该从哪个方向下山。在无人区出现这种情况很危险。

秦志方赶紧拿手机给周铁虎打电话，手机传出忙音，这里收不到信号，打不了电话。秦志方的脑门冒出冷汗，心里非常紧张。郭振华见秦志方的手机拨不出去号，忙拿出自己的手机打电话，情形和秦志方一样。这时候人的情绪是互相感染的，两个年轻人没遇到过这种情况，紧张与不安立刻表现出来。张立强其实也非常焦急，看到秦志方和郭振华的紧张表情，在心里给自己暗示，千万不要表现出来，以免增加两个年轻人的不安，要冷静。

麻烦事接踵而来，在他们商量怎么办的时候，又下雨了。雨点打在雨衣上，发出“砰砰”的响声，让他们感到更加焦虑。雨不停下不了山，待在无人区很危险。现在处于迷路状态，找不到下山的路。张立强想，这种情况不能贸然往山下走，先找个地方避雨，做好过夜的准备。再想办法与项目部联系，请求支援。项目部和外出人员失去联系后，按照事先制订的预案会进行救援。

要紧的是自己不能乱了方寸。“冷静，一定要冷静！”张立强在心里不断地暗示自己，在秦志方和郭振华面前不能表现出慌乱。如果自己和他们一样慌乱，事情会更麻烦。

下雨天，没有路的山坡很不好走。秦志方一不小心踩到一个圆石头，滑倒在地上。“哎哟”，他双手撑住地面想爬起来，无意中看到岩缝间有一棵雪莲。雪莲纤细的身子在风雨中抖动，开着雪白的花朵。秦志方很感动，想到自己也应该像雪莲一样，虽然遇到困难，要坚定信心，顽强拼搏。

他们在山坡上转悠了半天，找到一处避雨的地方。一块大岩石从山崖中凸出来，下面形成了一个凹槽。虽然外面下雨，凹槽里还算干爽，算是理想的避雨地了，三个人赶紧钻进去。大家的紧张情绪得到一点缓解，又渴又饿。早上从项目部出来时，在军用水壶里灌的热水早已冰凉了。带了几个面包和鸡蛋，正用得上。张立强怕喝凉水坏肚子，提醒他俩：“少喝点，喝坏肚子麻烦了。”

秦志方拧开军用水壶的盖子，本想大喝一顿，听到张立强提醒，把水壶放到嘴边，喝了两小口。不敢多喝，这么凉的水喝到肚子里的确不舒服。郭振华把一个面包递给张立强，心想，能烤烤火就好了。他知道这是一种奢望，西藏山区野外用火绝对禁止。这个规定写进项目部的施工手册中，要求员工必须遵守。每次出工前，值班员都要大家把打火机交出来。任何人不允许携带火种出工，这和在内地参加电力建设不同。

青藏高原是世界海拔最高、面积广大的高原地带，也是世界人类居住区中开发程度低、生态环境总体保持优良的区域。国家高度重视西藏生态环境保护，坚持绿色发展理念，把生态文明建设纳入中国特色社会主义“五位一体”总体布局。西藏自治区政府根据国家战略，把生态保护作为重点工作，切实保护好雪域高原的山山水水、一草一木。《西藏生态安全屏障保护与建设规划（2008—2030）》实施天然草地保护工程、森林防火及有害生物防治工程、防护林体系建设工程、人工种草与天然草地改良工程、防沙治沙工程等修复保护生态环境。

中国高度重视青藏高原生态保护和环境治理，推进国家公园建设，理顺管理体制，创新运行机制，加强监督管理，强化政策支持。加强对雪山冰川、江源流域、湖泊湿地、草原草甸、沙地荒漠等生态治理。全力推动青藏高原生态生物多样性保护，促进生态环境保护与经济社会的高质量发展。

青藏联网工程在西藏施工，对各项目部的生态环保工作提出严格要求，实行“一票否决”，不允许有任何违反环保规定的行为，每个项目部都签订责任状。在藏中联网26标段项目部，积极开展环境保护宣传教育，生态环保理念深入人心。

他们吃了点东西，喝了点水，紧张情绪得到缓解。张立强拿出强光手电筒，说：“我出去找找有没有手机信号，你们待着不要动。”郭振华也想出去找手机信号，被张立强制止了。“你出去能找回来吗？”秦志方有点担心，张立强也想到这个问题，嘱咐他俩每隔半个小时出去用手电筒往四周照射一圈，免得自己回来找不到他们。

第十二章　野外营救

晚上七点多钟，周铁虎带第二组复测组员工回到项目部。几个人都疲惫不堪，只复测了三基铁塔，差不多相当内地复测十基铁塔的工作量。其他两个复测小组的人也回来了。

周铁虎端起水杯“咕咚咕咚”大口喝水，抹了一下嘴巴，问：“张经理他们还没回来啊？”伏在电脑前整理资料的邱弘毅抬起头：“没有啊！”“打电话回来了吗？”“没有啊！我给他打电话了，打不通！”邱弘毅解释，按项目部规定，员工外出都要指定联系人，三小时与联系人联系一次，汇报所在位置。张立强没与项目部联系，显然不正常。周铁虎赶紧拿出手机，拨打张立强的手机号，打不通。

他又拨打秦志方的手机，依旧不通。他再打郭振华的手机，同样忙音。“邱弘毅，你给张经理打电话！”周铁虎急了。邱弘毅拿起手机，把外出三个人的手机轮番打个遍，都不通。“快十二点了，不能再等了！必须去接应！”周铁虎决定去接应张立强等人，转身走出办公室。

来到院子，周铁虎大声喊：“紧急集合，张经理他们没回来，我们去接应！”听到周铁虎的喊声，已经在宿舍休息的员工“呼啦啦”跑出来了。

“快排队！”周铁虎紧张得声音有点变调。张立强他们在无人区一直没和项目部联系，情况很严重。接应的员工分为三个组。黄大夫带着几个小急救包。这是青藏铁路施工人员的经验，去野外救援务必带小急救包，以防不测。

三个接应小组的人冒雨分别乘坐越野车和工程车出发。

无人区里想找到手机信号非常困难。为了能让手机出现信号，张立强从避雨的地方出来后，不断变换位置，不停地拨打手机，依旧是忙音。张立强免不了有点慌乱，如果和项目部联系不上，又无法确定自己所在位置，在无人区是很危险的。他想到遇到的黑熊，无人区里还有野狼和金钱豹，遇到的话很危险。他全神贯注地想找到手机信号，不知不觉离避雨的地方越来越远。等意识到走得太远时，已无法确定怎么样才能找到秦志方和郭振华了。刹那间，手心冒出冷汗……

此时，秦志方和郭振华同样着急。张立强离开快两个小时了，如果手机找不到信号，应该回来了。

张立强没回来！

他在无人区迷路就麻烦了！

秦志方拿手电筒往岩石凹槽外面照了照，外面的雨不停地下。“我们出去找找张经理吧？”秦志方征求郭振华的意见，被否决了。“不行，我俩不能再散了。万一没找到张经理，我们又找不回原地，麻烦更大！”两个人商量了一下，决定缩短出去的时间，从半小时缩短为二十分钟。

秦志方打亮手电筒，分别朝不同的方向举起，在空中划圈。“也许他看不见手电光，喊几声吧！”秦志方提议，两人扯开嗓子：“张经理——”他们的喊声传不出多远，就被“哗哗”的雨声淹没了。

多次拨打手机依然没有信号后，张立强不抱希望了。他看看手机荧屏上的电量显示格，只剩一个格了。他不能再无谓地损失手机电量，必须做最坏打算。应该先回到避雨的地方，和秦志方、郭振华会合。长时间不回去，他俩一定着急了。黑灯瞎火，张立强找不到回去的路了。他心里着急，脚下忽然踩空，顺着山坡往下滚。

任凭这样滚落十分危险，脑袋碰到石头，眼前顿时冒出金星。张立强想抓住身边的东西，慌乱中手电筒脱手滚到草丛里。张立强滚到一棵大树前，猛地伸手抱住大树。他惊魂未定，大口喘气，伸手摸摸口袋里的手机，万幸的是手机还在。他打开手机电筒往四下看，发现离大树三四米远就是山崖，滚落下去不堪设想。

好险啊！

他后怕，浑身都起鸡皮疙瘩！

他稍稍喘口气，稳稳神，想想怎么才能找回避雨的地方，摸摸脑袋，出血了……

郭振华拿着手电筒四下慢慢转圈，雨越来越小，好像听到远处有动静，竖起耳朵听，又没了。“秦志方，你听听，是不是有人在喊啊？”秦志方竖起耳朵仔细听，隐隐约约听到有喊声。“好像有人喊，不大清楚啊！是张经理吗？”郭振华举起手电筒往远处照，一边仔细辨别声音，确实听到隐隐约约的喊声。

“张经理——”“张立强——”他俩使劲地喊，隐隐约约听到远处的喊声。

“秦志方——”

“郭振华——”

他俩激动起来，大声回应。

“我们在这里——”

喊完，停一停，没有回音。郭振华把手电筒转到声音传来的方向，继续大声喊：“我们在这里——”

大喊几声后，秦志方和郭振华有点喘不上气。秦志方打哆嗦，呼吸困难，这是典型的高原反应。郭振华拿起最后一只便携吸氧袋，让秦志方赶快吸氧。

“秦志方——”

他们又听到喊声，这次听得清楚，好像离得近了。

郭振华拿起手电筒站起来，大声喊：“我们在这里——”

“我们在这里！”郭振华拼尽了全力。

在手电筒的亮光里，他看到周铁虎带着几个人急匆匆地跑过来……

不知道张立强在什么地方，他离开避雨的地方已经四个多小时了，如果不出问题，应该回来了。黑灯瞎火，周围草很密，树木很多，想找一个人十分困难。周铁虎看看大家，说：“给秦志方留下两袋氧气，一只手电筒，秦志方待在原地不动。其余人分成三组，朝三个方向散开找。估计张经理是受伤了，不然应该回来了。”

秦志方经过吸氧，感觉好了些，急忙说：“不要把我留下，多一个人多一份力量。”周铁虎想了想，同意秦志方参加寻找行动。“每个小组千万不要走散了，不能再有人走失了，我们担当不起啊！”周铁虎带着哭音说，那份沉重每个人都感觉到了……

头重脚轻，脑袋晕乎乎的。张立强极力想站起来，可脚下不听使唤，软绵绵的一点力气都没有。他只好重新坐到被雨水淋湿的地上，水浸湿了裤子，屁股上全是水，十分难受。他想不起刚才发生了什么事，只能坐在地上喘口气慢慢想，终于想起来了，手电筒怎么没了？他再想想，把刚才的事情拼凑起来。当务之急是找到秦志方和郭振华，他俩肯定十分担心自己。此时此刻，浓厚的战友情不由得从心底生起，真像在一个战壕里出生入死的战友一样……

到处黑咕隆咚，在这样漆黑的夜晚在山林里找一个人，别提多难了。从项目部出发时，每人带一条棍子，这是平时上山拨拉草丛、防备毒蛇用的。寻找张立强的员工分三个小组散开，朝不同方向走去。他们一边走一边用强光手电筒照射草丛和树林，不时用棍子敲打身边树木，高喊：“张立强——”

多么希望听到有人回应啊！

张立强本以为自己坐在地上歇一歇会好些，没想到伤情越来越重。因头部受伤坐立不稳，一头栽倒在地上。这时，隐隐约约听到有人喊自己的名字，就是无力做出回应，即使是一个“啊”，也很难从嘴里吐出来，这一刻他深刻体会到什么是有心无力……

秦志方这一组总共五个人，开始他还能跟上，渐渐落在后面。周铁虎不得不回头招呼：“秦志方，你没事吧？能跟上吗？”

“能，能跟上！”秦志方边喘粗气边说，他真的有点憎恨自己，不光干不了活，还添麻烦，太不争气了。

在四周搜寻了一个多小时，没发现张立强的踪影，周铁虎决定扩大范围。他让大伙暂时休息一下，积攒力气。周铁虎想，无论如何要把张立强找到，万一有个三长两短，怎么交代啊！

秦志方想撒尿，他走到旁边的草丛里解开裤腰带，忽然发现不远处有光亮。哎，这里怎么会有光亮呢？这可是无人区呀！他朝光亮走过去，走到跟前发现是一只手电筒。秦志方大声喊起来：“快过来呀，这里有手电筒！”听到喊叫，周铁虎第一个跑过来：“在哪儿？在哪儿？”

周铁虎弯腰从草丛里捡起手电筒，问：“能确定是张经理带的手电筒吗？”秦志方说：“这里是无人区，荒山野岭的外人不可能来！肯定是张经理的！”周铁虎拿起手电筒，往四下照了照。张立强既然把手电筒遗失在这里，应该离这不远。周铁虎放开喉咙大声喊：“张经理，你在吗？”另外几个员工凑过来，周铁虎挥挥手，让大家分开赶紧找。几个人迅速分开，打起强光手电筒，一边找一边喊张立强的名字。

雨停了，对搜索比较有利。周铁虎一边寻找一边用棍子把草丛拨拉开，生怕出现遗漏。忽然，手电筒的光亮照到了一个人影，周铁虎急忙走过去，看到张立强躺在地上，头在流血。

“人在这儿呢，赶紧过来！”周铁虎大声呼喊，秦志方和几个员工迅速跑过来。周铁虎掀起自己的雨衣，摸出小急救包，里面有纱布和外伤药。他蹲下身子，给张立强包扎头上的伤口。张立强处于昏迷状态。周铁虎对其他人说：“快做个简易担架，把张经理抬下去!”

关于如何做好野外救生，平时有这方面的培训。很快做好一个简易担架，周铁虎和秦志方把张立强抱到担架上。两个员工一前一后把担架抬起来，周铁虎和郭振华一左一右做保护，赶紧下山。周铁虎不停地打电话，希望能尽快与其他搜寻小组取得联系。

沿着陡峭的山坡下山，平时空手走都费力，抬着担架就更加吃力了。他们轮流抬着担架，心急火燎地往山下走。一个多小时后，不停拨打手机的周铁虎忽然发现手机有信号了。他急忙拨打电话，大声喊人接应!

“张经理受伤了，急需去医院!”

刚说完，手机信号又断了……

第十三章　爱情和事佬

项目部一行人护送张立强到县医院已是下半夜。

把他送进急诊室，大家才稍稍松口气。秦志方背靠墙，几乎虚脱了。他想想就后怕，如果救援人员没及时赶到，非出事不可。他没来西藏之前有思想准备，预想会有许多困难，但没想到工程刚开工，就出了这个事。在这里进行500千伏输电线路建设，太不容易了。以后困难还会很多，一定要做好准备。

几天后，张立强的伤口渐渐痊愈。他虽然躺在病床上，满脑子想的都是工程的事。每天要和周铁虎通几次电话，叮嘱铁塔复测要接受教训，千万不要再出差错。外出复测的员工一定带好外伤药和其他防护用品，宁可早上早点出工，也不要晚上还待在山里。去无人区复测铁塔位置时，每个人要配对讲机，发生意外时好沟通联络。

还有件事，也是张立强想做的，就是调解杜丽颖和秦志方的关系。秦志方因为进藏和杜丽颖闹不愉快，张立强作为项目部经理要当和事佬，帮助解决两个人之间的感情问题。

他向秦志方要来杜丽颖的手机号码，给她打电话。

第一次打通电话，刚开口说："我是藏中联网26标段的……"

"对不起，我正忙着呢！"杜丽颖把电话挂断了。

第二次依旧是这样，让他领教了杜丽颖的个性，难怪秦志方提醒，可能会碰钉子。既然下决心要帮秦志方，调解他和杜丽颖之间的矛盾，就不能轻易放弃。张立强继续给杜丽颖打电话，相信只要真心实意，就是块石头，也要把它焐热了。杜丽颖一再拒绝张立强的电话。没想到张立强很执着，坚持打电话。尽管自己冷言冷语，人家依旧锲而不舍，杜丽颖心里终于有了一点点感动，心想再来电话，我和他交流交流，看看他到底想为秦志方说什么好话。

当张立强再次打通电话的时候，杜丽颖没有拒绝。"你想和我说什么？我们并不熟悉呀！"张立强笑着说："多通几次电话，多交流几次，不就熟悉了吗？"不等张立强说完，杜丽颖直截了当地说："你想为秦志方说情吧？他想和我和好的话，让他回来当面和我道歉，不然免谈！"

没想到张立强说："我不和你谈秦志方的事，我想向你请教仓央嘉措的诗歌，关于他的诗歌，你是怎么看的？"杜丽颖觉得有点好笑，你一个项目经理，大老远从西藏给我打电话，为了探讨仓央嘉措的诗歌，这不是开玩笑吗？其实在这之前，张立强已经做了功课，从秦志方那里了解到杜丽颖对仓央嘉措的诗歌非常感兴趣，他才想到从这方面入手。这多少让杜丽颖感到有点意外，既然人家不谈秦志方的事，自己也不好冷脸谢绝，于是有一搭无一搭地和张立强聊着仓央嘉措的诗歌。让她没想到的是，张立强对仓央嘉措诗歌还真有点研究，即兴背了一首仓央嘉措的诗歌《无题》：

我终于明白，
世间有一种思绪，
无法用言语形容，
粗犷而忧伤；
回声的千结百绕，
而守候的是执着；
一如月光下的高原，
一抹淡淡痴痴的笑，
笑那浮华落尽、月色如洗，
笑那悄然而逝、飞花万盏。
谁是那轻轻颤动的百合，
在你的清辉下亘古不变？
谁有那灼灼热烈的双眸，
在你的额首中攀援而上？
遥远的忧伤，穿过千山万水。
纵使高原上的风，吹不散执着的背影；
纵使清晨前的霜，融不化心头的温热。
你静守在月下，
悄悄地来，
悄悄地走。

尽管张立强的朗读水平很一般，但他发自心底的那份真诚，杜丽颖还是感觉到了。心想，人家这是为了和我交流才精心准备的。她忽然对张立强产生了一种莫名的好感，听听他到底想说什么。

没想到，张立强始终没说她和秦志方闹别扭的事，还是继续说仓央嘉措的诗歌，问杜丽颖去过拉萨没有，那里的八廓街有一处黄房子，据说是仓央嘉措经常光顾的地方，在那里写了很多脍炙人口的诗歌。杜丽颖不知不觉被感染了，顺口背了一首仓央嘉措写的诗：

美人不是母胎生，
应是桃花树长成。
已恨桃花容易落，
落花比汝尚多情。

两个人有了共同语言，交流起来顺畅多了。杜丽颖问张立强："你这么喜欢仓央嘉措的诗歌，你也写诗歌吗?"张立强说："我写不好，手里有一首歌词，给我指点一下好不好?"杜丽颖和张立强加微信，让他把歌词从微信发来。

手机发出"嘟嘟"声响，有微信。杜丽颖打开微信，看到张立强发来的歌词。

藏中联网工程的笑脸，
每一张都是那么平凡。
你不知道这里的微笑，
克服多少困苦和艰难。

藏中联网工程的笑脸，
每一张都那样地果敢。
你不知道背后的故事，
都有风风雨雨的相伴。
藏中联网工程的笑脸，
每一张都无比地灿烂。
你不知道燃烧的青春，
多少拼搏和无私奉献！

看着《藏中联网工程的笑脸》歌词，杜丽颖被感染了，发微信问：“这歌词是你写的吗？”张立强给杜丽颖打回电话，回答她提的问题。“歌词不是我写的，是秦志方写的，他希望你来演唱。”

绕来绕去，这回才算说到正题上，杜丽颖觉得张立强这个经理真不容易，为下属操碎心。她觉得有点内疚，自己以前那么冷淡地对待人家，是不是有点过分了？

张立强觉得可以开诚布公地给杜丽颖说她和秦志方的事了。“杜丽颖，你是个通情达理的好姑娘，你和秦志方之间的误会，责任全在他。虽然他给你道歉了，作为他的领导，我要再一次替他道歉。他瞒着你到西藏参加电力建设，不管想法多么美好，做法是不对的。我再次替他给你真诚道歉，请你原谅。不要生气了，你要在现场看看秦志方现在的状况和工作环境，你会知道，为建设这条世界上海拔最高的500千伏输电线路，他付出了怎样的代价。秦志方有严重的高原反应，一般人可能就打退堂鼓了，他却一再坚持，真是个好小伙子啊！山东送变电公司培养出了这样优秀的员工，我都为他骄傲！我保证，他是个可以托付终身的人，是个永远靠得住的人……”

再往下，就是张立强介绍他们这次铁塔复测时的遇险经过。他说他们遇到黑熊的时候，秦志方还拍了照片，不知道给没给杜丽颖发过？

因为生气，杜丽颖最近没有看秦志方发给自己的微信，听到张立强这样说，杜丽颖说她会看的。张立强长出了一口气，这些天的精心准备终于没白费！

他把打电话的经过给秦志方说了，秦志方满心欢喜等杜丽颖联系自己。过了好几天，没等到杜丽颖的电话。秦志方想，她还是没有原谅自己，想给她打电话，信心不足。再等等，相信总有和解的时候。

晚上，秦志方给爷爷打电话，汇报自己的感受。秦玉勇很满意，年轻人只有经过这样的历练，才会更成熟，才能更好地为国家做贡献。这不是唱高调，对秦玉勇来说，是发自内心的愿望，很多年轻人不很理解，这位老人的想法为什么和自己不太一样。

知道秦志方有高原反应，秦玉勇把自己克服高原反应的一些经验传授给他，叮嘱他不要剧烈运动，只要开始顶住了，一般都会适应。他又问秦志方和杜丽颖的矛盾缓解了没有？秦志方有点苦恼，说张立强做了工作，杜丽颖答应与自己和好，但一直没有联系自己。“你不要着急，她会想开的。我帮你再做做她的工作，她与你会和好，放心吧！”他让秦志方把杜丽颖的手机号发到自己手机上。

打完电话，秦志方心里还是不大踏实：您都九十多岁了，和年轻人能说到一起吗？让爷爷做杜丽颖的思想工作，他觉得不靠谱。

“嘟嘟”，口袋里手机响，杜丽颖连忙接电话：“喂。”“是小杜吗？”声音很熟，听出是秦玉勇的声音。“爷爷，是您啊！”“是我啊，你忙吧？”杜丽颖说：“在值班呢，有事啊？”“你星期天休息吧？”秦玉勇问。杜丽颖想了想，这个双休日自己休息，忙回答：“休啊。”电话里传来秦玉勇声音：“星期天我过生日。请你一起给我过生日行不？”杜丽颖差点笑出来，爷爷真是老糊涂了，秦志方没走之前不是刚给您过生日了吗？一年您过几个生日啊？没好意思说出来，九十多岁的老人有些事情记不住了，自己就给他过生日吧！

为了给秦玉勇过生日，杜丽颖特意订了一个生日蛋糕。不管是不是真的过生日，既然老人提出来了，她总得有所表示。平日里老人对她很好，为了给她和秦志方买婚房，老人拿出了多年的积蓄，想想挺感动的。

站在黄蓝餐厅门口的服务员看到杜丽颖拎着蛋糕盒进来，忙上前打招呼：“请问有预订吗？”“十六号。”杜丽颖回答。服务员在前边引路：“请跟我来。”

跟服务员走到十六号座，看到秦玉勇坐在椅子上。“孩子，你来了！”秦玉勇热情地打招呼。杜丽颖放下手里的蛋糕盒：“爷爷，祝您生日快乐！”秦玉勇有点不好意思了：“买蛋糕干什么啊，其实我不过生日……”他有点手足无措的样子，让杜丽颖想起了一个词“老小孩”。“那您叫我干什么啊？”杜丽颖坐到对面问。秦玉勇笑了："想给你说点事儿。"杜丽颖立刻想到自己和秦志方闹别扭的事，爷爷怕是当和事佬来的。

秦玉勇招呼服务员过来，让杜丽颖点菜。杜丽颖说什么也不肯，让秦玉勇点菜。秦玉勇点了四个菜，都是杜丽颖喜欢吃的，爷爷记忆力好，还能记着杜丽颖喜欢吃什么，这叫杜丽颖很感动。

杜丽颖本以为秦玉勇会说她和秦志方闹别扭的事，做调解。没想到，秦玉勇打开他带来的老军用包——这是他退伍时部队发的——洗得都发白了。他从军用包里拿出一个日记本，递给杜丽颖："孩子，你看看这个。""这是什么啊？爷爷。"杜丽颖接过日记本问。秦玉勇回答："是我在西藏参加川藏公路建设时写的。"杜丽颖一边打开日记本一边想，一定是爷爷当年写的日记了，挺有意思。

她看到扉页上写的两行句话：

"特别能吃苦、特别能战斗、特别能忍耐、特别能团结、特别能奉献。"

"一不怕死、二不怕苦；顽强拼搏、甘当路石；军民一家、民族团结。"

"孩子，上面的是'老西藏精神'，下面的是'两路精神'。'两路'指的是1950年开始修建的川藏公路和青藏公路。"秦玉勇害怕杜丽颖不明白，赶紧解释。

日记记录爷爷当年的工作和生活，这是很多老人的生活习惯。日记记录年轻时的事情，老的时候让回忆有个附着点。杜丽颖打开日记本。她没想到的是，日记本里记的不是日记，是爷爷战友的事迹。

“部队收工吃午饭，林春涛顾不上吃饭，他到工地上察看炮室装填炸药的情况、炸药和导火索是否安全连接。确定无误后，他草草吃了一个窝头，又领着炮班来到工地，他最先下到峭壁点燃了导火索。随着一阵轰隆巨响，一座峭壁倒下了，碎石飞落到下面的怒江里，在江面砸出一片水花。林春涛带领全班战士走进烟尘弥漫的工地，清理石块。

“突然，不幸发生了，一块巨石坠下，砸在林春涛的身上。顿时鲜血染红了衣服……连队指导员安排卫生员进行抢救，给他打针的时候，他不让打，说：‘我不行了，不能为西藏修路了，为了战友省下这针吧！’他艰难地从衣服兜里掏出几张钞票，说是交最后一次党费。然后，在指导员的怀里闭上了眼睛……”

看到这里，杜丽颖特别难受，眼泪禁不住流下来。这位战士一定很年轻，青春最美的年华永远定格在西藏筑路工地上……

杜丽颖忍不住哭了，一边哭一边看。

日记本有几页写着人名和日期。

麻石成，十八师一六二团二营四连通讯员，陕西省西乡县人，1951年牺牲。

郭雨和，十八师一六二团三营机枪连副班长，河南省桐北县人，1951年牺牲。

孙忠烈，十八师一六〇团一营二连战士，山东省曹县人，1952年牺牲。

江里勤，十八师一六〇团一营二连战士，河南省郑县人，1952年牺牲。

……

杜丽颖眼含热泪抬起头，想问，这些牺牲的战士是爷爷的战友吗？

秦玉勇一边流泪，一边给她说起在西藏筑路的往事，特别说起寻找展怡美墓地的事，多年都不能如愿，一直是放不下的心事。他订阅《西藏日报》就是想得到牺牲的战友墓地的消息，这些年，不断有战友墓地被发现，他在报纸上看到后，就会记在当年的日记本上。

他相信展怡美的墓地只要在西藏，一定会找到。他支持秦志方去西藏，一是让孙子帮自己了却多年的心愿；二是想让孙子得到一次锻炼，为西藏建设做出贡献。从始至终，秦玉勇都没说杜丽颖和秦志方闹别扭的事，好像他不是来做调解的。

服务员把四个菜端上来，杜丽颖忽然开口："来瓶红酒！"服务员答应着取酒去了。杜丽颖泪眼婆娑地看着秦玉勇："爷爷，您和战友们太伟大了！"秦玉勇点点头："想帮助西藏发展要克服很多困难，西藏值得去！"杜丽颖明白爷爷找她来是什么意思了，过生日只是借口罢了，他是给她上一堂生动的教育课啊！爷爷没有苦口婆心地讲大道理，也没要求她支持秦志方。从看到爷爷日记本的那一刻起，杜丽颖知道自己该怎么做了。

服务员拿来红酒，杜丽颖给秦玉勇倒上一杯，恭恭敬敬地端到他面前。

"爷爷，敬您这位老战士！"

第十四章　工地厨师不好当

藏中联网26标段全长51公里，总共有54座铁塔。经过项目部全体员工努力，铁塔地址复测工作圆满完成。为庆祝第一阶段工作完成，张立强嘱咐李俊毅，好好准备一下食材犒劳大家。

接到指示，李俊毅立即着手食品采购。在芒康不同内地，很多情况都是预料不到的。

藏中联网26标段项目部后勤采购要去芒康县城。芒康位于西藏东部，和四川巴塘县隔金沙江相望。境内有多座海拔4000米以上的山峰，著名的72拐、怒江天险等都在芒康县境内，该县也是川藏公路进入西藏的第一个县城。308国道从芒康穿境而过，被誉为中国“最美的风景公路”。金沙江和澜沧江流经芒康，水资源十分丰富。境内可以说是处处风景，位于芒康县纳西民族乡的盐井、盐田更引人关注。芒康县在民国时曾叫盐井县，可见盐井在全国有很高的知名度。

芒康是我国唯一采用原始方式晒盐的地方。史料记载，早在唐朝时这里就开始产盐，距今已有一千多年历史。古老的盐田沿着澜沧江东西两岸排列，形成了蔚为壮观的景观。到这里旅游的人很多，对这里独特的原始晒盐方式赞不绝口。

李俊毅第一次去芒康县城采购食品时，先到超市考察，对食品价格做到心中有数。超市里的商品给他的印象是，价格普遍比内地贵。价格高是因为运输的缘故，大部分商品从四川经318国道运进西藏。这条国道上每天都有大型厢式货车行驶。318国道虽然是柏油路，但曲曲折折，坡度非常大，大货车行驶速度每小时三四十公里，运费摊到商品上，自然水涨船高。

超市里没有卖肉的，李俊毅向服务员打听，怎么没有卖肉的呢？服务员告诉他，本地人很少在超市里买肉，县城里的几家超市都不经营肉类。买肉需要和当地经营肉类的商户联系，都是以销定产，要提前打招呼。李俊毅问有没有猪肉？服务员说，本地基本没有养猪的，所以很少有商户经营猪肉。服务员是个热心人，把几个肉类商户的联系方式告诉李俊毅，热情地建议李俊毅先去找自己表哥旺堆，他门路广，讲诚信，生意一直很好。

芒康县城没有多大，只有一条主街。按照服务员告诉的路线，李俊毅顺利地找到了旺堆家。旺堆今天没有外出，有四川巴塘的朋友来找他谈生意，他在家接待。

旺堆家是典型的藏族民居，风格古朴粗犷。建筑外墙上的窗很小，呈现稳重、敦实、封闭的外观形象，好像碉堡一样。这种建筑当地人叫“碉房式”。石头砌成墙体，端庄稳固。外墙和门窗都用彩绘精心装饰，与厚重的墙体相得益彰。门窗的檐下悬挂红蓝白三色布幔，屋顶墙的脚线及转角部位装饰红白蓝黄绿五色布条。五种颜色寓示火云天土水，以此表达吉祥的愿望。

走进院子，李俊毅大声说：“我是来拜访旺堆老板的，在家吗？”“在啊！”一个四十多岁的藏族汉子从屋里出来，不等李俊毅自我介绍，旺堆忙说，“你是李老板吧，刚才表妹给我打电话了，欢迎啊！”李俊毅赶紧说：“我就是项目部一个管后勤的，可别叫我老板。”旺堆“嘿嘿”地笑：“你来买我的东西，就是照顾我的生意，那就是老板。我对照顾我生意的人都这么称呼。快请进！”旺堆在前边引路，把李俊毅领进家门。

屋子里的小方桌上放着装酥油茶的茶壶和两只木碗，里面的酥油茶还冒着热气，看来客人刚走不久。

旺堆请李俊毅入座，拿来一只新木碗，端起茶壶，把里面的酥油茶倒进木碗，端给李俊毅。李俊毅看到旺堆把酥油茶木碗端到面前，一边起身说“谢谢”，一边把木碗接过来。

第一次喝酥油茶，有点不习惯。李俊毅不能表现出来，只能一小口一小口地喝。旺堆倒是爽快：“李老板，有点喝不习惯是不是？”李俊毅点头。“常喝就好了，酥油茶很有营养的。”李俊毅附和着，手里一直端着那只木碗。

“你想买牛羊肉是吧？”旺堆喝完一碗酥油茶，又倒上一碗。李俊毅一边点头一边说：“想多买点。”“多买是多少？”旺堆反问。李俊毅说：“各买二百斤吧。”“你是什么单位啊？”旺堆喝口酥油茶问。“我是藏中联网26标段项目部的。”李俊毅如实回答。

听说是藏中联网26标段项目部的，旺堆很热情地要留李俊毅吃饭，然后再谈生意上的事情。他的热情出乎李俊毅意料，弄不明白为什么。见李俊毅有点发蒙，望堆笑着解释。

自从西藏和平解放以来，当地群众盼望着三件大事。一是盼望筑路部队把公路从四川修进西藏，公路修成后西藏与内地联系的通道终于被打通了，实现了西藏的第一次跨越。筑路部队留下了宝贵的老西藏精神。二是盼望铁路从青海格尔木修进西藏拉萨，这条铁路被西藏人民形象地称为“西藏天路”。第三个盼望就是大电网进西藏，藏中联网便是其中之一。改革开放以来，西藏虽然发生了翻天覆地的变化，但电力一直是发展瓶颈。西藏东部因为电力不足，制约了当地经济发展。藏中联网解决了西藏东部电力问题后，当地的经济一定会发展起来，人民的生活水平会大幅提高。

他举了个例子，他一直想做石锅生意，但电力制约没有做起来。“你们建设大电网太好了！把卡脖子的事儿解决了，生意一定会越做越好！我是不是得请你吃顿饭，表示一下心意？”旺堆爽朗地笑起来，表现出满满的诚意。旺堆这样说，李俊毅只得留下，不然会拂了旺堆的一片心意啊！

旺堆让酒店做了石锅鸡，送到家里来。

旺堆拿青稞酒招待李俊毅。两人一边喝酒一边聊天很投机，仿佛是多年的老朋友。

酒店派人送来石锅鸡，旺堆打开石锅的锅盖。“石锅鸡是西藏名菜。以本地土鸡，还有几种藏药材做原料，经过石锅慢火炖制。尝尝味道怎么样？”他边说边盛一碗石锅鸡递给李俊毅，又递来一只汤匙。李俊毅喝石锅鸡汤，觉得风味独特，有股淡淡的药材清香。拿筷子夹块鸡肉放进嘴里，又嫩又香。“好吃，好吃。”李俊毅连连点头。

“炖鸡用的石锅是用皂石制成的，那是西藏特有的一种石头。”旺堆用手敲敲桌子上的石锅：“加工石锅时要求下手力道匀称，一旦心急，皂石容易被凿穿，这种石锅售价比较贵。墨绿色的云母石锅，保温性特别好。”“手工做石锅一定很慢吧?”李俊毅问，旺堆答：“是啊，废品率也高。我想利用机械加工石锅，可是电力供不上。”说到这，他无奈地摇摇头。旺堆乡下老家有些亲戚，日子过得挺难。他们很勤劳，因为环境限制，没有致富门路。当地利用小水电站供电，很不稳定。

“你们给我们这里通电，我们特别感谢啊！有什么困难只管说，我能帮着解决的一定帮。”旺堆说的话，让李俊毅心里暖暖的……

第十五章　为啥要改线

在李俊毅努力下，终于准备了一顿丰富的晚餐。周铁虎幽默地调侃："你这个火头军合格！"在项目部当厨师不容易，很多困难是过去不曾遇到的。张立强说："第一阶段工作基本结束，大家做好准备，迎接下面的工作。这里环境特殊，我们没有在西藏施工的经验，什么事都要往最坏处想，往最好处努力。为今后一切顺利，干杯！"他举起手里的酒杯，其他人纷纷举杯。

没等放下酒杯，张立强口袋里的手机响了，是芒康县政府办公室打来的，请张立强明天到副县长巴青办公室来一趟，有要紧事情协商。

第二天上午，张立强来到巴青副县长办公室，他是主管芒康县文化旅游的副县长。看到张立强，巴青副县长热情地与他握手，倒一杯茶水放到茶几上。"我们芒康县旅游景点很多，你有时间去转转。"巴青副县长开口。张立强摇头："时间太紧了，工程上很多事要处理，哪有时间去玩啊?""也是。"巴青副县长点点头，"今天请你来，有件事想商议一下。"他打开一张输电线路图纸，铺到办公桌上。张立强站起身来走过去："什么事儿啊?"

巴青副县长用手指着输电线路图纸："县文化旅游局的人来我这里反映了一个问题。""是关于线路建设的事吗?"张立强忙问。巴青副县长点头："我们这里有座小冰川，是新开发的旅游景点，现在输电线路通过的地方，正在这个小冰川景点内，对自然景观视觉有所破坏，影响旅游开发。"

500千伏输电线路设计与26号标段项目部没关系，是设计单位的事。张立强想，设计单位进行设计的时候，肯定没有考虑旅游景点的问题，就连自己也没有往这方面想。巴青副县长把问题提出来，应该引起重视。巴青副县长强调："我们这里没有工业项目，地方经济发展主要靠旅游业。如果输电线路对旅游景观有影响，会影响地方财政收入。"

对待这件事，张立强非常谨慎。设计好的输电线路改线是比较麻烦的，不仅要多花钱，还涉及线路设计是不是合理，输电线路改变路径，项目部无权做主，只能向上级汇报。为了使情况能得到详细说明，张立强提出县文化旅游部门与环保部门最好派人和他到现场看看。

回到项目部，张立强把工作跟周铁虎交代了一下，让秦志方和他一起去输电线路进行考察。

第二天一早，县环保局来了一辆越野车到26标段项目部，接张立强和秦志方去山里。一同去的有县环保局环保科的高科长、文化体育旅游局旅游科的付科长。高科长当驾驶员，付科长坐在副驾驶座位上，他回头说："张经理，等你们项目部把工程建完了，我一定陪你们到芒康主要景点转转，做导游。""谢谢！来芒康一回，我们也是这么想的。"张立强赶紧回应。

越野车在崎岖的山道上曲折盘行，突然高大陡峭的山峰挡在面前，壁立千仞，耸立云天。“这是有名的万壁岩，我们下来看看吧！”几个人下了越野车，仰头才能看到山峰上云雾缭绕。高科长指着山峰说：“这里除了悬崖就是陡壁，我都替你们发愁，材料怎么运上去啊！”

输电线路设计图都装在张立强的脑子里，像放电影似的飞快地在脑海里过了一遍，对这样的塔位，施工时只能在旁边茂密的树林中寻路了。

这里到处是灌木丛林，脚下是一年年堆积起来的枯败的树叶，踩在上面，就像踏在棉花上使不上劲。遇到雨天，更是湿滑难走。即使不下雨，森林里的潮湿也会把人弄得湿漉漉的。太阳出来，密不透风的树林里会像蒸笼一般闷热难耐。上面雾气蒸腾，脚下枯枝烂叶散发霉味，呼吸变得急促不畅。即使再闷热，也不敢脱下外套。带刺的灌木丛生，像一把把钢锯利刃会划破手臂，割开的小口子出汗时热辣辣地疼。蚂蟥无孔不入，平时潜伏在灌木和草丛里，防不胜防。一旦被叮咬，伤口很难结疤，三四天还往外流血水，弄不好会被感染。

半山腰飘着片片云朵，这种云朵在内地很少见。秦志方奇怪：“为什么只有在青藏高原上才能看到这样的云朵，其他地方没有呢？”高科长解释：“这种云是雪峰冰层在阳光照射下汽化后形成的‘冰雾’，是青藏高原上独有的自然现象。”秦志方忽然想到杜丽颖，有机会，一定带她来看看，西藏真是个神奇的地方。他举起手机，对着半山腰的云朵拍照。用微信发给杜丽颖，当然忘不了发朋友圈。朋友圈里的不少人对他发的图片很感兴趣，不能亲自到西藏，看看别人发的照片也是种享受啊！

越野车又往前走了半个小时，高科长把越野车停在了路边。“我们在这里下车吧，前面开不了！”四个人下越野车，往路边的树林里走去。

穿过树林，经过一片草甸，开始爬山。秦志方经过这段时间的适应，高原反应基本没有了，自我感觉不错，能坚持工作。

爬上一个山坡，眼前豁然开朗，一座小型冰川矗立在面前。

冰川旁边有输电线路和铁塔，势必造成视觉缺憾，影响冰川景观的完美。地方旅游部门提出改线是有道理的。张立强打开输电线路图纸，确定铁塔所在的位置，并对四周的环境进行拍照和录像，他要为上级提供原始准确的资料，还要写一份详尽的报告……

芒康县政府要求改迁输电线路的铁塔，26标段项目部必须在最短的时间内向总指挥部报告。因改建线路需要重新勘察设计，影响施工进度。

这种情况不仅出现在26标段项目部，另外三个项目部也有。总指挥部立刻组织专业人员进行详细研究，从支持西藏地方经济发展大局出发，宁可公司在经济上受损失，也要支持地方旅游经济发展。总指挥部很快做出决策，由输电线路设计部门对涉及需要迁移的铁塔塔位进行重新设计，满足西藏地方政府旅游经济发展要求。

第十六章　运料遇难题

藏中联网工程在建设高峰时，参建人数有5万多人。藏中联网输电线路从西藏芒康县到桑日县，跨越3个地市10个县区，总长2738公里，是世界上最长的500千伏输电线路，海拔4000米以上地区超过900公里。翻越海拔4500米以上的高山5座，穿过雅鲁藏布江、澜沧江、怒江10余次，还要穿过10个国家级自然保护区……把这样一个电建工程管理好，需要高超的管理水平。工程进行到某个阶段，总指挥部都要召开电话会议进行部署协调。

这天上午八点多钟，张立强在项目部办公室做好准备，参加总指挥部召开的电话会议。办公桌上放着一个笔记本，上面记录着最近一段的工作情况。

虽然是电话会议，看不到总指挥部的情形，但那种大战前的紧张气氛，开会的人都能感觉到。

电话会议九点钟开始。八点五十分，总指挥部工程部主任开始点名。

“昌林联网工程分指挥部！”

“昌林联网工程分指挥部就位！”

“拉林铁路供电工程分指挥部！”

“拉林铁路供电工程分指挥部就位！”

“11标段项目部！”

“报告，11标段项目部就位！”

“12标段项目部！”

“报告，12标段项目部就位！”

“13标段项目部就位！”

“报告，13标段项目部就位！”

……

施工周期长达一年多，每两三个月召开一次电话会议。如果遇到紧急情况，临时召开电话会议。输电线路太长了，很多工作靠总指挥部管理不过来，下面设了五个分指挥部，各自管理自己区域的标段项目部。分指挥部每周召开电话会议，统筹协调各个项目部工作……

电话会议准时开始。先是工程总指挥讲话：“藏中联网工程动态投资162亿元，新建、扩建500千伏及以上变电站16座，新建500千伏及以上线路2738公里。2018年建成投产后，将加强西藏东中部电网，促进西藏水、风、光清洁能源开发和外送，提高155.6万西藏各族群众生活质量，对富民兴藏、民族团结具有重要意义。每个参建人员，都肩负光荣使命。我们不但要发扬‘老西藏精神’，更要体现国家电网新时代的西藏电建精神，为西藏发展做出贡献！”

听总指挥讲话，张立强心情激动，能投身这样一个输电线路工程，是电建人的荣耀。能参建这样一个电力工程，送变电人无上光荣。

电话会议上，各分指挥部汇报了前期工作进展情况，提出存在的问题，有些问题需总指挥部协调解决。有分指挥部提出急需解决的问题：铁塔工地运送材料的道路怎么解决？

每个电力建设项目工地——不管是变电站还是输电线路——都会遇到运送材料道路的问题。张立强参加多个变电站和输电线路建设，每次都遇到材料运输道路的问题。

26标段线路施工，遇到同样的问题，比过去任何一次运送施工材料都难。铁塔位置一部分在很高的山峰之上，山坡陡峭不说，遍布密林草丛，想在这样的地方开一条路运送材料太艰难了。

解决运送材料道路问题，张立强和周铁虎等人，几次进山勘察路线，都没有找到很好的解决方案。他们希望能找到没有植被和树林的地方，开出一条路，找了几天也没如愿。张立强和周铁虎几个人在现场开会研究，依实际情况，从地面开路运送材料行不通。周铁虎提出个想法。他曾在秦岭参加过800千伏输电线路施工。秦岭是国家级自然保护区，输电线路运送施工材料时遇到了同样的问题，当时也没有很好的解决办法。后来想到，中国电信和联通公司在秦岭建设信号塔，是怎么解决材料运送问题的？他们与中国电信和联通公司联系，询问是如何解决这个问题的。答复是空中建索道解决的。

项目部将解决运送施工材料问题的方案提交到分指挥部，请其帮助解决。分指挥部把解决方案提到总指挥部，希望总指挥部统一协调解决。这个问题每个标段项目部都遇到，成为一个普遍性问题。总指挥部组织专家论证研究，同意26标段项目部提出的解决方案，在藏中联网输电线路所有工地，采用架设空中索道办法运送施工材料。

开完电话会，张立强马上召集项目部人员开会，传达总指挥部的工作部署。马上着手做的工作有两项：一是搭建索道；二是做好迎接施工队的准备。很多人对输电线路建设不了解，不知道项目部和施工队是两个部分。项目部是由山东送变电公司人员组成的，负责工程管理，对工程全过程负责。施工队有的是送变电公司员工组成的，有的是以协作方式由社会专业公司组成的。一般情况下，技术含量不高的基础工作，都是由社会专业公司组成的队伍施工。比方说组立铁塔，需要先挖基坑，这种工作基本由外协队伍完成。而技术含量比较高的工作，由送变电公司的员工完成。即使需要外协队伍完成的，项目部也会有技术人员进入进行指导，防止质量不达标。

在施工队伍没到来之前，要把索道建好。索道选址很重要，不能离施工地点太远，又要方便材料运达。重要的是不能对环境造成破坏，要选没有植被的地方。

索道起始点四周用铁架杆围起来，铁架杆上挂汉、藏两种文字书写的标语——“索道重地，请勿进入”“保护生态，功在千秋”。一边竖立着索道设施验收合格牌。搭建单位：四川索道工程建设公司。验收单位：藏中联网26标段项目部。验收人：张立强。索道最大承载量：2600公斤……

另有一块施工责任牌，写着安全负责人、技术负责人、机械操作人的名字。责任和权力标示得一清二楚，每个员工都知道自己应该做什么，不能做什么。

第十七章　愿望盼成真

为做好输电线路施工前准备工作，26标段项目部的每个人都很忙。张立强更是忙得脚不沾地，加上晚上休息不好，早上起来两眼都是通红的。每天早上项目部开碰头会，部署当天的工作。

开完碰头会，张立强让周铁虎留下，商量迎接外协施工队的事。这次来26标段参加施工的外协队伍由济南甘华电建公司组织。这家电建公司的施工队长期与送变电公司合作，互相了解，配合默契。甘华电建公司施工队以前参建送变电公司的线路施工，被授予优秀协作单位荣誉称号。像甘华电建公司这样的优秀协作单位，项目部一般不参与施工队的管理。

这次施工与以往不同，双方都是第一次在西藏施工，对施工中会发生什么情况，心里都没底。按山东送变电公司要求，26标段项目部必须加强与施工队联系，参与施工队管理，防止意外发生。经研究，决定派周铁虎、郭振华到施工队担任顾问，帮助施工队完成任务。

接受任务，周铁虎给施工队队长包永全打电话，询问施工队准备情况，确定到达日期。包永全说，因为这次施工情况特殊，公司调集精兵强将参加施工。有几名骨干正在参加其他电力项目施工，归队后立刻启程。

需要帮助施工队安排住宿，周铁虎找到果洛村村民委员会主任拉顿。

村委会办公室在村东头，院子大门口挂块白底黑字的牌子“芒康县果洛乡果洛村村民委员会”。

拉顿四十多岁，豪爽热情。他看到周铁虎，又是让座又是倒茶。他对26标段项目部的人有一种特殊的好感，总和乡亲们说：“人家是从济南来帮咱们供电的，一定要大力支持啊！”周铁虎和张立强第一次去拜访他的时候，特意给两个人献上了哈达。

双方第一次见面交谈得很愉快，气氛融洽。拉顿介绍果洛村情况，这是个行政村，由7个自然村组成，有2300多人口。村子地域80%是森林，严禁野外生火，违反要严厉处罚。保护生态和保护野生动物非常严格，拉顿兼任野生动物保护小组组长。“请你们一定遵守规定，不能在野外生火，也不能伤害野生动物。这里野生动物多，像獐子、岩羊、黄羊都是国家保护动物。”张立强代表项目部保证：项目部和施工队的人绝不在野外生火，绝不发生偷猎的事。他和周铁虎商议，配合果洛村做好生态保护工作，项目部安排一名兼职护林防火员和一名野生动物保护员。施工队进驻以后，施工队再安排兼职护林防火员和野生动物保护员，把这项工作落到实处。

这样的安排，拉顿有点没想到。他本以为项目部能遵守规定，配合自己的工作就不错了，人家还安排兼职护林防火员和野生动物保护员，对生态环保工作真重视。提到电力的事儿，拉顿有一肚子苦水。他打开电灯开关，电灯发出橘红色的光。“这是在白天，晚上还不如这会儿亮呢！我对电是个外行，弄不明白怎么回事儿。就这样还经常停电，村里小卖部最畅销的东西是蜡烛。”拉顿说到这里很无奈，脸上露出苦涩的表情。

张立强解释，电灯发红有两个方面原因：一是电压不稳，二是供电半径太长。电压不稳和电力输出有关系，西藏很多乡镇都是小水电站供电，电力质量得不到保障，经常会停电。灯光发暗发红是因为供电半径太长，达不到要求。他形象地举个例子，就像跑马拉松一样，运动员开始跑的时候劲头十足，跑得也快。等到后半程就不行了，体力不支导致速度降低。供电也是如此，一般供电半径在三到六公里。超出这个范围，质量会越来越差，电灯亮度不够。藏中联网工程要解决的就是这个事，500千伏输电线路建成以后，偏远乡镇也会用上大电网的电，供电质量大大提高，电压非常稳定，灯光再不会发红。

“那太好了！”拉顿禁不住咧嘴笑起来，能用上大电网的电，是乡亲们盼了多少年的事啊！他心里还有疑问，想听张立强解释。“上大电网费钱啊，像我们这样的村用不了多少电，你们投资能收回吗？”张立强忍不住笑了：“算经济账，藏中联网500千伏输电线路肯定是赔本买卖。为西藏长远发展考虑，促进西藏经济发展，赔钱也要做好。国家电网这笔投资算的不是经济账，纯粹为西藏人民谋福利、谋发展。”“是啊，等这条线路建成了，我们这儿一定会有更大的变化！”拉顿充满信心，张立强和周铁虎为自己肩负的使命感到自豪。

从那时起，周铁虎和拉顿交往多了。他把项目部安排的兼职护林防火员和野生动物保护员介绍给拉顿，相关工作一定全力配合。拉顿乐得合不拢嘴，人家送变电公司不光帮我们建电网，还帮助做其他工作，了不起！

甘华电建公司施工队准备入驻果洛村，需要找合适的住处，周铁虎请拉顿帮忙。村里以前的小学废弃不用了，条件不算好，不知合不合适？拉顿带周铁虎去实地看看。

村小学弃用失修，挺破败。教室门没锁，直接开门进去。教室屋顶有的地方已经漏了，能看到头顶的天。条件虽然不好，能找到这样一个地方也不容易了。抓紧时间进行修缮，还得请拉顿帮忙。“房租要多少？”周铁虎问，拉顿摆摆手：“屋子闲着也是闲着，你们不嫌弃住着就是。”周铁虎也没勉强，以后找机会回报村里，不能让村里吃亏。

张立强问他修房子的事进行得怎么样？周铁虎胸有成竹：“就等施工队入驻了。他们坐大巴从林芝到这里，估计明晚到。”“万事俱备，只欠东风。施工队到了，马上开始动工。”张立强强调，“黄金施工时间就五六个月，务必抓紧。”“咱们的人没孬种，你放心！”周铁虎显得信心十足。

第二天凌晨三点多钟，两辆大客车开进果洛村闲置的小学。项目部的人早早等候，准备了热乎饭菜和茶水。施工队队员从两辆大客车上下来，有人鼻子上插着氧气管，有高原反应只得吸氧。施工队队长包永全看到张立强，从口袋里掏出一张施工队队员名单递给他。

接过名单，张立强看了一下排序号，只有107个人。不是说能来115名施工队员吗，怎么只有107人呢？他抬头看看包永全，抖一下手里的名单。包永全明白他的意思，马上说明：“开始是有

115人参加施工，其中有6个人说啥也不来。”“还缺两个是怎么回事?”周铁虎在旁边问，包永全说：“说起来闹心。我们从林芝下飞机，有一个开始流鼻血，坚持要回去……”

林芝海拔只有2900米，有人高原反应这么厉害。500千伏输电线路在芒康的工地海拔普遍在4000米，一定更艰苦。流鼻血的小伙子非要回济南，他把另一个队员也影响了，跟着一起回济南不可。“唉，我都没想到，会临阵逃跑两个。再加上6个不来的，一共缺8个。”包永全有点沮丧，“好在不是技术骨干，不影响施工。”出现这种情况，张立强只能好言安慰：“平安到达就好，困难肯定有，但也没想象的那么可怕。只要我们齐心协力，没有迈不过去的坎。”包永全以前和张立强打过交道，对他的人品和能力很佩服，也十分信任，希望能顺利完成施工任务。

第十八章　陡坡栈道不好修

施工队入驻果洛村后，按施工计划进行准备工作。经讨论研究，26标段项目部决定，先从环境最艰苦、条件最恶劣的101铁塔开工。把它做成一个施工样板，101铁塔能顺利建成，线路上的其他铁塔都能完成。

101铁塔施工难在什么地方呢?

铁塔位置在一处陡坡的半腰，下面是峭壁，最底下是怒江。从铁塔施工工地到下面的怒江，落差有二百多米，胆小的人都不敢低头往下看。陡坡的坡度七十多度，风又特别大，在陡坡上手里不抓住旁边的树木，很容易被吹倒滚落。下面怒江发出“隆隆”咆哮水声，像是打雷。西藏所有的河流都是这种特点，因地势关系，流水湍急，波涛汹涌，十分壮观。怒江更具典型性，因为落差大，全流程中都咆哮不止，因此称为“怒江”。

十几个人组成施工小组，来到101铁塔峭壁上。之前复测铁塔位置，张立强、秦志方和郭振华没少费工夫。施工大大增加了难度：一是开挖基坑，根据设计要有十米深，然后在基坑里浇筑混凝土，浇筑时需要搅拌机，五六吨重的搅拌机用攀援绳肯定吊不上去；二是组立铁塔，光铁塔部件就有四十吨，还要使用大型抱杆，这些物品运到工地不是吊绳承受得了的。这些困难以前都不曾遇到，想解决不是轻而易举的事。

秦志方上次来复测铁塔位置，有一定经验。张立强指着陡坡说："秦志方和郭振华下去，拍完照片和录像赶紧上来，再研究一下怎么办？上次复测只有三个人，这次是施工要下去几十个人。必须保证安全。"秦志方和郭振华在腰间绑好安全绳，然后开始往陡坡下面移动。

两人到半山腰，坡面越来越陡，站立都困难。郭振华说："这是在云彩里建铁塔，全世界恐怕也找不到第二个这样的工程。"秦志方赞同："对，我准备写首《云端上的歌》，表现我们在云端上建铁塔。"郭振华拿微型摄像机录像，鼓励道："好好写啊，让全国人民都知道藏中联网工程多不易。让全世界电力同行知道，中国电力人创造了伟大的奇迹！"

秦志方的手机响了，来电显示是杜丽颖，他赶紧接电话："喂，喂。"电话没回音，又大喊两声，对方依旧没有回答。他看看手机屏，没信号了。关键时刻手机没信号，他很沮丧。他赶忙向郭振华求援："用你手机给我拍两张照片。""谁来的电话呀？"郭振华问。秦志方喜滋滋地回答："我对象杜丽颖。"自从与杜丽颖和好以后，他仿佛浑身都充满了干劲儿。只要有时间，他就向杜丽颖汇报自己的工作和生活情况，拍照片发给她。

秦志方今天让郭振华给他拍照片是必须的，回到项目部再给杜丽颖发微信。他要让她知道，在26标段工地上，不是想打电话就能打电话的。

拍完录像，郭振华向四周看了看。这么陡峭的地方，施工又不是一天两天能干完，必须得解决怎么下来上去的问题。101铁塔位置海拔4300米，重达191吨。这座铁塔和102铁塔又是超大跨距，跨度约2260米，对抗风抗冰有很高的技术要求，出点事故不得了！

回到26标段项目部，张立强召集开会，研究怎么做好101铁塔施工。包永全先发言，面露难色。“没来之前，我想到这里施工比其他地方难，没想到这么难！坡度那么陡，怎么上去？即使能爬上去，怎么往上运料？我不是说泄气话，在这施工，一基铁塔就得半个月或一个月。地质条件还不清楚，好不好干也不知道。太难了！”这番话说得很沉重，会场的气氛十分压抑。

见大家不说话，张立强开口：“今天都去现场看了，101铁塔的环境确实很差，总得想办法啊！今天要是想不出来，回去每个人都想个解决的办法来，众人拾柴火焰高嘛！”周铁虎接着说：“我们不能闲着，施工队闲一天多一天开销。能不能把101铁塔建设往后放，想出办法回头打歼灭战。”张立强的想法是先啃“硬骨头”，其他铁塔建设相对就容易些，现在看不现实。他决定让施工队分成三个施工组，其他铁塔先开工。

开完会，秦志方回到办公室，第一件事就是给杜丽颖打电话。没打电话前，他把郭振华给他拍的照片用微信发给杜丽颖。

“嘟嘟”手机响了几声，杜丽颖接电话：“喂，秦志方，上午给你打电话怎么不接呀？”秦志方赶紧说：“工地没信号啊！给你发的照片看了没有？”杜丽颖说：“看了，像是在悬崖峭壁上，下面那条发红的江是什么江啊？”“澜沧江。”秦志方说，“我们去铁塔工地察看环境，你打电话时，我接起来就没信号了，没法及时回电话。”听他解释，杜丽颖不再责怪了。在西藏偏僻地区，手机没信号是常事。杜丽颖刚才看了照片，有点为他们担心。“那个陡坡看着都心惊胆战，怎么在上面工作呀？施工材料怎么运上去啊？”“我们想办法解决。”秦志方说，“你能不能帮助我们出个主意？我给你发奖金。”

秦志方说完，杜丽颖想到上次给爷爷过生日，他讲修筑川藏公路的事。有一段路的山体险峻，四周是悬崖峭壁，筑路战士无法立足。他们修栈道，先在绝壁上凿出一个个石孔，然后打进铁橛子，在上面铺木板，行走和运送物资就方便了……

不知道这个办法行不行，提供给他参考。“我想到爷爷和我说的一个办法，不知道行不行？”“你说！秦志方催促，杜丽颖说：“悬崖峭壁通行不便，利用栈道是不是可以解决……”“这个主意好，应该行！”不等她说完，秦志方叫起来。打完电话，杜丽颖收到秦志方发的微信红包，还有一个大拇指图案，是对她的赞扬。

在陡坡上修栈道，项目部组织两次讨论。大家觉得可行，给这个方案起名“101天梯”。

在陡坡上修栈道，首先要勘察确定在什么位置上凿孔，在孔内插入多长的铁橛子，需要多长，直径多粗，能承受多大的重量……进行实验设计后，才能付诸实施。

勘察确定“101天梯”的凿孔，安排两组人员，一组是秦志方和周铁虎，另一组是郭振华和一个经验丰富的员工。他们把安全绳拴在陡坡峭壁的大树上，保证万无一失，两组人员系安全绳去半山腰。

秦志方和周铁虎先下到半山腰，忽然刮起大风。毫无防备的秦志方被大风吹起来在半空中飘荡，引起大家连声惊叫。张立强特紧张，大喊：“千万不要慌！抓住绳子！”秦志方伸出手，牢牢抓住安全绳，身子在大风中摆度越来越大，随着大风向右飘荡，迎面是大岩石，撞上就惨了。秦志方伸出两条腿做保护，先蹬到大岩石上，用力荡开，防止撞上。

张立强的脑门“刷”地冒出冷汗，如不能及时停住，随着摆动的幅度越来越大，秦志方凶多吉少。陡坡下面的人干着急，帮不上忙。

半空中，秦志方还在大风里荡悠，若不停下来很难保证人身安全。秦志方知道自己身处险境，极力想让身体稳定下来，无奈风太大，他在空中无法做主。

在旁边的周铁虎一直在寻找机会，他死死盯着秦志方荡悠的方向。一阵狂风吹来，秦志方的身体被加速吹到周铁虎身边。他急速伸手，猛地抓住秦志方的衣服不放。这是唯一的救援机会，抓不住就危险了。

大风中，秦志方和周铁虎两人都晃荡起来。周铁虎一手抓住秦志方，一手拼命抓住旁边的一棵小树。“快踩住！脚下踩住！”周铁虎拼命喊，秦志方看准机会，把脚踩到了下面的岩石上，身体终于稳定下来。周铁虎死死揽住秦志方：“没事了！没事了！”

秦志方禁不住呕吐起来……

接到市教育局去西藏支教的通知，童香梅很高兴。之前去支教的老师因为家里有事要提前回去，需要有人接替。原来安排暑假去西藏，身体适应一段时间，秋季开学后到学校上课，现在提前安排了。支教地点是芒康县果洛学校，百里之外是澜沧江边的盐井，她很想去看看。这次去西藏，如果有时间，她一定要实现自己的愿望。

上次同学聚会时，童香梅对袁潇雨说要去西藏支教。他特意说，什么时间去西藏一定要告诉他，有事请童香梅帮助。当时她问袁潇雨什么事情，袁潇雨又不肯说。现在去西藏支教的通知来了，她问问他有什么事需要帮助。

童香梅拿起手机打电话，“嘟嘟”响了几声，袁潇雨接电话。“袁潇雨吗？”“童香梅啊！”“上次给你说的去西藏支教的事定下啦！”童香梅话音刚落，袁潇雨高兴地说：“好啊！这些天没听到你的消息，以为不去了呢？”“你不是有事情让我帮忙吗？”童香梅说。袁潇雨略微停顿：“晚上你有时间没有？请你吃饭，详细说。”看来袁潇雨请自己帮忙做的事需要当面说，放下手机，童香梅想，他想在西藏办什么事呢……

两个人约定的见面的地点在泉雅饭店。

晚上七点，童香梅准时来到泉雅饭店，在门前看到袁潇雨的轿车。

来到预订的蓝玫瑰雅间，服务员走过来：“请进吧！”服务员推开门，童香梅走进房间。

“请坐！喝茶吧！”袁潇雨倒杯茶递给童香梅。她接过来：“谢谢！你先来了呀，不好意思。”袁潇雨说：“我也刚到。你喜欢吃什么？”袁潇雨接过服务员递来的菜谱，转头问童香梅。“随便啦，少点些，别浪费了。”童香梅一边喝茶一边说。袁潇雨点了两个凉菜两个热菜，还有一个海鲜汤。

服务员把凉菜和热菜端上来，袁潇雨知道童香梅不爱喝酒，要了两杯新榨的西瓜汁，袁潇雨打开话匣子。

上次在长白山拍摄极限滑雪纪录片受伤，腿上打了钢板和钢钉，袁潇雨很少去野外摄影了。他又不甘心与喜爱的野外摄影告别，总想另辟蹊径。一部法国人拍的信徒朝圣纪录片引起他很大的兴趣。他忽然产生一个想法，自己能不能跟踪几个藏传佛教信徒，拍摄他们朝圣路上的故事呢?

想做好这件事，存在困难。从前期信徒准备动身开始拍摄，必须在信徒没有动身前就介入，拍摄的纪录片才会生动真实。这需要有一个了解情况的人为自己做准备工作。这个人必须深入西藏，对藏传佛教信徒有所了解，能够被他们信任。没有藏传佛教信徒配合，这种纪录片拍不成。同学聚会的时候，他得到童香梅要去西藏支教的信息，立刻想到能不能帮自己做这件事。童香梅去西藏支教，就能了解当地的学生和家长，了解当地的藏传佛教信徒有没有去拉萨朝圣的心愿。如果有，就可咨询有没有接受拍摄纪录片的可能。他希望童香梅帮助自己做这些工作，只有在童香梅的帮助下，袁潇雨拍摄藏传佛教信徒朝圣的想法才能实现。

听完袁潇雨叙说拍纪录片的计划，童香梅觉得这个想法非常好，应该支持。袁潇雨的想法和自己去西藏支教是一样的，都是不甘平庸度过自己的青年时光，想做点有意义的事，实现自己的人生价值。这是新时代的新青年奋发图强精神的真实写照，他们为实现理想而努力奋斗着。

童香梅举起手里的茶杯：“以茶代酒，为我们能实现自己的理想，为我们的青春事业干杯!”袁潇雨有些激动地举起茶杯：“这事给你添麻烦了，挺不好意思的。你也不用为难，能帮我做更好，帮不了也很感谢!”两人举起茶杯互相碰了一下，预祝事业一帆风顺……

吃完饭，袁潇雨和童香梅走出饭店大门。他让童香梅稍等，自己开车过来，顺便送童香梅回家。

第十九章　惊险的运输

为101铁塔工地搭建天梯的工作在紧张进行。上次遇到大风，秦志方差点出问题。26标段项目部针对此研究解决办法，采用间歇作业方式，遇到大风停止作业。搭建栈道借鉴盘山路的方式，采用“Z”形，尽量让栈道坡度小，方便施工人员上下和运送施工材料。

去101铁塔工地的六里路又陡又险，光秃秃的山坡倾角有六七十度，山下是湍急的怒江。不修建栈道的时候，只能用绳索把施工人员沿着山坡放到半山腰施工，很难保证施工时不出问题。项目部下决心，不管有多大困难，一定要把栈道建起来。

搭建栈道，在石壁打膨胀螺钉，再装铁环。遇到大风来不及躲避时，作业人员及时抓住铁环，把腰间安全带的安全扣及时扣到铁环上，避免出现在大风中遇险的情景。二十多名工人组成的栈道班从早上天刚亮就进行作业，张立强盯在工地上，不敢大意。他拿着望远镜，不时观察陡坡搭建栈道的情况，必须保证施工人员的人身安全啊！

搭建栈道的施工人员在陡坡上徒手搬运钢管和扣件，只能选择一个相对安全的位置。他们把腰间的安全绳上引出的安全扣挂到固定铁环上，再手递手用接力的方式将材料运到搭建地点。张立强望着陡坡半腰的铁塔工地，心里无限感慨：在这样恶劣的环境下把铁塔组立起来，真是电力建设的奇迹！

二十天后，陡坡上的栈道建好了。秦志方特意用红漆在栈道旁边的一块岩石上写了“101天梯”几个大字。他们为在这样恶劣的环境下建成这个“天梯”感到骄傲。施工人员克服困难的勇气和努力奋进的精神在搭建“101天梯”时得到展现……

“101天梯”建好那天，26标段项目部和施工队队员都在栈道上走了一遍，他们发自内心的自豪感油然而生，对着大山，对着脚下的怒江，大声呼喊：“藏中联网，我们来了——”

高山深壑响起回声：“藏中联网，我们来了——”

101铁塔开始施工，比较小的工具和材料通过索道运到陡坡上的山梁，再从栈道运送到陡坡半山腰的工地上。

晚上十一点钟，张立强在项目部办公室做线路施工计划表，这时手机响了。打电话的是周铁虎，他焦急地说：“张经理，有事想问问你怎么办？”“什么事啊？你说。”张立强回答。

施工队成立了3个施工小组，101铁塔施工小组因为作业难度最大，周铁虎亲自跟组指导。施工小组离开施工队驻地，搬到101铁塔工地上面的山梁。“施工需要挖掘机，怎么运上工地啊？”周铁虎在电话里说。张立强说：“不是说拆卸分开运吗？”

这些年，为提高电力项目施工速度和质量，输电线路施工和变电站施工普遍采用机械化作业，凡是能机械作业的都不使用人工。特别是土建部分——开挖铁塔基础坑——基本不用人工作业，只有少数特殊环境下才会使用人工。藏中联网工程环境特殊，有的施工工地大型施工机械不好进，采用小型施工机械作业。

利用索道运送施工机械和材料，最大载重量两吨。张立强预测过，挖掘机拆开后，从索道运输应该可以。“挖掘机拆开，索道运不了吗?”张立强问。周铁虎回答：“挖掘机拆卸可以用索道运。问题是怎么从山梁运到半山腰工地。”张立强不明白了：“不能用栈道运吗?”“问题就出在这!”周铁虎说话速度快了，看出来他着急。“为保险起见，我今天特意把栈道宽度和挖掘机的宽度测了一下，二者刚好。就是说，从栈道运送的时候，左右不能有人保护。另外，栈道上的外侧加装的护栏网也得拆掉，不然有影响……”这是没预料到的难题，张立强怪自己考虑得不周全……

第二天一早，张立强赶到101铁塔施工组，研究解决运送挖掘机的问题。

挖掘机被拆成三部分，先通过索道运到101铁塔工地上的山梁，然后从栈道运到陡坡半山腰施工工地。挖掘机的底盘宽度正好和栈道宽度一样，从山梁上往下运送挖掘机底盘，在挖掘机底盘下面绑上木杠，由身体强壮的施工队队员抬着从栈道下去。为防止意外，又在底盘拴了两道绳索，让人拽着，防止挖掘机底盘脱滑。栈道的坡度四五十度，运送过程中发生意外不堪设想，必须做好预防。

卡车把拆卸成三部分的挖掘机部件运到山下索道站，运送的部件放在索道吊篮里。拆卸的挖掘机部件个头太大，吊篮装不下，只能用四根钢丝绳把挖掘机部件牢牢固定，再捆绑到索道钢丝绳上。张立强亲自检查，问索道操作手：“半路起大风怎么办?”操作手说：“没有避风的好办法，只能让索道停止运行，等大风过去再运行。”张立强认可了操作手的做法。

索道运行前，张立强又吩咐操作手仔细检查设备。索道卷扬机“轰隆隆”响起来，卷动索道钢丝绳运行。固定在索道钢丝绳上的挖掘机部件慢慢吊起来，随着索道钢丝绳移动。张启祥嘱咐索道操作手：“速度要控制，不要太快!”宁可运行速度慢点，也要保证安全地把挖掘机部件送到山梁上。

果洛村村民布介牵着一匹枣红马走来，马背的驮架上放着鼓鼓囊囊的麻袋。看到张立强，热情地打招呼：“张经理，往山上运东西呀?”“是啊!”张立强回头答话，问，“你去哪儿了?”“去芒岭村收了些藏药材。”张立强对藏药不很了解，知道的只有藏红花和冬虫夏草。“是冬虫夏草吗?”张立强问。布介龇牙笑了：“有冬虫夏草，你想要，我给个便宜价。”张立强确实想买点冬虫夏草，临来西藏，妻子给他说，想买点冬虫夏草。市面上卖的冬虫夏草太贵，还不知是真是假。“我买的时候，找你。”张立强顺口说，布介点点头：“我收的冬虫夏草货真价实，你尽管放心!”他从口袋里摸出两根冬虫夏草放到张立强手里。

在每年五月中旬到七月采挖冬虫夏草，这也是冬虫夏草大量上市的季节。“现在这个季节采挖的虫草质量最好，购买冬虫夏草最划算，价格也便宜。”布介介绍，“海拔越高，天气转暖就越晚，采挖期跟着晚。海拔越高，虫草质量越好。芒康海拔高，冬虫夏草的品质比海拔低的地方好，药用价值高。”张立强把手里的两根冬虫夏草还给布介，说：“等工作忙完了，抽时间去找你。”布介很高兴：“施工需要运送材料，有上不去的地方，找我。可以用骡马运送，我们这儿的骡马习惯爬山。”“好啊，说不定还真得找你帮忙呢！”张立强听到可以用骡马运输材料，很有兴趣。“布介大哥，雇骡马运材料，价格怎么算？”布介想了想：“这要看爬山多高，路危险不，有多远，才好定价。”“知道了，需要时会找你。”张立强肯定地表示，布介牵着马走了。

分拆的挖掘机用索道运送到101铁塔工地上面的山梁，如何安全地运送到陡坡半山腰，施工队研究了半天，决定先运挖掘机底盘。它个头大，分量重，能把底盘安全运送到半山腰工地，其他部件就好办了。

靠人工从栈道把挖掘机底盘抬下去，最危险的是在前面抬杠子的人。因为栈道坡度很陡，万一发生脱滑，前面的人很容易被挖掘机底盘顶着发生危险。栈道外侧的护网又拆掉了，失足滚落的后果很可怕。张立强用手指着自己胸前戴的党徽：“大家自己报名吧，我是党员，我先上！”话音刚落，又有几个党员举手。周铁虎上前，把张立强举起来的手摁下去。“你当指挥，不要身先士卒了。指挥这个活儿责任更大！需要十六人，我算一个。”“我！”李文涛往前跨一步，后面又有几个人跟着，有项目部的，有施工队的。周铁虎、李文涛和另外六个身强力壮的小伙子在前面抬木杠，又选了八个人在挖掘机底盘后面抬木杠。分配其他人拉住拴在底盘上的绳索，防止出现滑脱。

“大家听张经理口令，统一步调，千万别乱了！”周铁虎指挥大家准备抬挖掘机底盘时，一再嘱咐。各就各位，紧紧握住挖掘机底盘的木杠子。有人往下面的怒江看了看，禁不住吐舌头。有恐高症的，胆子小的，绝对不敢站在这里，真叫人心惊胆战。

张立强手拿小红旗，嘴里衔着哨子。“一定要看我手里的小红旗，听到哨响立刻停住动作！”他的声音很大，在大倾角栈道上，步调必须一致，出现任何闪失都是致命的。

“唰”小红旗举起。

“嘟——”哨子吹响。

“嗨——”大家齐心协力抬起挖掘机底盘。

“走——”一声号令，大家迈上栈道，开始往下走。

“拉住绳子！”张立强高声提醒。

大家神经紧绷，不敢半点大意。

张立强在最前面，看大家一步一步移动，眼睛都不敢眨。

“慢点！”张立强大声提醒，将要经过的栈道坡度大，还有转弯，不可大意。前边八个人分成两组，四个人抬一根木杠。周铁虎和李文涛在最前面，这是最危险的位置。到转弯处，周铁虎想尽量往陡坡里面靠，给外侧的李文涛多留出一点地方，提高安全系数。没想到，他往里靠的时候，脚下一滑，跪在栈道上，其他抬木杠的人猝不及防，东倒西歪。

事情发生得太突然，张立强紧急吹响哨子。

“嘟——嘟——”

李文涛被歪斜的木杠带倒，身体顺势朝栈道外面摔出去！

“啊——”

李文涛惊叫。

“啊——”

周铁虎惊叫。

“啊——”

张立强惊叫。

李文涛双手紧紧抓着栈道上的木板，双腿已经悬空了。

张立强赶紧跑过来，趴在栈道边上，伸手紧紧抓住李文涛的手腕。

周铁虎扑上来帮助张立强。

其他人想过来帮忙，张立强大声制止："不要过来！栈道外侧承受力不行！"一句话把大家提醒了，纷纷退后。周铁虎抓住李文涛的另一只手，和张立强一起使劲把李文涛拽上来了。

费了九牛二虎之力，施工队终于把小型挖掘机分拆的部件运送到101铁塔工地，很快组装好。小型挖掘机司机说："工地上石头太多，恐怕有的地方挖掘机不好使。""总比没有强啊！"包永全说，"咱们费这么大劲儿把它运上来，一定得发挥它的作用！"周围的人七嘴八舌地说，为了把小型挖掘机运到工地，太不容易了。在条件这么恶劣的地方，能用上机械已经是很不起的事了，值得炫耀，充满传奇色彩。

藏中联网工程500千伏输电线路竣工投运的时候，一定会有热烈掌声和无数赞美。也许没有人会想到在建设中这群人遇到的艰险，想不到这群人是冒着生命危险建设的。当城市和乡村灯火点亮的时候，人们欢声笑语，没有人会想到这群人是怎样在陡坡栈道上为点亮万家灯火战战兢兢、如履薄冰。岁月静好，是因为在其背后有一群心甘情愿为别人付出的人。

施工队的工人在工地上搭建了一个临时帐篷，站在旁边的张立强心生感慨：送变电人在西藏干过藏中联网工程后，这辈子再干什么样的电力工程也不在话下了。张立强口袋里手机响，是女儿打来的，张立强赶紧接电话。“爸爸，咱们视频通话吧，我好想你啊！”手机传出女儿甜甜的声音。张立强忙说：“好啊！”

打开手机视频画面，出现了女儿甜甜。

“爸爸！”

“甜甜，爸爸在呢！”

“爸爸，你休息吗？今天是星期天啊！”

“爸爸加班呢。”

“怎么老加班啊，我好想你啊！”

“爸爸也想你。”

“答应我的事忘了没有？”

“没有，等爸爸干完工程回去，一定陪你去儿童乐园……”

“谢谢爸爸！”

“你要好好学习啊！”

手机荧屏里，甜甜拿出自己的考试卷展示，100分。“老师刚发的卷子。”张立强特别高兴，也有点心酸，女儿上学自己就没管过，全靠妻子照顾。“好！我给你发红包！”他禁不住夸赞，甜甜撅起嘴巴：“我不要红包，我只想要你回来陪我。儿童节的时候，很多同学都有爸爸陪着玩，就我没有……”女儿有点委屈，张立强心里酸溜溜的。“等爸爸工程干完了回济南，一定陪你过儿童节……”

手机突然黑屏了，高海拔地区手机信号不稳定，信号中断是家常便饭。张立强使劲甩手里的手机，希望能把手机信号甩出来。周铁虎凑过来说：“唉，没办法。上次跟我妈打电话也是，正说话呢没信号了。”张立强满怀期待：“等把这条输电线路建起来，一切都会变好的！”

张立强去年在外地施工，春节回家时，看到女儿用红笔在台历上打钩，有点好奇：“你在台历上打钩干什么？”“我看爸爸什么时候回来呀！”听到女儿稚嫩的声音，他的鼻子酸了。常年在外参加电力建设，和儿女待在一起的时间太少了，带女儿去儿童乐园玩一次都成为奢望。他想起秦志方不久前写的一首歌词：

小时候看太阳落下山岗，
总呼唤夜明珠快来家乡。
日日期盼，夜夜向往，
美丽的憧憬还是梦想。
长大了遥望雄鹰遨游天上，
总梦想我长出一双翅膀。
一条银线穿过雪山，
吉祥的电力梦圆西藏。
那是一条雪白的哈达，
连着北京日夜闪光。
那是一条神奇的哈达，
万水千山送来力量。
雪莲不再愁寒夜漫长，
喜马拉雅尽情梳妆，
雅鲁藏布歌声嘹亮。
电力天路通往西藏，
西藏人民幸福安康！

第二十章　志同道合

每个人在青少年的时候都有自己的理想，这种理想很多时候受家长的影响。有一句话被广泛认可——“家长是孩子的第一任老师”。秦志方的梦想是加入中国共产党，这与爷爷秦玉勇的言传身教有很大关系。秦玉勇有个日记本，是用来专门粘贴党费收据的。每次交完党费，他都会把党费收据粘到日记本里。这个日记本很旧了，是他退伍时部队给每位老兵发的纪念品。

秦志方小时候不知道这个日记本是干什么用的，每次看到爷爷工工整整地把党费收据粘到日记本里，觉得奇怪，这一张张小字条是干什么用的？后来上学了，听爷爷经常讲英雄党员的故事，杨靖宇、赵一曼、刘胡兰……天长日久，这些英雄人物在心里扎下根，知道他们有一个共同的名字“党员”，自己的理想就是做像他们那样的人。

秦志方大学毕业后到送变电公司工作，常年在电建工地上，身边的一些共产党员发挥先进作用给他留下深刻印象。他向输电工程分公司党支部积极递交入党申请书，要求入党。他时常会想起爷爷讲的筑路战士，抑制不住内心的激动。

来到西藏后，秦志方严格要求自己。工程进入作业阶段，项目部员工忙起来。藏中联网工程分为不同标段，最短的标段承担的路线也要五十公里。一个施工队分成三个小组作业，各小组之间相距十几公里。项目部管理人员到施工小组检查指导要翻山越岭，站在山头看另外一个施工小组作业地点不太远，下山头再爬山上去，一上一下要绕很远。一早出去，抹黑回来，还很难把想要做的工作做完。

晚上十二点钟，张立强从工地上回来，隔壁办公室里的灯还亮着。他推开门，看到秦志方还在埋头工作。“这么晚了还不休息啊？”张立强关切地问。“啊”秦志方抬起头，“回来了！”起身拿起暖水瓶倒一杯热水，递给张立强。张立强接过水杯喝了几口，问：“计划做得怎么样了？”秦志方指电脑荧屏：“弄好了，等你审呢！”

张立强坐到电脑前，一边用鼠标翻电脑文件页面一边说：“咱们得把困难想多一些，具体应对措施尽可能完善，免得到时候抓瞎。”秦志方站在他身边说：“我一个人的考虑毕竟有限，肯定有不足的地方。今天太晚了，你明天再看看哪里还需要修改，来得及。”张立强觉得眼皮在打架，在这种状态下审阅计划效果也不好，决定明天再看。他把电脑显示屏上的鼠标箭头放到“关闭”上，想到秦志方党员预备期的事，问：“你的党员预备期还有三个多月，我记得对不对？”“准确地说是三个月二十九天，就算四个月吧。”秦志方回答，“等你上指挥部开完会回来，我找机会汇报一下思想情况。”

按要求，预备党员在预备期必须向党组织汇报自己的思想状况和表现。“好的。”张立强对秦志方的工作表现很满意，有党员的样子。“张经理，你去指挥部开会，我个人有点事想请你帮忙。”张立强有点奇怪：“你在西藏能有什么事要我帮忙啊?”“你今天挺累的，要不我明天说吧。”秦志方有些不好意思。张立强摆摆手：“不差这一会儿，你说就是。”

于是，秦志方把爷爷委托自己寻找战友卢宏斌和展怡美墓地的事说了一遍。张立强头一次听说，内心挺震撼。这不仅是秦志方个人的事，对项目部的人来说，是活生生的思想教育教材，有机会得让秦志方给大家讲一讲他爷爷和战友们的故事。

秦志方请张立强帮自己做这件事，也是因为不得已。26标段项目部的施工线路长五十多公里，很多施工地点在大山里，凭自己的力量是很难打听到的。如果能请各标段项目部的人都帮助打听，就可能成功。藏中联网工程全长两千多公里，几万人参与施工，如果有人帮助打听，就有可能打听到。出于这样的考虑，秦志方想请张立强出面寻求帮助。

藏中联网工程总指挥部设在林芝，因为输电线路横穿西藏东部，中间还有支线通往昌都，成立五个分指挥部。半个月召开一次电话会议听取汇报，部署工作。两个月召开一次工作会，把分指挥部负责人召集到林芝，听取阶段工作汇报，统筹安排工作。分指挥部对汇报会都很重视，做了充分的准备。在西藏能集中开一次会不容易。

藏中联网工程总指挥部上星期发预备通知召开标段项目部负责人会议。过了两天又下发一个更正通知：每个项目部派一名负责人和一名骨干开会。大会原来内容是，听取工程进度情况汇报，安排下阶段工作。现在增加了两项内容：国家电网公司总经理和西藏自治区的副主席到会看望大家；邀请青藏铁路建设劳模做报告。

26标段项目部的张立强和秦志方去林芝参加会议。秦志方原本想请张立强帮忙，把给爷爷寻找战友卢宏斌和展怡美墓地的材料在与会者中散发一下，寻求帮助。现在他能够参加会议，就不用张立强帮忙了。“我觉得你这次帮爷爷做的事一定能成功！”张立强一边翻看秦志方准备的材料，一边说。秦志方也很高兴，人多力量大，在输电线路工地上，大家都帮着做这件事，可能会有眉目。

参加这次大会的人数很多，总指挥部大会议室坐不下这么多人，会议召开地点改在林芝政府礼堂。藏中联网工程总指挥主持会议，先介绍到会的国家电网公司张总经理和西藏自治区副主席平加措仁。

在掌声中，张总经理发表讲话：

“国家电网公司认真贯彻中央第六次西藏工作座谈会精神，持续加大电力援藏力度，全力推进西藏电力事业发展，助力西藏脱贫攻坚，为西藏电力安全可靠供应提供保障。藏中联网工程与拉林铁路配套供电工程是‘十三五’加快西藏电力发展的关键性工程，是把党的温暖和关怀送到西藏各族群众的德政工程和民心工程，在西藏发展生产、改善民生、维护稳定、实现跨越式发展和长治久安方面发挥着重要作用。

“藏中联网工程是贯彻落实习近平总书记治边稳藏重要论述和新时代党的治藏方略的重大举措，具有重要的现实和历史意义，将对推进新时代西藏长治久安和高质量发展发挥重要作用。它是加快西藏电力发展的关键工程。该工程跨越西藏3个地市10个县区，将使西藏电网主网架实现从220千伏至500千伏的跨越，为国家整体发展战略和边防安全提供可靠电力保障，特别是为拉林铁路建设提供可靠的电力供应。

“每一位建设者都付出了汗水和辛劳。希望你们发扬‘特别负责任、特别能战斗、特别能吃苦、特别能奉献’的电力铁军精神，为藏中联网工程继续做贡献。你们的贡献必将镌刻在西藏电力丰碑上，西藏人民不会忘记你们！……”

张总经理的讲话虽然时间不长，但非常鼓舞人心。秦志方很激动，心想一定要以强烈的责任心和使命感，为加快西藏电网发展做贡献。看看身边的人，和自己一样都很激动。

接着，西藏自治区副主席平加措仁发表热情洋溢的讲话：

“藏中联网工程由西藏藏中和昌都电网联网工程、川藏铁路拉萨至林芝段供电工程组成，全长2738公里，是迄今为止西藏输电线路最长的工程。这个工程对西藏社会和经济发展意义重大，自治区党委和政府将全力以赴做好配合工作。切实落实职责、分解任务、细化措施，全面加强工程建设交通运输、通信服务、医疗卫生等服务保障，全力做好群众工作，支持工程建设，营造良好的建设环境和社会氛围，确保高标准、高质量完成工程建设。

“我代表自治区党委和政府，向每位建设者表示敬意，西藏人民永远不会忘记你们。像青藏铁路建设者一样，你们书写的电力天路历史将永载史册！”

真激动人心啊，不等讲完，响起热烈掌声，持续半分多钟。

参加会议的人都是藏中联网工程建设者，听这样的讲话，哪个人不热血沸腾呢！

大会进行下面的议程，邀请参加青藏铁路建设的三位劳动模范做报告。第一位登台做报告的是位女同志。主持会议的藏中联网工程指挥部总指挥介绍：她的名字叫饶静霞，参加青藏铁路建设后，又参加拉（拉萨）林（林芝）铁路建设，她有个绰号“女拼命三郎”。

在掌声中，饶静霞走上主席台，齐耳短发，精明强干。

铁路工程公司和送变电公司相像。施工队伍在各地承揽工程，长期远离家人是这两个行业的特点。在青藏高原建设青藏铁路与内地不同，高原病令许多人望而却步。饶静霞动情地说：“什么是家？对我们搞铁路工程的人来说，所谓的家只是一个旅店，或者是工地上的一顶帐篷，我们四海为家。谁没有孩子，谁没有父母？但为了青藏铁路，我们义无反顾。在工地上，我能做的就是给女儿打一个电话！如果说，家庭对男人来讲是一份责任，对女人来讲就是一份难舍的骨肉情……”

建设青藏铁路的时候，她是如何面对与家人的分离呢？

饶静霞是青藏铁路唐古拉工地的工程部部长。曾在洪水中指挥突击队员抢修施工便桥，差点被洪峰卷走。曾独自在工地值班，遭到无人区的狼群围攻；作为工程技术主管，她在工作中多次攻克技术难题，每天晚上为员工上技术课……

女儿是她的精神寄托，每天上下班都要看一眼女儿的照片。她到工地上工作十个月才有几天难得的假期。她从青藏高原回济南探亲，见到女儿后把她紧紧搂在怀里。女儿却哭闹着从她怀里挣脱，把饶静霞的姐姐喊作“妈妈”，她心里有说不出的酸楚……

母女俩好不容易朝夕相处几天，女儿才逐渐接受她，但她又要回工地。临行，女儿哭得像个泪人，在车后紧追不舍，一声接一声地喊“妈妈”……

很多人热泪盈眶，她的讲述触动了人们心里最柔软的地方。张立强禁不住想到女儿甜甜，想到了自己对女儿的承诺。他能理解饶静霞，也深深敬佩她的奉献精神。在饶静霞身上燃烧着火一样的激情。张立强想到一句话——“青春在奋斗中闪光”，饶静霞就是这样做的。听这样的报告太好了，这是对项目部员工进行教育的好教材……

做完报告，饶静霞匆匆回到拉林铁路工程项目部，准备明天去隧道工地检查工作，她现在的职务是拉林铁路林芝项目部总工程师。她给隧道工地负责人打电话，说她明天去工地。她刚打完电话，接着有电话打进来，是个陌生号码。

“请问是饶总吗？”

“是啊，你是……”

“我姓秦，是藏中联网工程26标段项目部的技术员。”

“啊，你好！”

“听完你的报告，很受教育。”

“谢谢。”

“我们项目部张经理给我安排了个任务，想请饶总工帮助……”

“什么事啊？不知道能不能帮上忙？”

“想问一下，你做报告时有没有录视频？有的话能不能赠送给我们，回去后我们在项目部和施工队开展学习活动时给大家观看。”

“以前做报告时有人给我录制了一个视频，不知道符合你们的要求不?”

“没问题，感谢。”

“怎么给你啊?”

“告诉我地址，我去取好吗?”

“好啊，加个微信吧，给你发个位置定位。”

“谢谢啊!”

……

按照饶静霞从微信发来的位置定位，秦志方顺利地找到拉林铁路林芝项目部。饶静霞已经把视频光盘准备好了，装在档案袋里。两人都是济南人，又都在外面做工程，虽然一个是输电线路，一个是铁路，大方面说都是基建，有共同语言。说起在建的拉林铁路，饶静霞说:“这条铁路要实现电气化了，在西藏是第一条电气化铁路，没你们电力支持不行啊!”秦志方笑了，有点自豪。过去很羡慕别人参加青藏铁路建设，现在自己也可以自豪一次了。“我们电力还是比不了青藏铁路，青藏铁路影响太大了。”饶静霞点点头:“青藏铁路不光是建设一条铁路的事，需要解决很多难题。比方说，解决冻土的问题，那是世界级的。”

青藏铁路一期工程从西宁至格尔木，全长814公里。1958年开工，几经曲折，于1984年5月投入运营。二期工程从青海格尔木至西藏拉萨，工程建设在高海拔地区，不仅施工艰难，很多环境带来的问题都要科研攻关进行解决。青藏铁路建设三大难题:

多年冻土、高寒缺氧、生态脆弱。其中解决冻土地带铁路建设课题为世界性难题，外国专家认为解决不了。

饶静霞如数家珍，说解决冻土地带铁路建设科研课题获得国家科技进步二等奖，隔行如隔山的秦志方只能点头赞成。知道青藏铁路的确了不起，到底在建设方面都解决了什么难题，他一无所知。“铁路上的这些事，我了解得很少，但很佩服。青藏铁路的建设给中华民族争了光啊！”秦志方不由得伸出大拇指，忽然想到了什么。“饶总，你们修青藏铁路经过一些地方，青藏公路与青藏铁路是不是有重叠啊？”“有啊，当年提议建设青藏铁路的慕生忠将军被誉为‘青藏公路之父’，他和王震将军先后提出修建青藏铁路的。你了解那段历史吧？”“我爷爷修建过川藏公路，一直想找他当年的一个战友。”“哎呀，还有这事啊，讲给我听听。”饶静霞表示很有兴趣。

秦志方把帮爷爷寻找战友卢宏斌和展怡美墓地的事说了一遍。“很感人，你说的这个事我记着了，有机会帮你找。”

第二十一章　女教师去西藏支教

童香梅看了几遍去西藏支教的通知书，很是兴奋。她把自己平常穿的衣服进行整理，要带哪些日用品列出一个清单。按照通知要求，做好准备。童香梅积极去西藏支教不是心血来潮，她是受到一次演讲影响，才下定决心的。

去年下学期，学校邀请“青年筑梦之旅”支教老师到学校做报告，几位教师用自己的知识服务西藏教育振兴、助力西藏乡村教育，以实际行动支援西藏建设和发展。支教教师的报告让她非常感动。她下决心到西藏乡村学校支教。对她去西藏支教，父母很不赞成，怕对身体有影响。父母还有一件操心事：童香梅一直没找到合适的男朋友，婚姻大事没有着落。去西藏支教两年，不可能在西藏找对象，回来变成大龄青年了。母亲特别反对，害怕耽误她的终身大事。童香梅坚持自己的主张，不趁年轻实现自己人生价值，等到什么时候呢?

临行前，她给袁潇雨打电话。袁潇雨说：“我说的那个事，你上点心，帮我留意啊!”“一定的。别忘了我是美术老师啊，你拍电影说不定还能用上我呢！把纪录片拍好了，得个奖，我也有功劳啊！”童香梅打心眼里想帮袁潇雨做好这件事，她觉得袁潇雨想做的这件事很有意义。袁潇雨特别期待童香梅的这次西藏支教，希望帮自己完成心愿。

童香梅支教的学校是芒康县果洛学校，这所小学有初中，叫戴帽学校。因缺少教师不得不这样安排。为了记录自己在西藏的支教工作和生活，她准备了一个笔记本，在扉页写下一段话：“支教的路在脚下，我刚起步；支教的路在脚下，我在铺路；支教的路在脚下，我会让自己的人生更精彩！”

支教团一共二十三人，先到拉萨，然后分别奔赴支教学校。芒康县教育局汪副局长到拉萨迎接童香梅，对她来芒康支教表示热烈欢迎。

两人乘坐越野车，从拉萨前往芒康。

路上，汪副局长介绍了果洛学校的情况：全校三百多学生，其中小学生二百多，还有一百多初中生。读完初中想继续读书，只能去芒康中学。学校教师都是本地的，普遍学历不高。他转头看看后排座的童香梅，说：“学校现在还有一位从四川来支教的罗雪莹老师，她因为家里有事要回去了。我们这里留不住人啊，如果不是支教，内地的老师不会到果洛来，条件太艰苦。这所学校偏僻，海拔四千米，你得做好思想准备啊！”汪副局长给她打“预防针”，之前有个别支教老师到了果洛学校，说什么都不待了。童香梅做好心理准备，四川来的罗雪莹都能在果洛学校工作，自己为什么不能？无论如何不能打退堂鼓啊！

前面有座山，山坡一片绿色，山腰间白云缭绕，山顶隐约有白雪。不远处，一群牦牛低头吃草。更远处，牧羊人放牧一群羊。山坡上不知名的野花一朵朵绽放，红的、紫的、蓝的、黄的，五颜六色的野花在风中摇曳，与高山、白云、山坡构成一幅美丽图画。童香梅想，如果都是这样的环境该多好啊！

六百多公里路程，走了两天才到芒康县。在县城宾馆住下，汪副局长特意叫服务员给童香梅送来氧气瓶。县城里的宾馆都有提供氧气这项服务，客人需要的话可以购买便携式氧气瓶。晚上的时候，服务台会打电话询问有没有需要，提醒客人注意保暖不要感冒。

第二天，汪副局长陪同童香梅去果洛学校，教育局对支教工作很重视。从县城出发到果洛乡还有一百多公里，越野车开出县城，路面变成了土路，车身颠簸。汪副局长问："需要吸氧不？"童香梅感觉还好，除了有些头疼，身体没有不适的状况，表明还能适应环境，让她安心不少。昨晚没有吸氧，没觉得憋气。童香梅想，不发生特殊情况，即使再辛苦也要坚持完成支教任务。

到了果洛学校，学校召开教师会，欢迎童香梅到学校支教。老师中有位二十多岁的女老师，胸前戴着一枚支教徽章。不用介绍，童香梅知道这位老师就是汪副局长说的罗雪莹。她赶紧点头致意，罗雪莹朝她挥一下手，算是打招呼了。校长桑吉罗布代表全体老师向童香梅献哈达，她从校长手里接过雪白的哈达，感觉到肩上的责任。汪副局长眼中透出殷切的目光："童老师，希望你能为我们这里的教育多做贡献，我代表县教育局，感谢你们对我们的大力支持！"说完，他给童香梅和罗雪莹鞠躬。老师们热烈鼓掌，偏僻山区的学校非常需要年轻教师到这里支教……

晚饭是罗雪莹做的，她腰扎围裙，手拿炒勺，很熟练地操作，一边炒菜一边和童香梅说话。“这里条件差，要做好充分的思想准备。我刚来的时候哭过鼻子呢！这里没地方洗澡，我准备了一个大盆，在屋子里洗澡，准确点说，叫‘擦澡’……”她一边说一边乐，情绪蛮乐观的。“关键是不要感冒！”罗雪莹强调，“一定不要感冒，感冒能引起别的毛病，小毛病在乡卫生所还能看，大病必须去县医院。这里去县医院，顺顺当当也要三四个钟头，万一路上出点状况就惨了……”马勺里炒的土豆熟了，她急忙从炉灶上拿下马勺，把菜盛到盘子里，拿起筷子夹了一片土豆放到嘴里尝尝：“有点咸了。”

接着，罗雪莹炒辣椒。“这地方没处买菜，学校为解决支教老师吃菜，开出一片菜园，帮我们种菜。我原来不会种菜，现在都成行家里手了。有工夫我教你种啊！”她笑了，脸上洋溢着得意的表情……

吃完晚饭，罗雪莹带着童香梅到学校各处去熟悉环境。学校是一座二层楼，三年前新盖的。教室里条件不错，这几年国家加大对西藏教育的投资扶持，基本没有条件很差的学校。

走进电脑教学室，童香梅看到覆盖电脑的布上面落满灰尘，很久没有使用了。“这些电脑是内地援助的，一半新的，一半是援助单位的旧电脑。”罗雪莹有点遗憾，“会用的人很少，一直闲置着，旧电脑不知道还能不能用？”

童香梅感到可惜：“罗老师，电脑为什么不利用起来？”罗雪莹叹口气：“还是师资的问题，学校没有专门教电脑课的老师。由于条件所限制，电脑坏了只能请芒康的技术人员来维修，也限制了电脑教学。”说完，她伸手打开墙壁上电灯开关，教室里电灯没有亮。“电力不足制约发展。”罗雪莹解释，“附近乡村供电依靠小水电站，常发生故障。没有电，电脑只是个摆设。”罗雪莹苦笑，无可奈何地摆摆手。生活条件这么差，罗雪莹还能坚持下来真不容易，童香梅很是佩服。

来西藏之前，罗雪莹看过一部电影《天那边》，讲述“80后”大学毕业生在支教中遇到的种种问题。这部电影告诉她，坚持做一件事情，有梦想就要努力追求，即使辛苦，也要争取完成。罗雪莹感慨地说：“来西藏支教，切身感受西藏淳朴的民风民俗，能帮助孩子们更好地成长，是终生难忘的事情。”听了罗雪莹的诉说，童香梅忽然想到一句话：“心在哪儿，爱在哪儿，家就在哪儿。”罗雪莹就是自己学习的榜样。

回宿舍的路上，罗雪莹把自己支教的感受和体会一股脑地告诉给童香梅，有苦也有乐。她担任初中数学教学，两个月后，第一次进行摸底考试，有张卷子只有11分。看到这样的低分，罗雪莹有点儿崩溃。她了解到低分数学生存在的问题，有的学生厌学，有的学生家庭太困难，有的学生基础太差……

班上一个叫达瓦拉珍的女生从来不写作业，也不愿说话，很孤僻。罗雪莹想方设法接近她，了解是什么原因造成的。原来她和母亲、妹妹相依为命，家里生活非常困难。母亲残疾，她是家里生活的支柱，没心思学习。罗雪莹拿出自己的工资帮助达瓦拉珍，鼓励她好好学习。在她帮助下，达瓦拉珍开始写作业，一张愁苦的脸有了笑容……

再考试，达瓦拉珍的成绩有了提高，26分、30分、40分，直到及格60分……60分在学习好的孩子眼里不算什么，对达瓦拉珍来说意义重大，她激动得哭了……

看到达瓦拉珍的考试分数，罗雪莹的眼泪在眼眶里打转，没有什么礼物比这更珍贵了。不知不觉，支教两个多月了，她和学生相处得很融洽。教育让不好的变好，好的能更好。她努力改变自己，更努力地改变学生。她看着学生不断提升的学习成绩，感受到了支教的意义。

有的学生家居住的地方离学校很远，要翻山越岭，学生每天在上学的路上要花几个钟头的时间。说到这里，罗雪莹很感慨，这里挣钱的门路太少了，很多人家都比较贫困，看着心里挺难受的。

路过学校的菜园，地里长着土豆、辣椒、茄子和西红柿。“这是咱们学校的菜园。为了帮助家里距学校远的孩子都能读书，学校对低年级孩子实行住宿制。要解决孩子们的吃饭问题，蔬菜是个大问题。我自己做饭吃，有小厨房。开始做饭基本就是煮面条，现在好多了。支教让我改变了很多，也成熟了。”罗雪莹带着童香梅走进菜园，继续说，“这个菜园是校长桑吉罗布和老师们种的，我吃菜的问题也解决了。开始我不会种菜，后来发现种菜是种乐趣。埋在土里的种子从破土发芽长大，到结出果实，看着一点点的变化，蛮有意思。就像教学生一样，看着他们一点点地进步，很有成就感。”罗雪莹沉浸在自己的情绪中，看得出来她对这片菜园的感情。

“这里花花绿绿的，画出来一定很好看的！”童香梅弯腰看着西红柿说。罗雪莹点头：“可惜我不会画画。这里的孩子也没接触过美术，没有这方面的老师。你来就好了，总算有美术老师了。

在很多偏远山区学校，美术啊、音乐啊，都是一片空白，没有这方面的老师。有的孩子是有天赋的，能歌善舞是天生的，可惜没开发出来。”罗雪莹用遗憾的口气说，感觉挺可惜。童香梅想，一定要把美术课教好，把孩子们这方面的天赋开发出来。

离开菜园，两个人回到宿舍。屋子里收拾得很干净，放着两张床，有一张是给童香梅准备的。床上铺新床单，被褥都是新的。罗雪莹说：“这是学校特意为你准备的，不管校长还是老师真的很欢迎我们。”“被子才晒过啊?”童香梅把被子打开，散发出一股好闻的味道，阳光下晒过才有的那种味道。“校长特意让我给你晒被褥。这里比起内地最大的优点是阳光充足，但紫外线强烈，很快就把人晒黑了，你瞧瞧我的脸。”罗雪莹仰起自己的脸，细嫩的脸庞染上了那一抹“高原红”。可以想见，对一名青年女教师来说，要克服多少困难，才能坚持住啊!

童香梅摸摸床铺上的褥子，感觉很柔软，掀开看，下面铺了张雪白的羊皮。不等她问，罗雪莹解释说：“这是校长桑吉罗布特意准备的，怕我们着凉。他想得很周到，生活有困难都会想办法帮助我们解决。民风淳朴，这儿的人真好。”童香梅摸着羊皮，一股温暖涌上心头……

第二天上午，罗雪莹陪童香梅来到离学校五六里路的卡伦寺。

卡伦寺不大，只有二十几个喇嘛。别看喇嘛不多，影响很大。多数喇嘛都有绘画技艺，他们绘制的唐卡在西藏有一定影响。寺庙有一间展室专门展示他们绘制的唐卡。

精美的唐卡按照尺寸不同，分别摆放在不同的展台上。唐卡是藏族一种独有的卷轴布画，内容有佛、菩萨、佛经故事、藏医藏药等，色彩艳丽，形象生动。寺内展出的唐卡很多内容童香梅看不懂，她从一个美术老师的角度观察，绘制唐卡的喇嘛绘画技艺很高。

见童香梅如痴如醉地观看唐卡，罗雪莹小声问："你看得懂吗?""有的看不懂。"童香梅实事求是地说，"这些唐卡的绘制技艺很高。"这时，四十多岁的杰布喇嘛拿着一幅装裱好的唐卡进来。童香梅忙上前请教："不好意思，打扰了，能介绍一下这幅唐卡的内容吗?"她指着杰布喇嘛手里拿的唐卡。杰布喇嘛点头应承。

杰布喇嘛介绍，这幅唐卡的中心位置描绘的人物是释迦牟尼。从画面左上角开始，围绕佛像主体，按顺时针方向与主体佛像有关的人物、活动场所或故事布满一周。一幅唐卡描绘了一个较完整的故事——这幅唐卡讲述释迦牟尼十二岁时帮助穷人的故事——画面都围绕这个展开。景物也随故事情节需要而变化，不受历史、时间、空间的限制。画面人物不受远近透视关系的影响，构图均衡、丰满、多变……

认真听杰布喇嘛讲解，童香梅拿出手机把唐卡拍了下来……

第二十二章　恳请支援

给罗雪莹送行的场面像一幅画牢牢定格在童香梅脑海里。

全校十几位老师都出动了，依依不舍。本来没有告诉她教的那些学生，不知道同学们从哪里得到的消息，“呼啦”一下子全跑出校门，把罗雪莹围住。

“罗老师，你什么时候回来啊?”

“罗老师，你不是说去我家吗，还没去怎么就走了啊?”

“罗老师，再教我们一个学期吧!”

“罗老师，别生我的气了，我以后一定听你的话!”

……

面对朝夕相处的学生，罗雪莹心里真舍不得啊!

几个女生拉住罗雪莹，“呜呜”地哭起来。罗雪莹再也忍不住了，哭得稀里哗啦。站在旁边的童香梅眼圈发热，能想得出来，罗雪莹在学生身上花费了很多心血，是自己学习的榜样……

罗雪莹从拉萨机场给童香梅发微信，交代两件事：达瓦拉珍的弟弟还在学校读书，多加关照；自己用过的一副羊毛护膝放在枕头下，不嫌弃的话请使用，冬天一定要保护好膝盖，免得患关节炎。

微信里的话虽不多，童香梅感到特别温暖。她一定要把支教工作做好，像罗雪莹那样，为学生打开一片新的知识天地。

美术老师一般不担任班主任，为了能够尽快和学生打成一片，童香梅主动提出担任初一年级二班的班主任。为上好第一节课，她做了精心准备，特意为同学们准备了美术练习册，为教绘画做准备。

走上讲台，四十个多个学生热烈鼓掌。童香梅自我介绍："我是你们的新班主任，我叫童香梅。""童老师，你是支教的吗?"忽然有个学生大声问。童香梅赶紧点头："是的，希望你们能喜欢我!"最后这句话顺嘴说出来了，不在她准备的开场白内。节奏被打乱了，准备好的开场白竟然忘了。为掩饰自己的尴尬，童香梅拿出学生花名册："下面点名，同学请回答'到'。"

学生花名册上的名字都是手写的，在汉语下面标着藏文。

"苍吉卓玛。"

"到。"

"嘎玛卓玛。"

"到。"

"巴桑玉珍。"

"到。"

"尼玛扎西。"

"到。"

……

没想到一多半学生的名字是四个字的，看到这一个个难记的名字，童香梅有些发窘。童香梅点完学生名字，再看看讲台下面学生的脸，完全对不上哪个学生叫什么名字，她感到有些狼狈，这是从来没有过的事情！说不定会出现张冠李戴的情况，闹出笑话。怎么办呢？童香梅有点着急，鼻子尖微微出汗。忽然想到一个办法，要记住每个学生的名字，给每个学生拍张照片，然后在照片写上名字，用来认人就不会错了。想到这，她拿出手机：“老师准备做一个课件，需要同学们配合。给每个同学拍张照片，请你们写下自己的名字。”

童香梅准备好一支笔和一张纸，走下讲台，来到坐在第一排的同学面前。她把笔和纸放到课桌上，让一个男生写下自己的名字，她拿起手机为男生拍照。她看了一眼写在纸上的名字“索朗瓦吉”，真是不好记。童香梅没想到，支教要过的第一关，竟是要准确地叫出每个学生的名字……

下班后，她开始做饭。用电饭锅做米饭，是件挺省心的事。她像以前一样把淘好的米放进电饭锅，再放适量的水开始煮米饭。她拿出手机翻看相册里学生的照片，再把记录的学生名字利用微信书写功能写到照片上。名字和学生对应起来，多看几次就不会弄错了。往照片上写字不能着急，童香梅耐着性子写着。这个工作完成一半后，她看时间差不多了，电饭锅里的米饭应该好了，童香梅起身走进厨房。

她打开电饭锅一看，傻眼了：锅里水是水，米是米。停电了，电饭锅成了摆设。她深深体会到没电的苦恼，说停电就停电。更偏僻的地方根本没电，那才麻烦呢。在济南的时候，没觉得电多重要，支教时才切身体会到了，没电真不行。没电做饭，只好改用炉灶做饭。炉灶旁边堆着柴火，是学校给她准备的。因为条件限制，缺少煤炭和天然气，只能烧柴做饭，支教教师开始不习惯，有个适应过程。童香梅坐到门槛上，晚上这顿饭怎么办呢？还有几包方便面，只好将就了。吃了这顿，下顿怎么办？还是要克服困难，自己做饭……

功夫不负苦心人，经过一个星期，童香梅终于把全班四十三名同学的名字和本人都能对上了。如果把学生的名字都叫错了，班主任还怎么当啊！论年龄，她比班级里的学生大十岁左右，年轻、开朗、活泼，很受学生们欢迎。第一次上美术课，学生们感觉好新鲜啊！大家从上小学就没上过美术课，也不知道该怎么画画。看到学生们渴望的目光，童香梅不禁心酸：西藏偏远山区太需要更多的专业老师来支教，给这里的孩子推开一扇认识世界的窗口，让他们更多地了解外面的世界，增长才能，才有机会走出大山，为改变家乡做贡献。每当想到这里，她觉得责任重大，一定要把支教工作做好。

开阔学生们眼界，帮助他们增长知识，光靠课堂上讲述不行，必须开辟更多的渠道。童香梅想到电脑教学室，为什么不能利用呢？她找到校长桑吉罗布，建议把电脑教学室用起来。桑吉罗布苦笑："我是想用起来啊，找不到教电脑的老师，我们这没人会。电脑坏了修理也是问题，要到芒康找维修人员，耽误事。就算这些问题解决了，用电没保障也是问题，说不定什么时候就停电了……时间长了，大家对使用电脑也没兴趣了！""学生不会电脑，那怎么行啊？"童香梅很焦虑。桑吉罗布很无奈："有的电脑已经坏了，你说怎么用来教学？"

电脑维修童香梅一窍不通，电脑坏了无法进行教学，怎么解决呢？她苦思冥想，脑海里豁然一亮：杜丽颖的男朋友不是在芒康参加藏中联网建设吗？为什么不问问她能不能帮忙呢？

接到童香梅的电话，杜丽颖有点意外，知道她在西藏支教，看到她在同学群和朋友圈里发的在西藏照的照片。

童香梅支教的果洛学校，离26标段项目部不太远。两个人寒暄几句，童香梅把话引到正题上。

“杜丽颖，我想问问秦志方他们的电建工地是不是在芒康啊？”

“是啊。”

“我现在支教的地方也是芒康。”

“太巧了！”

“学校是果洛学校。”

“太巧了吧？他们项目部在果洛村，是不是一个地方啊？”

“是两个地方，但离得不太远。”

“不太远有多远？”

“十三四里吧。”

“这还不算远啊？”

“你没来过这里，十几里都算是近的。”

“有机会，我让秦志方去看你啊！”

“我正想求秦志方办事呢！”

“办什么事啊？”

“我们学校电脑坏了，想请他帮忙给修修。”

“他不会修电脑啊！”

“哎呀，那就不好办了……”

话说到这里，童香梅干脆把学校情况一五一十地给杜丽颖说了一遍，自己确实想给学校做点事。“你看这样好不好？”杜丽颖说，“秦志方不会修电脑，不等于项目部其他人不会修啊？我给他说说，说不定有人会修呢，这忙不就帮上了嘛！”“那太感谢了！”童香梅忙不迭地说，她真希望有人来帮忙。杜丽颖说得很诚恳：“你放心，放下电话我就给他说这个事。”为不耽误杜丽颖给秦志方打电话，童香梅赶紧结束通话，等消息。

答应人家的事一定要帮忙办好，杜丽颖觉得童香梅挺厉害，西藏支教不是任何人都能做到的。她感觉秦志方也不容易，别的不说，光适应西藏高原环境、克服高原反应就不容易。敬佩超过了不满，多理解吧！她赶紧从手机电话本调出秦志方手机号，按接通键。手机“嘟嘟”响，传出服务台录音：“您拨打的电话暂时无法接通……”电话无法接通不是一次两次了，以前还不明白为什么。后来经秦志方解释，才知道在西藏无人区，无线信号薄弱，有时候手机没信号，由此推想输电线路施工多难。过一会儿再给他打电话……

开挖101铁塔基坑遇到困难。开始施工队想得挺乐观，把小型挖掘机运到工地，抵得上多少人工作业啊！所以信心满满，以为顶多是施工速度慢一点，加班加点不会耽误工期。开工的时候，发现遇到了大麻烦。

在内地开挖铁塔基坑一般采用打桩方式。先测好铁塔四个塔腿的位置，然后用大型打桩机往地下打空心水泥桩，根据地质条件，500千伏铁塔打桩深度不一样，一直打到岩石层，这样才能保证在基础上组立的铁塔不下沉。地质情况不同，打桩时需要不断调整。空心水泥桩打好之后，再往里面浇筑混凝土。露出地面部分做铁塔的塔腿基础，事先预埋好组立铁塔的塔靴，铁塔组立从塔靴开始。

铁塔四个塔腿基础都是方形的，因为有棱有角，遇到外力碰撞，容易崩边崩角。为解决这个问题，张立强领导的项目部将塔腿基础做成圆形的，还做了装饰线。这样有效地解决了塔腿基础被外力破坏崩边崩角的问题，还使得塔腿基础十分美观，基础平面光滑，像“艺术品”。在这方面，张立强积累了很多工作经验，希望在藏中联网工程建设中能得到应用。

藏中联网工程输电线路不同的铁塔施工遇到的地质情况不一样，有的可以采用打桩的方法，无法使用打桩机的就要人工开挖，效率低，作业时间长。101铁塔施工没办法把打桩机运到工地，也运不来那么长的水泥桩，不能采用打桩方法，只能开挖基坑，用混凝土浇筑铁塔的基础。

由于地质条件限制，只能开挖一个铁塔基坑，浇筑混凝土后形成一个基础，在这个基础上安装四个铁塔塔腿，再组立铁塔。这种开挖基坑的施工，时间、人力、材料各方面都要付出更多成本。这种情形在藏中联网工程输电线路中差不多占一半，也是施工的艰难之处。

施工队队员把施工场地清理好，按设计要求，尽量不让场地边缘外扩。画好基坑线，挖出的泥土放置在坑口一米以外，防止回落坑内。准备长条编织布用来覆盖挖出来的泥土，保护环境。准备停当，小型挖掘机开进来，扬起挖斗开始作业。包永全和周铁虎打趣：“挖掘机虽小点，只要咱们像愚公移山似的不停地作业，开挖基坑的时间应该不会有大问题。”周铁虎也这么想，在西藏施工就怕出现意外情况。

开始还顺利，小型挖掘机把地表层土挖起来，转移到基坑口一米之外。挖进去四米多深，小型挖掘机挖斗臂长度不够，往下挖只能靠人工。几个工人下到基坑里，还没等干活，“哗啦”一声，东面基坑壁的泥土掺杂着碎石落到基坑下面，把他们吓了一跳。还没来得及反应，西面基坑壁的泥土碎石又落下来。包永全大声喊：“快上来！上来！”

梯子架在北面，基坑壁还没塌方。几个施工队队员慌里慌张地爬上梯子。过了一会儿，北面的基坑壁也塌了。四米多深的基坑被埋了一米多。这种情况处理不好无法接着作业。周铁虎给张立强打电话，请他来一趟，研究解决塌方问题。

26标段项目部全线开工，很多问题接踵而至。项目部只留下几个人处理日常工作，其他人分派到工地上，帮助解决问题。有的问题现场解决不了，带回项目部集体研究。周铁虎给张立强打电话时，张立强和秦志方在128号铁塔工地，研究解决索道问题。

从126号铁塔到132号铁塔，塔址都在陡峭的山坡或山顶上。130号铁塔海拔位置最高，达5226米，是世界上最高的输电线路铁塔。项目部设计过架设索道的方案，实地考察发现，这个办法不行。山头上的铁塔离搭建索道的地方太远，中间没有合适的地点建索道支架。中间没有支撑，钢索无法承担这么远距离的输送任务。

“张经理，是不是距离太远了啊？”秦志方用肉眼观察，感觉距离有问题。张立强把手里的望远镜递给秦志方："不光距离问题，山势也太陡，找不到合适的地方建索道。"秦志方接过望远镜，从观察的地形看不适合建索道。张立强开口："只有一个办法，采用骡马运输。"两人商量下一步怎么做的时候，周铁虎打电话来了。他简单汇报了101号铁塔遇到的难题，请张立强来看看怎么办。这种情况一定要到现场，不实地察看，无法做出正确决策。张立强招呼秦志方跟他一起去。

铁塔基坑塌方问题没解决，施工处于停顿状态。大家站在基坑上面，议论纷纷。有人说，能不能采取笨办法，在基坑旁边站着安全监护员观察动静，有情况提醒下面施工的人。有人反对，这样不行，如果突然发生塌方，坑里的人来不及上来，威胁太大了。

大家七嘴八舌议论的时候，张立强和秦志方来了。包永全急忙说："张经理，我们遇上老大难了，你看咋办吧?""先别急，办法肯定有。"张立强安慰大家，也是安慰自己。他围绕着铁塔基坑走了一圈，问题还是挺严重的。把塌方的土石从基坑里清理出来并非难事，问题是一边清理一边塌方就不好办了。按设计要求，还要往下挖八九米，塌方这么严重，施工队队员根本没法在下边干活。秦志方蹲在基坑边上，伸头往基坑里看塌方情况，感觉不好处理。一时拿不出办法，只能回项目部讨论研究，找出解决方案。

晚上，大家回到项目部。在食堂吃饭时，周铁虎说："解决塌方问题是当务之急，这个不解决影响进度，给后面的施工带来很大困难。"李俊毅端上一盆稀粥，把饭勺子放到稀粥盆里。"红小豆粥，你们尝尝，好吃再做，还有白糖。”他把一碗白糖放到桌子中央，秦志方拿起馒头咬一口：“李师傅做的馒头真不错，好吃。”“嗨，做多就有经验了，别急啊，还有羊肉汤呢！”李俊毅边说边去厨房端羊肉汤。张立强通知大家：吃完晚饭，马上开会。

项目部东面一间是党员活动室，也当会议室用。屋内放着一排长桌，两边放着折叠椅。张立强坐在长桌对着门的一端主持会议。“今天研究的事大家都知道，有什么办法提出来。”说完，张立强打开笔记本。大家立刻议论起来，你一言我一语，把自己想到的办法说出来。

秦志方想到了建设工地用的防护网，灵机一动，用防护网把基坑壁遮挡起来行不行？正讲自己想法时，口袋里手机震动起来。开会时为了不受手机来电干扰，他把手机调到震动。他一边说一边摸出手机瞄了一眼，来电显示“杜丽颖”。他拒绝接听来电，发出事先准备好的短信“开会，一会儿联系”。他一口气说完自己的想法，大家纷纷赞成……

开完会已是小半夜。秦志方有点犹豫，给不给杜丽颖打电话呢？正想着，手机震动起来，杜丽颖又打电话来，一定有要紧的事。没等杜丽颖开口，他先解释：“刚才开会不方便接电话，现在才开完……”“知道你忙啊，白天打电话怎么没信号啊？”杜丽颖表示理解，问了一句。秦志方说：“白天在126号铁塔工地，海拔五千多米，哪来的手机信号啊？”“啊，明白了。”对这样的情况，杜丽颖已习以为常了，也心疼他，建设藏中联网多不容易啊！

言归正传，杜丽颖说：“给你说个事啊！”“什么事？”秦志方问道。杜丽颖把童香梅求助的事说了一下。秦志方有点意外，真是山不转水转，西藏多大啊，竟然和杜丽颖支教的同学在一个地方，真巧啊！可惜自己不会修电脑，帮不上忙。“知道你不会修电脑。”杜丽颖提醒，“项目部没人会修电脑吗，说不定有能人呢！”“我想想啊！”秦志方脑海里迅速把项目部的人过了一遍，最后定格一个名字“李文涛”。

“李文涛会修电脑，在这方面就是半个专家！”秦志方高兴地说。杜丽颖也很高兴：“你能不能给他说说，去学校帮着修电脑。”“行啊……”不等秦志方说完，杜丽颖截住：“没有报酬，就是尽义务，行吧？”秦志方打包票说没问题。

第二十三章　倾力相助

三更半夜，李文涛办公室还亮着灯光。秦志方敲敲门，听到李文涛在屋里说："请进！"秦志方开门进去，李文涛看了他一眼。"手里还有点活儿，今晚得干完，分指挥部等着要。"说话时，放在键盘上的双手不停，速度很快。送变电公司曾举办过电脑速录比赛，李文涛获得第二名。李文涛也是维修电脑的行家里手。

拉过一把椅子，秦志方坐下，说："不耽误你吧？"李文涛盯着电脑说："不耽误，有什么事？""是这样，"秦志方接着说，"我对象有个同学在果洛学校支教，有事想请人帮忙。"李文涛转过头："有这么巧的事啊！找人帮忙做什么？"秦志方用手指一下电脑："学校的电脑坏了，想请人帮忙修修。我对象问我行不行？我这两下子你还不知道吗，你能不能伸把手？""电脑坏了多长时间？"李文涛问。秦志方说："具体情况我不太了解，你看这个事……"李文涛果很断地说："没问题。只怕时间长了，有的零件不好配。""你过去看看再说吧！"秦志方想早点敲定，给杜丽颖有个交代。李文涛点头答应："行！正好明天休息，我一早就去。"

秦志方起身想走，又停下说："你去了不光是修电脑，给我办件事。""你办什么事啊？"李文涛问。秦志方拿出手机："请学校的老师帮我打听一下我爷爷战友的事。"打听卢宏斌下落和展怡美墓地的事，项目部的人都知道。"你从微信给我发来，学校里老师和学生多，散布面广，说不定真能帮你找到呢！"李文涛拿起手机，看到秦志方从微信发来一个文件包。

输电线路建设赶时间，项目部员工半个月才休息一天。多数人利用休息天去县城洗澡，买日用品什么的。秦志方有点不好意思："耽误你休息……"不等说完，李文涛打断他："平常想给这里的学校做点贡献还没机会呢，谢谢你对象提供机会啊！"他不但很愿意，还表示感谢，这是心里话。"明天你也一起去吗？"李文涛又问。秦志方回答："明天和李俊毅去县城采购防护网，工地等着用呢。"秦志方给杜丽颖打电话，告诉她事情敲定了。

吃完早饭，张立强、秦志方、邱弘毅和李俊毅坐卡车去县城，分头做两件事：采购防护网，去县环保局协商工程上的事。秦志方看到李文涛推着摩托车出来。摩托车是项目部准备的，总共三辆。遇到紧急情况没有汽车时，骑摩托车出行。秦志方知道他去果洛学校，从车窗里伸出手做了个"OK"手势。

到了县城，李俊毅先让秦志方和邱弘毅下车，他们去买防护网，再开车送张立强去县环保局。去县环保局的路上，张立强给环保局环保科付科长打电话再确定一下，免得耽误时间。

到了县政府大院，李俊毅把卡车停在路边。张立强下车，让李俊毅回头去找秦志方和邱弘毅，把买好的防护网装车，再来接自己。

环保局在三楼，环保科付科长把张立强引进会客室，主管环保业务的松季副局长已在等他。两人握手寒暄几句，松季副局长请张立强坐下，付科长端来两杯甜茶，分别放到松季副局长和张立强面前的茶几上，他请张立强喝甜茶。这种甜茶事先做好的，放在保温瓶里，随倒随喝。与酥油茶不同，甜茶里没有酥油，用牛奶和茶一起熬制，奶香和茶香混在一起，味道很好。

喝了几口甜茶，张立强放下茶杯，说："松季副局长，我是为工程上的事来的。"松季副局长笑着说："有事尽管说，只要我们能帮助做的，一定尽力。"130号铁塔是26标段所有铁塔中海拔最高的，运输材料最困难。从一条乡路到铁塔施工地有十三里路，其中一段路能建索道，最后一处陡坡无法建索道，只能另想办法。去130号铁塔施工地开始的几里路，地势比较平坦，修便路运送材料到索道站，再用索道运送，能节省很多时间。26标段项目部和环保局想商议的事项是：能不能允许开条便道，方便运输施工材料。

松季副局长想了想，说："关于藏中联网工程，从自治区到县上都大力支持，你们的困难就是我们的困难，大力帮助是应该的。修便道尽管不好办，我们还是要想办法。西藏不像内地，植被破坏了，第二年就会修复，甚至一场雨水过后就能恢复。这里植被条件不好，植被破坏了要好几年才能恢复。我让环保部门和你们一起研究，看看怎么办才好。"

松季副局长说完，张立强很感动。这次来西藏建设藏中联网工程，感受到西藏群众的热情。工程材料运到项目部驻地，遇到人手紧张的时候，果洛村村主任拉顿都会动员村民来帮忙。干完活，项目上的人要给村民报酬，被他们谢绝了。“你们千里迢迢来西藏建设电网，多不容易啊，我们出点力是应该的。”拉顿说。帮忙的村民连口茶水都没喝就走了。看着村民们的背影，张立强想，对当地群众最好的回报，就是更加努力进行建设，让当地群众早日用上大电网的电。

今天一早，童香梅先接到杜丽颖电话，说修电脑的问题能帮助解决，童香梅非常高兴。“师傅叫李文涛，你的手机号告诉他了，会和你联系的。”杜丽颖在电话里说，“今天他会去你那里。”

杜丽颖打完电话没多久，李文涛打电话过来。

“你好，是童老师吗？”

“是啊，你是……”

“我叫李文涛，是26标段项目部的。”

“李师傅啊，杜丽颖刚才给我打电话了。”

“你们要修电脑？”

“是，我们都是门外汉，没办法。”

“我上午过去。”

“欢迎啊！”

……

通完电话，童香梅满心欢喜地等待他到来。她能为学校做点实在事，非常高兴。这里落后程度，不来支教的人是无法想象的。为帮助更多偏远地区孩子上学，学校低年级孩子实行寄宿制。因条件限制，初中孩子还得走读。低年级孩子年纪小，不太会打理日常起居生活，离不开老师照顾。童香梅是初中一年级班主任，不负责照顾低年级孩子生活。她想，自己在学校住，做事比较方便，帮其他老师照顾孩子是应该的。

学校给住校生每顿提供饭菜。开饭时，每人捧着一个搪瓷圆饭盒，排队领饭菜。食堂师傅把饭菜舀进饭盒里，孩子们领完，走到一边，坐到板凳上吃饭。

照顾住校的低年级孩子，童香梅格外注意女孩，花费工夫更多一些。年龄小的女孩大多不会梳头，头发乱糟糟的。隔几天，童香梅就给住校的女孩洗发、梳头。当她把女孩的头发洗好，用梳子梳理好，看着她们蹦蹦跳跳跑开的时候，心里有说不出的高兴。

有一次，几个女孩洗完头，没有走开。她们排成一队，给童香梅行少先队队礼。“老师，给你跳个舞行吗？”童香梅知道藏族孩子能歌善舞，热情、大方。没想到她们会以这样的方式表示感谢。

几个女孩跳锅庄舞，手拉手成半圆圈。她们先说“童老师好”，然后开始跳舞。别看年纪小，跳舞有模有样，还用藏语唱歌。虽然童香梅听不懂，还是被她们的热情感染了，使劲鼓掌。

童香梅一边看女孩跳舞一边想，要是能把她们的艺术天赋都开发出来多好啊！想到自己教美术课，能不能激发出他们的绘画潜能呢？又想到卡伦寺里的唐卡，都是藏族人绘制的，学校里一定有有绘画天赋的学生。

上午，快上完第一节课的时候，童香梅听到学校门口传来摩托车声。正好下课铃响，没等童香梅走出教室，手机响起来。她往窗外看，骑摩托的人拿着手机打电话，不用说，他就是李文涛。

因为事先两个人的情况秦志方介绍过，李文涛和童香梅见面很自然，直接切入正题。童香梅带李文涛去电脑教学室。

电脑教学室墙壁上挂一幅大字标语：“让每个学生都享受到学习的快乐。”

“李师傅，给你添麻烦了。”童香梅转头跟李文涛说话。有点走神的李文涛一愣：“啊，没什么。”他指着挂在墙上的标语：“这字是谁写的啊，挺漂亮。”童香梅有点不好意思：“我写的，别笑话啊！”“写得好啊！你教什么课？”李文涛问。童香梅说：“教美术。”李文涛羡慕地说：“怪不得字写得这么好。”他走近电脑桌，把肩上的工具袋放到桌子上。

“电脑是内地两家单位捐赠的，一部分是人家腾下来不用的旧电脑，需要维修的。”指着旧电脑，童香梅解释。她还要上课，告诉李文涛有事打电话。“好，你上课去吧。”李文涛点头答应，童香梅匆匆走了。看着童香梅的背影，李文涛心里感慨，一个女孩子到这么偏远的地方支教，真不容易。

上午最后一节课给小学五年级上美术课，为了给李文涛做午饭，童香梅把美术课调到下午。她想提前把午饭做好，多做两个菜，招待李文涛。

做好午饭，童香梅到电脑教学室找李文涛，他忙活得满头大汗。“不好修吧？”童香梅走到跟前问。李文涛抬起头：“有的怕修不好了，缺零件。”“那怎么办？”童香梅担心起来，就怕修不好耽误上电脑课。李文涛指着桌子上的笔记本：“我都记下了，到县城看看能不能买到，实在不行就从济南买，发快递。”“行，花多少钱告诉我。”童香梅马上提到费用的事，这笔钱她自己出。“到时候再说吧！”李文涛顺口说，童香梅让他去吃饭。

童香梅一般都在厨房里吃饭，省得把饭菜端来端去的。今天和李文涛一起吃午饭，在厨房里不合适，请他在自己宿舍就餐，环境好一些。

宿舍收拾得很干净。童香梅给李文涛盛碗米饭。饭桌上摆着炒菠菜和牛肉炒辣椒、鸡蛋汤，都是她精心准备的。

“不好意思，这里蔬菜有限，只能简单做点，猪肉也买不到，没什么好吃的。”童香梅有些抱歉，把菜盘往李文涛面前推了推。李文涛笑了：“我知道，难为你了。”他往嘴里扒饭，吃得很香的样子。知道米饭有点做夹生了，童香梅不太好意思：“米饭也没做好，只能将就吃了。”李文涛本来不想提米饭的事，既然童香梅先开口了，他顺着问一句：“电饭锅做饭也夹生啊？”“没用电饭锅啊！”童香梅摇头，“今天又没电了。”李文涛知道停电是家常便饭，问：“没液化气啊？”童香梅摇头：“换罐不太方便……”李文涛为童香梅担心，生活条件艰苦，能坚持下去吗？

两个人默默地吃饭，气氛有点尴尬。李文涛找到另一个话题：“把电脑修好了，老是没电也没办法用啊！”童香梅把嘴里的米饭咽下去，说：“我还没想到电的事。难怪电脑用不起来，没电也是原因啊！这就看出来建电网的重要性了，给老百姓谋福利啊！”李文涛对此深有体会，老百姓急切地盼望着通上电。

“电解决不好，光有电脑也不行！”童香梅有点沮丧，这不是叫李文涛白费劲了吗？李文涛说：“解决的办法倒是有。”童香梅忙问：“什么办法啊？”“就是光伏发电，利用太阳能。在西藏利用太阳能发电比内地有优势，效果也好。”童香梅眼睛一亮，这个办法确实好。利用太阳能发电不是简单的事，需要几万元投资。这笔钱学校拿不出来，用电的问题还是没办法解决。李文涛没有好主意，只能说：“我再想想，是不是还有其他办法。”

临走时，李文涛给童香梅说起秦志方帮爷爷找战友卢宏斌和展怡美墓地的事，请求帮忙，童香梅一口答应，和李文涛加微信，让他把资料发给自己。李文涛答应电脑零件备齐了，过几天串班休息再来。童香梅再次提到买电脑零件的钱她出，李文涛拒绝了。“童老师，你已经花费很多心血了，这钱我出了，也算是支教了。”他用手指了指自己佩戴的党徽，表示要尽一份责任。

吃完午饭，李文涛回到电脑教学室，又忙活了一阵。童香梅给五年级学生上完美术课时，收到微信：“能修的电脑都修好了，剩下的几台需要配零件，下一次再说，我先走了，有事请联系。”看到微信，童香梅心里很温暖，人家不仅给修电脑，帮着买电脑零件，还想着用电问题。想到李文涛指着佩戴的党徽说的那些话，童香梅很佩服。一个人在学校，感觉有些孤独，和李文涛有了联系，以后有什么事可以找个人商量。

李文涛回到项目部，看到院子里放了几卷防护网，知道秦志方他们回来了。他把摩托推进仓库，出来时，看到秦志方和几个员工把防护网搬进仓库。“你回来啦？”秦志方问。李文涛边点头边回应。“电脑修得怎么样啊？”秦志方又问。李文涛回答：“修好几台，有几台缺零件没法修，等买了零件再去。”秦志方又问：“我请学校帮忙的事，你和童老师说了吗？”“你放心好了！防护网明天拿到工地上去吗？”“需要实验，看看行不行？”秦志方把一卷防护网靠到仓库的墙壁上说。

第二天，项目部卡车拉着防护网来到101铁塔施工地。秦志方和几个施工队队员小心翼翼地下到基坑里，上面的队员打开防护网慢慢往下放。防护网沿基坑壁展放到位，两个施工队队员拿钢钎砸进基坑壁，固定防护网。张立强吩咐两个人同时操起长钢钎，猛捅基坑壁的碎石层。“哗啦”，基坑壁碎石塌方，连同防护网一起坠落到基坑下面。

“啊呀”，站在基坑里的几个人赶紧躲闪，防护网起到缓冲作用，减缓碎石坠落速度，基坑下面的人有时间躲开。“赶紧上来!”张立强站在基坑边沿，招呼基坑下面的人。

面对突如其来的情况，大家有点傻眼：这个办法不行啊？看着坠落到基坑里的防护网，一时间不知道怎么办。秦志方用脚踢了一下还没使用的防护网：“张经理，是不是防护网太软啊？碎石坠落冲力大，软防护网抵挡不住，但还是起到阻挡作用，换成钢丝防护网，应该会达到预想的效果。”

这个提议像根火柴点亮了大家思维的火花，为什么不能换个思路呢？马上讨论，决定制作“钢护网”，增加防护网强度防止碎石坠落。张立强给留在项目部的李文涛打电话，让他到县城采购钢丝防护网。

接到张立强的电话，李文涛正准备和李俊毅开车走的时候，童香梅打电话来，求他办事：方便的话给她买几盒水彩颜料，她教学生画画时候用。“没问题。我正好要去县城，马上办。”李文涛一口答应。

第二十四章　他乡有知音

李俊毅对县城情况很熟悉，他很快找到那家建筑用品公司。因为没提前打招呼，公司老板需要调货，让他们等一会儿。趁这工夫，李文涛去超市买水彩颜料。

芒康县城只有一条主街，剩下几条街道都不长，超市有三四家。李文涛找到康辉超市买水彩颜料。小超市面积不大，里面货物满满当当，两排货架之间留下的通道很窄。

一个货架上分好几层摆放着各种文具和学生用品。水彩颜料放在中间，只有六盒。李文涛把六盒水彩颜料全部取下来。正好有服务员过来，他问，水彩颜料还有没有？服务员告诉他，超市小，一般不储存货物，都是卖完后再进货。客户如果想买什么物品，可提前订货。她给李文涛留下自己的手机号。

李文涛拿着六盒水彩颜料往门口走，经过化妆品货架，两个年轻姑娘在选化妆品。服务员给两个姑娘热情推荐："这面膜是新上的，效果特好。你们试试，保证满意。"一个姑娘说："价钱贵点。""贵有贵的道理，一分钱一分货嘛!"服务员继续推销，拿起一袋面膜，宣传它的美容效果。李文涛想到童香梅，被太阳晒得又黑又红。“说不定用上面膜会好呢！”他这样想着，看到两个姑娘还在犹豫。他从货架上取下两个面膜包装盒，两个姑娘看看他，眼神有点迷惑，大老爷们买面膜做什么啊？

李文涛转身往门口走，在门口收银台付款时，收银员拿扫码枪一边扫码一边冲李文涛笑：“这种面膜效果挺好，我正用着呢，你有眼光。”说得他红了脸。他拿出手机扫码付款，拎着装水彩颜料的塑料袋急匆匆走出超市。不知道童香梅到底需要多少颜料，等下次见到她问清楚……

把钢丝防护网装上车，李俊毅打开车门钻进驾驶室。他拿出手机看看时间，今天来不及送到101铁塔工地了，要赶回项目部驻地做饭。大家在工地辛苦一天，回到项目部吃不好，影响第二天工作。虽然这里的食品和蔬菜很单调，李俊毅还是尽量变换花样，让大家能吃得好一些。今天晚饭准备做捞面。本想做拉面，他学过做拉面。根据拉面配方，需要放灰碱，灰碱从网上电商采购，快递还没有送到，只好等一等。

回来的路上，李文涛想到一个问题，他向李俊毅打听，项目部食堂的液化气罐怎么灌的？李俊毅奇怪：“你又不做饭，问液化气干吗？”“给别人问的。”李文涛说。李俊义回答：“咱们和县城一家液化气站签订了合同，每月用多少报一个计划，让人家提前准备。这里用液化气的人少，不报计划人家不准备。”前面的路上出现一个羊群，牧羊人不慌不忙地跟在羊群后面。李俊毅按了两声喇叭，提醒牧羊人赶走羊群把路让开。“谁要灌气啊？”李俊毅发问。李文涛笑着说：“有个老乡在果洛学校支教，做饭烧柴火不方便。我想能不能帮她解决。”李俊毅表示：“这没多大困难，做计划时多做一罐液化气就可以了。”李文涛特别高兴：“太好了！”“有个问题啊，怎么把液化气罐送到学校呢？”李俊毅反问。“自然有办法。”李文涛有点手舞足蹈，想不到这个问题解决起来并不难。

晚上开饭，李俊毅把一大盆捞面端上桌子。递给每人一个大碗，捞面大盆里放两双长筷子，谁吃自己拿长筷子捞。桌子上放着四个大碗，里面是李俊毅做的捞面调料。本想根据捞面调料配方做，买不到香菜和蒜苗，只好根据现有的牛肉、鸡肉、萝卜、大葱加辣椒油调制。大家赞不绝口，甩开腮帮子大快朵颐，能吃到这样一顿捞面已经不容易了。

吃饭的时候，张立强问了采购钢丝防护网情况。李文涛汇报，一切按计划办，没问题。张立强嘱咐大家早点休息，明天提前一个小时开饭，早点去施工工地。

吃完饭，张立强来到办公室，坐到办公桌前打开电脑，这是每天必做的工作，看看电子邮箱收到的邮件。邮件有藏中联网工程总指挥部、分指挥部发来的，要及时打开阅览、处理。如果需要的材料或报表比较急，必须加班加点赶出来。山东送变电公司也会发来一些文件，要求汇报工程进度情况，他按照要求处理。送变电公司出版内部刊物《送变电人》，需要各项目部供稿。张立强会把宣传报道计划交给邱弘毅，让他收集材料写成稿件，从电子邮箱发到《送变电人》编辑部邮箱。报道发表出来，受到送变电公司员工欢迎。“没去西藏参建藏中联网工程，看看你们是怎么干的，你们是咱送变电人的骄傲！”张立强每次收到这样的微信，会油然而生一种自豪感。

有两封邮件是送变电公司发来的，第一封邮件是党建部发的，第二封邮件是《送变电人》编辑部发的。党建部邮件内容是，要求各个党支部结合自己工作实际不断创新，创造党建工作新局面。虽然项目部工作很忙，要处理的事情也很多，张立强对这个邮件还是很重视，党建工作做好了，确实能够带动其他工作上一个新台阶。他把邮件下载下来，发到工地党员微信群，让大家一起来做这项工作。

《送变电人》编辑部发的邮件要求各个单位积极供稿，更好地反映本单位的情况。同时，欢迎员工投稿。附带一张各个单位供稿情况统计表。张立强看了看统计表，26标段项目部在中游。张立强有些不甘心，参建这么重大工程，理应把宣传工作做得更好，让送变电公司广大员工知道这个工程的情况。他把《送变电人》编辑部发的邮件转发给邱弘毅和秦志方，希望他们多做点贡献。

做完这些，想到女儿甜甜，孩子在干什么呢？写作业呢，还是看电视呢？他想给女儿打电话。看看挂在墙上的电子表，还是忍住了。已经十一点了，因为时差的关系，西藏天黑不长时间，内地已经是夜深人静了。女儿做梦会梦见爸爸吗？知道爸爸想她吗？

有人敲门。张立强应答一声，李文涛开门进来。“还没休息呀？”张立强抬起头问，让李文涛坐到对面。“张经理，有点事儿想汇报一下。”“你说。喝水不？”张立强起身拿水杯。李文涛忙说：“晚上吃完捞面喝了面汤，不渴。”张立强重新坐下，李文涛把自己去果洛学校帮助修电脑的事汇报了一下，最后提到，学校因为电供不上，影响电脑教学。如果能上光伏发电，这个问题就好解决了。

刚才，张立强看到送变电公司党建部发的邮件，要求各个党支部结合工作实际不断创新，创造党建工作新局面。听完李文涛汇报，张立强说：“这次参加藏中联网工程与以往电力工程有很大不同。以前只要把工程做好就行，这次在工程建设之外，还要帮当地村民做些事情。帮学校上光伏发电，就是其中之一，我们应该做。这也是展现送变电企业形象，树立企业品牌呀！”没想到张立强考虑得这么周全，李文涛仅仅想怎么给学校上光伏发电，其他的没深入思考。按张立强说的，为当地老百姓做好事，也是民心工程。

张立强把办公桌上的电脑斜过来，让李文涛看送变电公司党建部发的邮件。“这是公司党建部刚发来的，我正考虑怎么落实呢？关于光伏发电的事，可以发动党员和项目部的员工捐款，不够的话，再从我们日常经费中挤出一部分办理。宁可自己辛苦一点，也要为学校把这件事办好。维修电脑需要更换的零件，项目部出钱解决，你不要掏腰包了。”张立强的表态让李文涛很感动：“张经理，你想得太好了！学校的老师和同学不知道该多高兴呢！”光伏发电的事得到张立强支持，会顺利进行。

从办公室里出来，李文涛看到秦志方和几个员工正在把钢丝防护网往车上装。他们没有休息，为明天工作做准备。自从进入施工阶段，这已经成为一种常态。为了把藏中联网工程建设好，人人都在拼搏。

钢丝防护网运到101铁塔工地，安装时汲取之前经验教训，做了一些改动。把固定防护网的钢钎加长了，增加了密度，防止出现脱落。做好防护网后，又做了碎石脱落实验，取得预想效果。钢护网增加了防护强度，达到防止碎石塌方的效果，解决了碎石坠落问题，扫除了施工“拦路虎”，施工速度大大加快。

秦志方在现场拍了一段视频。晚上回项目部，找到邱弘毅，把视频给他看。“我不是随便录的。”秦志方边播放视频边说，“张经理不是给咱俩下任务了吗，多给《送变电人》供稿，把这个事写一写不是很好吗?”“我今晚就写。”经秦志方提醒，邱弘毅决定马上动笔。“不是还征集文学作品吗，你也写一个。”邱弘毅又提醒秦志方。“我写了一首《选择无悔》，你给看看。”秦志方打开自己的手机，在文件夹里把诗歌找出来。

我们参建藏中联网工程，
追赶光明朝着太阳前进。
我们是光明的使者，
踏上西藏电网建设新的征程!
翻山越岭穿越江河，
征程中一幅幅忙碌的景色。
荒芜的沟壑、陡峭的山坡，
有风儿和飞鸟为我们唱歌。
追朝霞，看日落，
一路荆棘，一路颠簸。
我们有百折不挠的气魄，
缺氧不缺精神，以苦为乐。

我们用滚烫的青春，
诠释无悔的选择。
不忘初心，砥砺前行，
默默地为祖国奉献自我……

这首诗歌很快在《送变电人》的文学栏目发表，杂志编辑给26标段项目部先发来杂志电子版。这期杂志还发表了邱弘毅写的消息《“钢护网”诞生记》。

《送变电人》杂志电子版每次发到邱弘毅邮箱，他会马上在项目部群里推送，很受欢迎。李文涛读了诗歌《选择无悔》觉得很好，从微信转发童香梅，推荐她阅读。

童香梅这几天感冒了，是洗澡受凉引起的。洗澡容易引起感冒，她尽量少洗澡。可时间长了不洗澡太难受了，冒着感冒的风险也得洗澡。在高原地区感冒不仅鼻塞、喘气困难，浑身都有说不出的难受。童香梅想，要是能有一个洗澡的小房间多好啊，哪怕只有两三平方米。

为了不影响课程进度，尽管很难受，童香梅还是去给同学们上课。流鼻涕、咳嗽，同学们看到她这个样子都很难过。班长说：“童老师，你给我们安排上自习吧。”其他学生纷纷让童香梅回去休息，看着同学们关切的目光，童香梅心里好感动。

回到宿舍，躺在床上蒙上被子，也许发发汗会好些。忽然听到门外有动静，童香梅从被子里伸出头：“谁啊？”她下床开门，看到门口放着一个塑料袋，里面有感冒药和一碗奶茶。这种塑料袋是远道学生上学时中午带饭用的，困难家庭的孩子没有饭盒，都用塑料袋带饭到学校。学生知道她喝不惯酥油茶，特意送给她一碗奶茶。这一刻，童香梅很欣慰，多懂事的孩子啊！鼻子一酸，眼泪扑簌簌落下来。拎起塑料袋的时候，她想，一定要想办法帮助学生们解决饭盒问题……

两天后，童香梅感冒好了一些，赶紧给学生上课。对美术知识，学生很少有接触，都是零基础，讲授起来自然要花更多时间和精力。学生们都很认真，表现出强烈的兴趣。童香梅想，说不定在这些孩子中，会有脱颖而出的。令她高兴的是李文涛打电话，说水彩染料买到了，休息日会送过来。

休息日本来是星期五，李文涛特意往后延一天，调到星期六休息。童香梅也休息，不用赶着给学生上课，两个人都方便。童香梅特意买了三斤鸡蛋，本想买点牛羊肉，怕李文涛有忌口，打消了念头。

想到李文涛要来，童香梅有点兴奋。支教能遇到老乡，老乡又能提供帮助，简直就是幸运。这得感谢杜丽颖，没有她穿针引线，童香梅是没法办到的。童香梅打电话给杜丽颖，让她代自己谢谢秦志方的帮助。杜丽颖也很高兴，她对秦志方参加藏中联网工程从排斥转为支持。

没认识李文涛之前，童香梅最不愿意过星期六和星期日。老师和同学都回家了，她一个人孤零零地待在学校，连说话的人都没有。她喜欢做的事就是在办公桌上铺开宣纸，拿起毛笔画山水画。自从到西藏支教，她对山水画有了新认识，“搜尽奇峰打草稿”，自己也去过一些名山大川。特别是去了张家界后，曾认为别的名山都可以不看了，完全能满足山水绘画的需求。

到了西藏，彻底颠覆了自己对名山大川和山水画的认识。曾经去过的那些名山大川与西藏的崇山峻岭没法相比。西藏的崇山峻岭对她内心的震撼无法用语言表达，怪不得许多人都到西藏来，真是太有吸引力了。见过西藏的崇山峻岭，才真正认识和领略了高山大川的含义。

星期六，李文涛准时来到学校。没等童香梅开口，他从双肩包里拿出六盒水彩颜料。“童老师，这个水彩颜料是你要的吧?”童香梅接过六盒水彩颜料：“谢谢啊！多少钱呀?”“没多少钱，我出了，也算是支教吧！”李文涛乐呵呵地说。童香梅不同意：“哪能叫你出钱呢？帮我买就非常好了，我把钱用微信转给你吧！”李文涛坚决不要：“别给我转钱啊！我不收还得退给你，麻烦。我上不了讲台，表示点心意还不行吗?”童香梅看他真心实意，再执意付钱就不好了，没再坚持。

两人来到电脑教学室，这次在一起的气氛比上次融洽许多。李文涛一边修电脑一边和童香梅聊天，高兴地告诉她，光伏发电这件事很快就能办好。“我上网查了一下，光伏发电需要好几万资金!”童香梅拿着自己的手机说，“这笔钱怎么筹集呀?”李文涛打开电脑机箱，一边拆损坏的零件一边说：“项目部组织捐款，不足部分从项目部日常经费里出，一定给你们安上光伏发电!”童香梅原以为李文涛只是说说而已，没想到他如此上心，真落实到位了。童香梅对送变电人另眼相待，人家不仅建设输电线路，还真心实意为当地教育做好事，打心眼里敬佩他们。

快到中午的时候，童香梅想先去做饭，做好后再招呼李文涛。“忘了给你说这个事了。”提起做饭，李文涛忽然想到液化气罐的事。“你想说什么事啊?”童香梅问，李文涛答：“我问食堂李师傅，如果自己想用液化气怎么解决。他说，跟着项目部一起报计划就行。”“真的?”童香梅高兴地看着他，“那可帮大忙了!”没想到这个不太多说话的男人，竟然这么心细，这么用心，不知道说什么感谢话了。

修电脑的时候，李文涛问童香梅，上次给她说过帮助秦志方打听他爷爷的战友，有没有办?这事童香梅专门给校长说过，校长在教师会上说了，让大家帮助打听。遗憾的是学校教师社会交往面比较窄，有的只去过芒康县城，没有打听到什么消息。“不好意思，事情没有进展。”童香梅说，“项目部没帮助他找吗?”“项目部的情况和你们学校的情况类似。”李文涛回答，“我们只在工地上施工，很少和社会接触，所以没有进展。”两个人都挺遗憾，但愿有个圆满结果。

中午饭依旧在童香梅的宿舍里吃，她特意做了西红柿炒鸡蛋。“没啥好吃的，想买点猪肉，没买到。牛羊肉有卖的，不知道你有没有忌口，也没买。”李文涛说：“我没什么忌口，送变电人常年在外施工，这也不吃那也不吃，那多麻烦。多数人没啥忌口。”童香梅点点头：“那就好，下次我请你吃羊肉。”说到这里，心里突然有点不是滋味，电脑都修好的话，人家还来干吗呀?心想，电脑别这么快修好，没修好的话他还会来，和老乡说说话也是好的呀!

李文涛问起学生画画的事，说有没有可能出几个画家。童香梅实事求是地说：“入门阶段还看不出来，想画得好，需要一个提高过程。老师不光要教得好，学生也要有绘画天赋。”李文涛问：“学生有没有绘画天赋，能看出来吗?”

童香梅说，学习绘画的人，有些人前期学得快，有些人学得慢，不要轻易下结论谁有天赋，谁没天赋。前期学得快的人，说明理解能力不错，认真有耐心，观察能力不错，手比较灵巧，有可能就只是模仿能力比较强，而审美能力、创造能力未必突出。有些人前期进步慢，后期一旦进入状态，可能会取得较大的成就。作为艺术家来说最重要的天赋是审美能力、创造能力和想象力，而基本功，只要努力坚持总是能练好的。

童香梅担任班主任的班级中，有几个特别喜欢绘画的学生，扎西达娃表现得比较好。让李文涛买水彩颜料，就是想先资助几个在绘画方面特别感兴趣的学生，让他们起带头作用。所谓天赋，也得靠后天发掘培养。每个人都拥有天生的潜能，但必须通过后天努力。而后天努力不只是弥补天赋不足，更多是激发潜能，发掘天赋。

听完童香梅的这番话，李文涛大加赞赏，人家不愧是当老师的，能把道理讲得这么透彻。这个有抱负的年轻女教师，经过支教锻炼一定前途无量。想到这里，他禁不止有点脸红，人家有没有前途和自己有什么关系？还是尽快把电脑修好再说。关于光伏发电的事，要买到光伏发电材料，才能进行下一步。

吃完饭，两个人一起去电脑教学室。路上，童香梅问："你们没双休日啊？""还双休日呢，连星期日都没有，黄金施工期太短了，必须抓紧。"李文涛回答完，问："你双休日都干什么啊？"童香梅用手比画拿毛笔的姿势："画画打发时间。""也不能老是画画吧？"李文涛又说，童香梅"嗯"一声。"剩下时间就是看书，备课，总得找点事情做，不然会想家。""你当班主任不家访吗？"李文涛随口问。家访的事没做过，不少学生家住得很远，路又不好走。经李文涛提醒，童香梅动了心思：利用双休日去家访也是不错的选择啊！

忙活大半天，到下午四点多钟，几台需要维修的电脑修好了。通上电开启，全部正常。童香梅非常高兴："太感谢了，如果能正常供电就好了，就能给学生上电脑课了。""用电脑最怕断电，写的东西没等存呢，突然没电了，别提多闹心了！"李文涛一边收拾修电脑的工具一边说。童香梅挽留李文涛吃晚饭，李文涛说项目部晚上组织捐款活动，自己一定要参加，骑上摩托离开学校。

半小时后，童香梅接到他发的微信："童老师，给你买了两盒面膜，放在电脑教学室了。"童香梅看着微信，心里有种莫名的温暖：李文涛做事真细心呀！

忽然，她的心里涌上一种异样的感觉……

第二十五章　特别捐款

送变电公司开展捐款活动具有传统，特别是一些地方发生地震、水灾等重大自然灾害，都会发起募捐活动。26标段项目部为做好这次对果洛学校的捐助活动，特意在项目部群里发通知，做了说明。项目部本来想通过网络捐款形式进行，秦志方和邱弘毅提议，还是采用实物捐款形式比较好。这不仅是捐款的事，重要的是通过这种形式凝聚力量、振奋精神，让每个捐款的员工都有一种责任感和荣誉感。

实物捐款需要捐款箱和人民币，项目部安排给李俊毅办理。他和项目部员工沟通，了解每个人想捐的数目。捐款箱要现做，本来想用一个纸箱子糊上红纸临时用，张立强不同意，要求按送变电公司捐款箱样式做，让大家有一种仪式感。献爱心即使只捐一元钱，都是光荣的。帮扶别人应该受到尊重，不以捐款多少作标准。做好捐款箱，就是尊重捐款人的一种表现，不是形式主义。

接受任务后，李俊毅去县城。他先从银行取出现金，然后去找旺堆，请他帮忙做捐款箱。旺堆说他在康辉超市，让李俊毅去那里找他。

康辉超市门前停辆小货车，搬运工从车上往下卸货。李俊毅把车停到路边，拎着双肩包下车，旺堆正好从超市出来。“旺堆老板！”李俊毅招手打招呼。旺堆给他说：“我准备在超市开肉食专柜，今天来谈合同。”“那可好了，以后买肉方便了。”李俊毅很赞成，“请你办点事。” “什么事？”旺堆问。李俊毅从口袋里掏出一张纸：“帮我做个捐款箱。”旺堆伸手接过来，看到纸上写的是捐款箱的尺寸。“干什么用？”李俊毅笑了：“捐款箱还能干什么用，捐款呗！”旺堆拍拍脑门：“我汉语表达得不好，我想说的意思是给谁捐款？捐款干什么用？”李俊毅听明白了，给他解释：“给学校捐款，上光伏发电……”接着把为什么捐款的来龙去脉说了一下。

知道了捐款的用途，旺堆有点意外。送变电公司来芒康建电网备受赞扬，人家还要帮助学校先解决用电问题，不耽误学生学习用电脑，自己一定要大力支持！他从口袋里摸出钱包，把里面的钞票拿出来，有五六百元。“你拿着！”旺堆递来钞票，李俊毅没明白啥意思。“做捐款箱得给你钱啊！怎么还给我钱呢？”旺堆把钞票塞到李俊毅手里：“捐款箱不要钱，赠送项目部。这钱是我捐的，你替我给学校。”李文涛接过旺堆的钱，这是他的一片心意，一定要替他办到……

分手时，李俊毅问：“请你帮助打听秦志方爷爷的战友，有没有进展？”旺堆答复：“我和好多朋友说了，请他们帮忙。没有那些筑路战士，就没有青藏公路和川藏公路，就没有今天。筑路战士流血牺牲，西藏人民永远不会忘记！有个朋友的父亲从交通局退休，帮助打听了。当年参加筑路的官兵在公路建好后，大部分人转业退伍。转业退伍的官兵大部分回内地，多数人回老家工作，少部分官兵留在部队驻守西藏，有的人被分配到边防部队。时间太久，想寻找当年转业退伍的官兵和留在西藏工作的官兵，基本不可能了。”旺堆抱歉地看着李俊毅，无奈地摇摇头。

捐款活动在晚上进行。党员活动室桌子上放着红色的捐款箱，上面写着三个黄色大字“捐款箱”。捐款员工排成一队，有序地从左边进来往捐款箱里投人民币，从右边走出党员活动室。邱弘毅站在旁边，负责拍照。捐款的员工都很严肃，手里拿的钞票数目不等，大家心情都是一样的：帮助果洛学校建好光伏发电，帮助学生学习使用电脑。

“可以开始吗？”秦志方在党员活动室外面大声问，在活动室里准备照相的邱弘毅说：“开始吧！”捐款队伍开始移动，秦志方走进活动室捐款箱前，把手里的钞票投进捐款箱。邱弘毅端着照相机不停地拍照，一边提醒：“动作慢一点。”秦志方往捐款箱里放钞票时，放慢动作。邱弘毅接连拍了几张照片，朝他伸出大拇指，引得身后的人笑起来。

排在队伍后面的李俊毅左手拿着钞票，右手拿一张A4纸，上面写着“代旺堆捐款六百元”。身后的顾振华问：“旺堆怎么知道捐款这个事的？”“捐款箱是他做的，他一定要参加这个活动，为学校上光伏发电做点贡献。”李俊毅回头说话，很感慨，“这个活动真好！很有意义啊！将来学校用上大电网的电，会想到我们吗？”“即使想不到，我们也很开心啊！”郭振华有点激动，“建成藏中电力联网工程，那是多大的荣耀啊！”员工们异口同声赞成这句话，送变电人参建这个举世瞩目的电力工程，确实是件值得骄傲的事。

捐款仪式结束后，张立强招呼李文涛、李俊毅、秦志方和邱弘毅，打开捐款箱清点捐款，总共五万一千六百元。预先进行捐款统计不到五万元，捐款数额比当初统计的多，有人临时增加了捐款数目。“咱送变电人，没得说!”张立强赞美之情溢于言表。

把钞票整理好，绑扎起来放到一起。几个人看看李文涛，他是倡议者，下一步怎么办，他应该有数。“你说说下一步的打算吧!”张立强催促李文涛说话。李文涛拿出手机看了看：“我做了计划，发到你们手机上，看看行不行?”他边说边动手发微信给在场的人。

光伏发电是根据光生伏特效应原理，将太阳光能直接转化为电能的技术。光伏发电系统主要由太阳电池板、控制器和逆变器三大部分组成。光伏发电可靠稳定、寿命长、安装维护简便。光伏发电技术可以用于任何需要电源的场合，上至航天器，下至家用电源，大到兆瓦级电站，小到玩具。西藏日光充足，日照时间长，适合光伏发电。光伏发电可随发随用，也可用蓄电池储存备用，适合边远山区、高原、海岛、牧区、边防哨所等军民生活用电。

如何安装光伏发电，怎么指导学校使用，后续维护怎么进行……李文涛设计得很详细，下了很大功夫。邱弘毅问李文涛：“总投资需要六万，还差点啊，怎么办?”“我给公司领导汇报了，领导同意差额部分从项目部日常经费中拿出补上。”张立强解释。秦志方问：“藏中联网工程竣工，过两年就用大电网的电了，这个光伏发电是不是浪费了?”

关于光伏发电后续问题，李文涛想好了。光伏发电输送方式主要有两种：一是独立光伏发电系统，也叫离网光伏发电系统，主要供用户自己使用；二是并网光伏发电系统，就是太阳能产生的直流电经并网逆变器转换成符合电网要求的交流电后接入公共电网，由供电公司收购后调配给用户供电。按李文涛的后续计划，学校建并网光伏发电系统，将来有了大电网供电，学校依旧可以使用光伏发电，节省电费。光伏发电转换成符合大电网要求的交流电后可接入公共电网，学校可以给供电公司销售电，增加收入，多一个收入来源。

采购光伏发电设备在本地解决不了，到外地购买涉及运输问题，用快递运送，万一装卸时不小心损坏部件就耽误事了。张立强决定，采购光伏发电设备，找孙永清帮助。川通运输公司主要负责藏中联网工程东部线路设备材料运输工作，孙永清多次表示，有需要的只管给他说。

安排完光伏发电设备采购运输的事，张立强又吩咐秦志方，101铁塔基坑马上完成了，明天到工地看看再检查一遍，以免浇筑混凝土时出现问题。秦志方连声答应。

第二天早上，淅淅沥沥地下着雨。李俊毅看看天气，对准备吃早饭的张立强和秦志方说："下雨了，你和秦志方怎么去工地啊？"不等张立强回答，秦志方说："小雨不碍事，不去看看不放心。""是啊，吃饭吧！"张立强催促。李俊毅转身去厨房，项目部其他员工陆续进来，围餐桌坐下，七嘴八舌议论施工情况。

大家说得最多的是130号铁塔，在26标段项目部组立的铁塔中，这基铁塔海拔最高，材料运输距离最长，从坡度不大的山坡到坡度很大的陡坡，地质情况复杂。张立强前几天去过，索道搭建基本完成。因为地形原因，索道不能完全通到山梁工地，最后一段路的运输得靠骡马。

大家利用早饭时间，互相交流工地情况，把施工问题及时反馈，方便研究解决。130号铁塔材料运输问题，张立强交给了李文涛，他边吃饭边问："铁塔材料运输的事，办好了没有？"李文涛把嘴里的饭咽下去，回答："我找布介了，他想办这件事。"张立强摇头："他家才有几匹马啊？这么多的材料，运得过来吗？需要一支小型骡马运输队，布介能行吗？"李文涛赶紧解释："委托他组织运输队。"张立强严肃起来，进行批评："这不等于找包工头了吗？他组织运输队你也放心？心里有数吗？"李文涛脸色涨红，下保证："我会一一落实好的。"

上午十点多钟，张立强和秦志方来到101铁塔工地上面的山梁。他们从山梁往下走，经过栈道时，铺栈道的木板很滑，必须小心翼翼地走，栈道虽然有防护网挡着，还是叫人提心吊胆。

进入工地，小雨还在下。项目部安全规则规定，不允许冒雨施工。工地又不能因为下雨就什么都不干，时间宝贵啊！周铁虎和包永全商量，为不耽误施工进度，雨天在工地绑扎钢筋笼。几个施工队队员穿着雨衣绑扎钢筋笼，张立强走到他们身后，问："你们队长呢？"一个绑扎钢筋的队员回答："队长和周铁虎去130铁塔工地，干完这个铁塔准备转移到130铁塔。"

张立强看着绑扎好的钢筋，摇摇头说："这样不行啊，被雨水淋湿的钢筋很容易生锈。"从铁塔质量要求上说，钢筋一旦生锈，绑扎的钢筋笼放到基础里浇筑混凝土后，会影响工程质量。"先停一停！”张立强让绑扎钢筋笼的队员停下手里的工作，拿出手机给包永全打电话。

手机响几声后，包永全接电话：“喂。”

“我是张立强。”

“张经理，你在哪里啊？”

“在101铁塔工地呢！”

“下雨天，你还来工地啊？”

“来看看情况。”

“基坑都挖好了，准备浇基础。”

“我看到了，绑扎钢筋笼，你安排的吗？”

“是，这样能节省点时间嘛！”

“不行啊！”

“怎么啦？”

“合理安排时间是好事，不能冒雨绑扎钢筋笼啊！”

“为什么？”

“绑扎的钢筋笼叫雨水淋了，会生锈。”

“这个我还真没想过。”

“怎么还让工人冒雨干呢？”

“钢筋笼放在基坑里起支撑作用，混凝土浇筑后都埋基础里了。谁也看不到，生点锈不碍什么。”

终于弄清楚包永全怎么想的了，张立强立刻批评：“包队长，这样不行！钢筋笼埋进基础里看不到就糊弄啊，藏中联网是百年大计，差一点也不行！”包永全有点委屈：“我是和周铁虎商议的，已经绑扎好的怎么办？”他显然是出难题，和项目部的人商量了，怎么就不行呢？张立强说："按照质量标准不允许这样。我建议临时搭个防雨棚，在里面绑扎钢筋笼。这样可以避免钢筋笼淋雨，不会生锈；也照顾干活的人，防止感冒生病。"

包永全心中佩服，这个项目经理真不是白当的，方方面面都照顾到了。"照你说的办！"张立强打完电话，秦志方凑过来："防止钢筋笼生锈的事真不能大意，现在这些淋雨的需要拆掉，晒干后重新绑扎。""好。我问问仓库管理员还有多少编织布，够不够搭建防雨棚。"张立强打电话给项目部仓库管理员，问编织布库存情况。管理员告诉他，编织布还有存货，搭建防雨棚够用。打完电话，他招呼秦志方，说："为避免这种情况，下发个通知。基坑浇筑混凝土时，要进行录像。我们要凭职业良心做好项目，交一张出色的答卷！"

临走，张立强走进临时休息的帐篷里看看。有个施工队队员打开饮水桶的水龙头，放出一杯水。张立强伸手接过水杯，喝了一口，凉的。他心里禁不住有点酸楚：因为保护生态需要，不允许施工队在野外生火。在野外作业总喝凉水，时间长了会引起胃肠病，不可大意。宁愿费时费事，也得从项目部驻地烧好开水，让后勤人员送到索道站，利用索道把开水送到山上。工地喝上开水都不容易做到，藏中联网工程建设有多难可想而知。

第二十六章　难题如何解

101铁塔基础浇筑前，秦志方下到基坑，认真察看一遍。其中一项是基坑深度，用高度测量仪测量了两次才放心。之所以这么较真，是因为上次检查的时候，秦志方发现基坑深度与设计标准相差七厘米。秦志方找到包永全，让他马上纠正。包永全轻描淡写："十一米多深的基坑差七厘米还算事吗?"不愿意再挖深七厘米。在此之前，秦志方和包永全打过交道，是在其他电建工程，彼此有交情。七厘米和十一米相比的确很小，包永全觉得可以忽略不计。

"不行!"秦志方斩钉截铁地说，"七厘米的确不起眼，可对于藏中联网工程来说，差一厘米都是大事！不进行整改，我不能在验收单上签字，下面的浇筑作业不能进行!"包永全生气了："秦志方，你知道在这里施工的难处吧？昨天施工队又有两个人不辞而别了！这七厘米不影响浇筑质量，放我们一马，行不？现在挖到岩石层，再挖七厘米意义不大。"秦志方有点为难，在西藏，在岩石层上挖七厘米的确很难。但不能因为难就抬手放过去呀，那样不仅是对施工队放松要求，也是对自己的工作不负责任啊!

秦志方没有答应包永全的要求，两个人闹得不愉快。包永全觉得他太不讲人情世故，秦志方一再解释，藏中联网工程是百年大计，一丝一毫不能马虎。包永全不得不深挖七厘米，费了两天时间。

经过测量得到数据，铁塔基坑深度符合设计标准。秦志方在验收单上签上自己的名字，将验收单递给包永全，包永全一句话没说。对这件事，包永全耿耿于怀。

101铁塔是26标段项目部组立的第一座铁塔，是个标杆，对后面的铁塔组立具有示范意义。铁塔基础浇筑需要混凝土搅拌机，运送难度大，施工队提出，用一台搅拌机行不行？秦志方精确计算，必须用两台搅拌机才能保证不间断完成浇筑。不管多费劲，也要把两台混凝土搅拌机运到铁塔工地。

像上次运送小型挖掘机一样，先把搅拌机分拆成几部分，从索道运送到山梁，再从栈道运到半山腰的铁塔工地。他们汲取上次教训，测量了搅拌机和栈道外侧的尺寸，认为可以不拆掉防护网让挖掘机部件通过。搅拌机部件要比小型挖掘机小一点，运送两台搅拌机也是费了九牛二虎之力。

两台搅拌机组装起来了。包永全提出发电机的问题。没有电搅拌机怎么搅拌？他不对在跟前的秦志方说，打电话找张立强问怎么办。张立强知道他和秦志方因为深挖七厘米的事闹别扭，想抽时间找两个人坐下来谈，解开心里的疙瘩。接到包永全电话，张立强答复，今天孙永清就把柴油发电机送到，不耽误浇筑铁塔基础作业。

晚上，天气突然降温，下雪了。

电话里孙永清对张立强说，上半夜运输车队可以到26标段项目部。因为降温下雪，到凌晨三点，车队的六辆卡车才到达。司机又累又饿，张立强招呼他们去食堂吃饭，把几间员工宿舍腾出来，让司机吃完饭休息。孙永清抱怨道："西藏的天气，说下雪就下雪，一下子回到冬天了！"张立强端来一杯热茶："喝口热水先暖和暖和。我们需要的东西……"话音未落，孙永清接上："光伏发电设备都买了！"说完，他从口袋里拿出发票递给张立强。"辛苦了！快去吃饭！"张立强收好发票，和孙永清走出办公室。

正好遇到李文涛。张立强笑着说："光伏发电设备送来了，你和学校约个时间，我们好过去安装。""谢谢孙队长！"李文涛连声说。"别客气！"孙永清知道他们要干什么，打心眼里佩服。

车队司机在食堂吃饭时，26标段项目部全体员工在党员活动室开会，研究明天101铁塔基础浇筑工作。

党员活动室东面的墙上挂着一面新红的党旗，党旗下面是入党誓词。在入党誓词旁边，贴着有十六个红手印的项目部党员誓词：

"艰难多，吓不倒！"

"条件差，难不倒！"

"任务重，压不倒！"

"敢拼搏，永不倒！"

这是十六位党员立下的誓言。项目部二十六名员工，党员占多数，是山东送变电公司精挑细选出来的。党员的工作表现，党支部书记张立强很满意，他希望工程完成以后，能有更多的年轻人加入党组织。

第一次在高海拔地区浇筑铁塔基础，出现什么意外情况无法预料。张立强决定让项目部员工都到工地上参加基础浇筑，为下次铁塔基础浇筑积累经验。邱弘毅和另外一个员工高原反应比较厉害，张立强怕出现问题，让他们留在项目部处理日常工作。

这个决定遭到邱弘毅反对。项目部的人都能参加铁塔基础浇筑，我为什么不行？邱弘毅强烈要求去铁塔工地，他还要为铁塔基础浇筑录像。经过逐步适应，黄大夫说，只要不剧烈运动，一般不会出问题。在邱弘毅强烈要求下，张立强同意他的请求。

为防备万一，黄大夫做了充分准备，携带氧气瓶、药品、应对紧急病症的吊瓶、输液挂架……张立强听他汇报时，苦笑着说："铁塔基础浇筑还得带氧气瓶，再也找不出比这更难的施工了。"黄大夫表示，一定要做好准备，出现情况及时应对。

在高海拔、有大风、低温缺氧的高寒地区浇筑混凝土基础，如何养护是个大问题。这里即使是夏天，山上的温度也不会达到零上10度，基础养护温度最低要零上15度。如何解决养护问题，是中心议题。这个问题早几天就布置给大家，今天晚上汇总解决方案。

周铁虎、秦志方还有另外三个人根据以往施工经验，提出在工地搭建暖棚的方案，把养护的基础罩在里面，然后提高棚内温度……讨论后，暖棚方案获得通过，安排具体人负责。这犹如一场战斗，战前必须做好各种方案，才能保证战斗取得胜利。计算一下连续浇筑基础的时间，需要二十几个小时。从明天下午一直作业到后天，中间不能间断。必须做好后勤保障，李俊毅把需要做的事项一一记录。食品安排、主副食搭配、便捷送餐都要考虑周到。还有视频录像，邱弘毅做准备。一定要全方位录像，不留死角，不能因为铁塔基础在地下看不到，就放松要求。

第二天上午，通过索道把柴油发电机运到工地。和柴油发电机一起运到101铁塔工地的还有一个高二十厘米的大铁盘子，比柴油发电机大一些。看到这个铁盘子，包永全有点奇怪：“这个干什么用啊?”张立强解释：“里面放沙子，再放柴油发电机。”“直接放发电机不行吗，放沙子干什么?”包永全不明白为什么要这样做。张立强说：“柴油发电机工作时会渗油，下面不放沙子，渗到地面造成污染。柴油污染沙子，我们把沙子运下去处理……”“是为了环保啊!”包永全恍然大悟，这方面项目部做得确实好。

昨天晚上下雪降温，工地很多地方结冰。山坡披上雪装，一片银白，在太阳照耀下有点刺眼。“下完雪再上冻，地上湿滑，大家千万小心!”张立强一边嘱咐一边走到基坑边上，探头里面看。基坑内结了一层冰。“包队长，先把这些冰层除掉才能浇筑基础。”张立强招呼包永全，让他看基坑里的冰。包永全苦着脸：“这里施工真是太费劲了，以后给个金山我也不来西藏干活!”招呼施工队的五个队员拿风镐，腰间绑好绳子，下到基坑里。先把冰层用风镐打碎，再进行清理……

这次基坑浇筑混凝土要求高，浇筑过程中的水化热作用会导致混凝土温度过高。昨晚又大幅降温，造成内外温差过大，很容易在浇筑的混凝土中产生裂缝，埋下隐患。一个星期前，经过数据测算和技术评估，按照降低水化热的原则，秦志方优化了混凝土配合比，保证混凝土质量。浇筑过程中，严格按照凝土浇筑技术规范施工，保证连续浇筑及充分振捣。施工现场，设自动测温仪对混凝土温度进行实时监控。搅拌混凝土用的水泥、沙子早已备好。提前绑扎的钢筋笼，为防止生锈涂上清漆。面临一场硬仗，大家摩拳擦掌做好准备……

连续浇筑六千立方米混凝土，中间不能断档。供料、搅拌、浇筑各环节压力巨大。张立强在现场指挥。其他人员严阵以待，确保第一时间解决可能出现的问题。

张立强手拿对讲机，进入指挥状态。

“柴油发电机！”

“准备就位！”

“搅拌机！”

“准备就位！”

“供料组！”

“准备就位！”

“输送组！”

“准备就位！”

……

张立强神色严肃，犹如战场上的指挥官。

“开始！”

柴油发电机顿时轰鸣。

接着，两台搅拌机发出搅拌混凝土的巨大声响。

“哗——”

搅拌好的混凝土顺利倾倒进铁塔基坑。

基坑里放好的钢筋笼，被混凝土包裹起来……

铁塔基础分为地下和地上两部分。地上部分是组立铁塔的重要部分。在上面要固定铁塔的塔靴，固定螺脚，为后续作业打基础。要保证铁塔地上基础部分表面的光洁度，必须解决模板和模板之间的缝隙问题。秦志方和郭振华几个人动脑筋，用胶把两块模板之间的缝隙填平。他们又发现胶会从模板缝隙里少量溢出，影响基础光洁度，用透明胶把填胶的模板两面粘起来，达到设想效果……他们说，赶上大姑娘绣花了。这是世界上第一条平均海拔4000米的500千伏输电线路，这是中国电力的名片，这是献给西藏人民的民心工程！要100%地做好，要把它建成完美无瑕的电力工程！

为保证基础部分浇筑开始后连续不断，两台搅拌机分别安放在铁塔基坑的东西两面。搅拌用的水泥、石子和沙子都提前搬运到搅拌机附近，一是节省运送时间，二是尽量减少人工搬运。在高海拔地区，要减少人工运动量。

搅拌机轰鸣着把混凝土倾泻进铁塔基坑，从基坑底部开始，混凝土在一点点升高……

邱弘毅端着摄像机，按要求拍摄基坑里混凝土浇筑的情况。忽然觉得脖子后面有点凉，下起雨夹雪。背后的秦志方打伞过来："给你拿件雨衣吧？"邱弘毅摇摇头："把这一段拍完再说……"没等说完，身后有人喊："快拿氧气来！"邱弘毅和秦志方回头看见一个施工队队员坐在地上手捂胸口，显得很难受。海拔越高氧气越稀薄。晴天时含氧量高一些，天气不好含氧量降低。海拔超过5000米，雨雪天气的夜间含氧量甚至会低于50%，这种环境不吸氧对身体伤害很大。

黄大夫拎着氧气瓶跑过来，把输氧管插进那个施工队队员的鼻子里，一边招呼人把他扶进帐篷。邱弘毅跟着走进帐篷，进行录像。这些视频真实地反映了藏中联网工程的施工情况，是宝贵的第一手材料。没有亲临施工现场的人，想不到基坑浇筑混凝土会出现这样的场景。包永全急匆匆走进帐篷，焦虑地问："要不要紧啊？"在铁塔施工现场，最怕出现这种意外。如果高原反应过激，需要到县城医院治疗，但保证安全下山就是个难题。包永全紧张，跟着进来的张立强也十分紧张："黄大夫，你看行不行啊？"

黄大夫用血压计测量施工队队员的血压，看了看测出的数据："不要紧，挂上吊瓶再看看。""不行赶紧下山，别耽误了！"张立强说。黄大夫把吊瓶挂到输液支架上："再观察一下，我看问题不大。"下这个结论需要很大的决心，万一出现问题，黄大夫要负责。参建藏中联网工程的每个人，肩负不同的责任，关键岗位的人员压力很大。

出现高原反应的施工队队员躺在简易床上，嘴唇发紫，呼吸还算平稳。黄大夫不敢大意，和藏中联网工程左贡分指挥部医生联系，详细说明这个施工队队员的高原反应症状，询问是不是要转送。听完他的说明，对方让暂时不要动，看看后续反应，有情况随时报告。张立强看到高原反应的施工队队员状况比刚才平稳一些，悬着的心才稍稍放稳些。走出帐篷，心想：千万不要在节骨眼上出现意外啊！

为了保证101铁塔工地上的施工人员吃上热乎饭，李俊毅费了不少心思。他提前购买了肉食和蔬菜，买了几个保温箱，以保证做好的饭菜在保温箱里能够保温，送到山上还是热乎的。101铁塔工地上参加基础浇筑的人比较多，为保证饭菜及时送到工地，张立强留下两个人当帮手。大锅做出饭菜之后，马上放进保温箱装上皮卡车送饭。李俊毅开皮卡车，带一个帮厨员工，来到索道站。

索道站操作员打招呼："李师傅，来得真准时啊!""山上干活那么辛苦，后勤必须跟上!"李俊毅一边说，一边和帮厨员工把几只保温箱从皮卡车上卸下来。操作员把索道吊篮拉到近前，打开一侧的护栏门，把保温箱装上去摞起来。李俊毅拿出绳子，把保温箱绑扎固定，以防止吊篮摇晃，保温箱翻扣。索道距离长，特别是最后一段，陡坡角度大，遇到大风摆动幅度大。绑扎完毕后，李俊毅又检查一遍，操作员启动索道开始运送。李俊毅给张立强打电话，通知午饭马上送上去。

午饭由索道运送到山梁，李文涛和接应员工从索道吊篮里把几只保温箱卸下来，放到背架上，小心翼翼地背着走上栈道。野外施工，想吃口热乎饭菜真难啊!

浇筑混凝土不能停顿，需要不间断作业，中午饭只能轮流吃。秦志方、李文涛打开保温箱，拿出盒饭、盒菜，摸摸还是热乎的。还有热乎的菜汤装在塑料方便盒里，盒盖扣得紧，一点都没洒，真是不容易。"趁热乎，快吃吧!"秦志方和李文涛一边给大家分盒饭、盒菜，一边招呼大家快点吃。一只保温箱里还有苹果和黄瓜，看出来李俊毅为这顿饭费尽心思。张立强给李俊毅发微信，没有文字，只有一个大拇指图案，是称赞和表扬。李俊毅心里乐开花，这是对自己的工作最大的肯定!

晚上要准备两顿饭，一顿是晚饭，还有一顿是夜餐。连续浇筑混凝土要到第二天早晨才能完成，夜里这顿饭给大家补充能量，非常重要。

回到项目部食堂，李俊毅赶紧张罗晚上的两顿饭。主食馒头和花卷，副食鸡蛋炒西红柿、芹菜炒肉、白菜炖粉条和炒干豆腐，外加小米粥。饭菜放进保温箱，往皮卡车装的时候，开始刮风。李俊毅心里说，让我把晚饭顺利地送上工地吧！

开车到索道站，几个人从车上卸下保温箱的时候，大风“呼呼”地刮，好像一时半会儿停不下来。李俊毅用绳子把吊篮里的保温箱绑扎牢靠，还特意用手拽拽绳子，牢固了才放心。“晚上运的东西多了不少啊！”索道操作员说。李俊毅挥了挥手：“这是两顿饭，走吧！”操作员搬动索道操纵杆，索道钢丝绳“嘎吱嘎吱”响，开始运行。

挂在索道钢丝绳上的吊篮越来越远，越来越小，最后终于消失在视线中。一阵大风刮来，撩起李俊毅的衣襟，他的心悬起来：这么大的风，吊篮不会出问题吧？

山梁上，李文涛带着几个员工，像中午一样等待接索道吊篮。大风吹得太厉害了，几乎站不住。“快蹲下！”李文涛招呼身边的人，这么大的风很少见，伴随大风气温也在下降。

“快看，上来了！”一个员工指着陡坡上的索道喊起来。索道钢丝绳的运行比平常慢，吊篮在大风中不停地摇摆，幅度越来越大。吊篮里的保温箱在不停地摇晃，山梁上的几个人预感不好。

“呼——”一阵大风刮来。

吊篮剧烈摇摆，摇摆幅度再大的话，就可能导致翻扣！李文涛禁不住大声叫起来：“不要再摇摆啦！”话音未落，索道吊篮已经摇摆成直角。“哗——”吊篮里的保温箱纷纷翻扣，接二连三地坠落到山下的怒江里，江面溅起水花……

山梁上的人呆住了……

晚饭没着落，夜餐也吃不上了。

在大风中浇筑混凝土的项目部员工和施工队队员又冷又饿，等着吃顿热乎饭，想不到送饭的吊篮被吹翻，保温箱翻扣到山下的怒江里。大家沮丧的心情无以言表，太懊恼了。

晚饭送不上来，幸亏之前做了预备，总算有点吃的。没热水，没法泡方便面，只能吃干的。矿泉水是凉的，张立强让大家尽量少喝，怕喝坏肚子。这时候喝坏肚子造成减员太麻烦了，能忍耐就忍耐吧。

浇筑混凝土的工作一刻没停，搅拌好的混凝土不断倾倒进基坑，里面的混凝土已经超过一半。每隔一个小时，秦志方做一次取样化验，保证混凝土的品质符合要求。灯火通明的工地上，每个人按照分工坚守岗位。这是一种精神的支持，体现他们特别能够吃苦、特别能战斗的风貌。

浇筑混凝土好像简单，实际要分工明确，配合默契，每个环节都要一环扣一环，出现纰漏就会出大问题。一旦浇筑混凝土中断超过两个小时，会造成之前的作业全部作废，造成极大浪费，严重耽误工程进度。铁塔基坑浇筑混凝土的工作体现了这支队伍的业务高素质。只有过硬的施工队伍，才能保证高质量的电建工程。

深夜两点，到了换班时间。李文涛走进帐篷，摘下头上的安全帽，看到秦志方有些难受的样子。“怎么了，高原反应啊？”李文涛关切地问。秦志方摇头：“胃疼。”李文涛说：“是不是没及时吃饭造成的?”“说不好，到换班时间了吧?”秦志方抬头问。李文涛虽然很疲惫，看到他这种状况，决定不休息了。“没事，换班我再叫你。”说完，李文涛戴好安全帽，走出帐篷。

外面气温很低，稍微让人欣慰的是飘着零星小雪不影响浇筑混凝土。如果下大雨就麻烦了，雨水流进基坑，势必会对混凝土产生影响，一旦超过配比标准，就得停止浇筑，重新测算材料配比值，很多因素无法预防……

一直坚持在现场的张立强很紧张，最怕下大雨。大家几次劝他进帐篷歇一会儿，都被拒绝。此时此刻，搅拌机和柴油发电机发出的轰鸣声，他听起来就像最美的音乐，演奏藏中联网交响乐章……

“张经理，你歇一歇吧!”李文涛走到近旁说。灯光下，看到李文涛通红的眼睛，张立强心里抑制不住激动，多好的员工啊!在工程艰困时刻，从来不打退堂鼓；在需要冲锋陷阵的时候，从来都冲在最前面。有这样的送变电人，再硬的“骨头”也能啃下来!

看到张立强不肯走，李文涛再次催促他歇一会儿。张立强指了下自己胸前的党徽，两个人对视一眼，仿佛同时想起自己按了红手印的誓词：

“艰难多，吓不倒!”

“条件差，难不倒!”

“任务重，压不倒!”

“敢拼搏，永不倒!”

那是自己的承诺，现在就是兑现的时候。它不是几句口号，要求每个党员拿出实际行动。急、难、险、重冲锋在前，需要每个党员率先垂范。

灯光里，铁塔基坑里的混凝土越堆越高，渐渐与地面平齐，基础地面部分已做好了模板围挡。零星小雪渐停，又下起了小雨，大家担心转成中雨、大雨造成麻烦。

“快点，再快点！”张立强用嘶哑的嗓子招呼大家加快进度。秦志方从帐篷里出来，胃疼好了些，赶紧投入没有硝烟的战斗。他和几个倒班休息的施工队队员整理防雨布，基础浇筑完成必须进行防雨、保温养护……

天开始蒙蒙亮。

铁塔基坑浇筑进入收尾阶段，露出地面的铁塔基础模板围挡里的混凝土渐渐与模板上沿平齐。每个人各司其职，争分夺秒，这是最后攻坚时刻。

突然，基坑西面的搅拌机停下，不知道什么原因造成的。关键时刻，真是要命啊！铁塔基础模板内还差几厘米就能完成，肉眼看不出来，不会对后续铁塔组立有大的影响。

小雨下着，汗水和雨水从张立强脸上流下来，他充满血丝的眼睛瞪得老大。“必须抢在大雨前把混凝土浇筑完！”他挥手招呼大家，“快把防雨布支起来！把混凝土往西面运，保持东西两面基坑浇筑均匀！”

大家分成两组，一组支防雨布，一组拿起一切可以利用的工具——脸盆、保温桶、水泥袋，装着搅拌好的混凝土，或端或拎，跑到基坑西面倒进基坑里。张立强稍稍安心的是，地面基础只剩几厘米了，人工浇筑能完成。

手机响，李俊毅打来的。“张经理，食堂做好了早餐，现在风小了，马上给工地送上去！”张立强火急火燎：“多带氧气瓶，别忘了！”为保证基础浇筑顺利完成，原本没计划人工浇筑混凝土。西面的搅拌机出现故障，只能利用人工浇筑混凝土。在高海拔地区，剧烈运动容易引起缺氧，必须提前预防……

早上七点十分，铁塔基础浇筑终于全部完成。大家累瘫了，坐在地上大口喘气。邱弘毅倒在地上，意识不太清醒。黄大夫把最后一瓶氧气给他用上，旁边的几个人呼吸出现困难……

李文涛带着几个人去山梁上接早饭，张立强嘱咐，先把氧气瓶拿回来救急。

索道吊篮晃晃悠悠地运到山梁上。李文涛上去打开吊篮围挡，解开绑扎的绳子，看到两只纸箱上用粗防水笔写着“氧气瓶”。他弯腰搬动时，头有点晕。他把装氧气瓶的箱子搬下来打开，给每人分一只：“快吸氧！”他顾不上吸氧，把装氧气瓶的纸箱放到背架上，工地上的人急需啊！

张立强觉得头晕目眩，恍惚中，李文涛气喘吁吁地回来了，氧气瓶是救星啊！黄大夫招呼大家赶紧吸氧。张立强也不得不把输氧管插进鼻孔，深深吸上几口……

雨越下越大，小雨变成了中雨。铁塔基础上覆盖了防雨布，谢天谢地！

每个人的肚子都是空落落的，真想喝口热粥，然后躺下睡一觉。连续二十多个小时在恶劣的环境下不睡觉，说不出有多难受。现在既不能吃也不能睡，最要紧的是吸氧，让身体恢复常态。让张立强略微心安的是，高原反应比较严重的几个人，输液、吸氧后没有出现大问题……

回到项目部驻地，张立强赶紧安排大家休息，恢复体力。尽管他头昏脑涨，还是顾不上休息。他到了办公室，先打开手机看看本地天气预报。天气夜间中雪，气温继续下降。101铁塔位置的区域晚上气温会降到零下6度。铁塔基础浇筑完成后要在12小时内开始浇水养护，温度保证零上15度以上。施工保温工作尤为关键，如果天气炎热，干燥有风，应在3小时内进行浇水养护，养护时应在基础模板外加遮盖物，浇水次数应能保持混凝土表面湿润。晚上降温对铁塔基础养护不利，必须保温才行。他急忙给施工队包永全打电话。

“喂，包队长。”

“张经理，没休息啊?”

“天气预报说，晚上气温降到零下6度。”

“那很冷啊!”

“基础养护要做好保温!”

“按项目部要求做的，搭建保温棚。四台暖风机作热源进行保温。”

“养护阶段要24小时监测混凝土及外部环境温度，现在棚内温度多少?”

“零上16度，符合基础养护要求!”

“注意柴油发电机情况，千万不要出问题。”

“不会的，放心好了。”

“不要大意了！今天再运一台柴油发电机上去。”

“好。”

张立强又想到一个事，提醒说：“别忘了更换柴油发电机下面的沙子。”这事包永全真忽略了，忙晕头了。“你不说，我还真忘了。”张立强嘱咐：“把渗漏柴油的沙子收集起来装入编织袋，从索道运下来处理。”“不用那么麻烦吧？”包永全想就地处理。张立强反对：“一定要运下来做环保处理，我们对环保局有承诺，没人监督更要自觉！”包永全连声答应。张立强做事严谨，包永全打心眼里佩服。

第二十七章　不寻常的家访

山间的云已变得轻盈。往上看，是很高的雪山，从半山坡到山顶白雪皑皑，雪山轮廓分明。

大山里散落着藏族人居住的屋子，有单户，也有三五家聚集的。有的人家散养几头牛羊，在草地上悠闲地啃着青草，偶尔抬头叫几声，悠然自得的样子。童香梅拿手机拍照，觉得看到的画面好美，不知道这里有没有手机网络，先发朋友圈再说。这是验证手机网络的最好办法，有网络很快就能发出去。在西藏支教，从不习惯到习惯，有个逐步适应过程。

家访是班主任分内工作。

刚担任班主任的时候，童香梅有点怕家访。这里不像济南，去学生住的社区心理没什么负担。这里走很远见不到人，山路坑坑洼洼，个别地方走着走着没路了。没和李文涛认识之前，她没想过家访的事。经李文涛提醒，她觉得家访对了解学生家庭状况，针对每个学生制订教育计划，会有很大帮助。先从学校就近的学生开始，家访很受家长欢迎。家里经济条件好点的，会留她吃饭，每次家访，心里都很感动。

有的学生盼望童香梅到自己家去，问她什么时候去自己家。对学生的期盼，童香梅理解。没有家访的学生家住地都挺远，自己对环境不熟悉，还是有点胆怯。学生总问，让童香梅有了压力，没完成家访，好像自己对学生不一视同仁。想来想去，终于想到一个办法：星期六的时候，把第二天要去家访的学生留在学校住宿，第二天再让学生带自己去家访。这个办法受到学生欢迎，感觉自己被老师重视。

今天去扎西达娃家，是他一再要求的，说爷爷想让他辍学。学生辍学的情况不多，童香梅最不想见到这种情况，希望自己教的学生都能完成学业，能上高中，考上大学。每当听到其他老师提到孩子辍学的时候，心里很难受。尽管凭一己之力改变不了辍学情况，还是想尽量把学生留住。

童香梅教美术课，扎西达娃是几个美术学得好的学生之一。他的绘画透着一种灵性。童香梅希望他能在美术方面有发展，却得到他要辍学的消息。童香梅决定去他家做家访，问明什么原因，把他留住。

扎西达娃走在前面带路，蹦蹦跳跳别提多高兴了。果洛乡管辖的几个村都在深山里，有的村子只有羊肠小道，个别人家住的地方连路都没有。童香梅心里很沉重，家远的学生上学要走十几里山路，其中的艰辛自己想不到。

一路景色美不胜收。抬头看，白云在山间飘荡。白云飘荡的速度很快，忽上忽下，一会儿飘远了，马上会被另外一大片白云填补。阳光从云层里投射出来，照在草地上呈现一片金色，近处一片翠绿，往远处的大山延伸，开始的树林是中绿，过渡到深绿，最后映入眼帘的是墨绿，伸进云层里看不到了……遇到美丽的景色童香梅不会放过，她用手机不停地拍照。扎西达娃站在远处等她。这些景色当地人习以为常，在童香梅眼里却如山水画。

扎西达娃说，他家生活不富裕。母亲左腿残疾干不了重活，主要靠父亲在昌都干活挣钱，常年不在家，家里主要由爷爷照料。

一处朝阳山坡坐落几间屋子，扎西达娃爷爷巴扎站在山坡上，身边跟着两只黑色藏獒。童香梅怕狗，小声问："扎西达娃，你家的狗不咬人吧？"扎西达娃说："没事的。"他招手向巴扎挥舞，用藏语喊："爷爷，童老师怕狗，你让它们躲远点！"听到扎西达娃喊话，巴扎向身边的两只藏獒挥挥手，喊了几句，两只藏獒从他身边跑开。

看到童香梅，巴扎热情地用藏语说："欢迎童老师！"童香梅不知道他说的什么意思，看了看身边的扎西达娃。"我爷爷说欢迎！欢迎童老师！"扎西达娃赶紧用汉语翻译。来的路上，扎西达娃给童香梅说，爷爷不会汉语，需要他翻译。这种情形，童香梅之前在家访中遇到过几次，有心理准备。

巴扎热情地把童香梅迎进屋里，早已准备好酥油茶，另一只壶里放着热好的牛奶。巴扎对童香梅说："要是喝不惯酥油茶，就兑上点牛奶。"他指了指酥油茶的碗，又指了指装牛奶的壶。扎西达娃把爷爷说的话翻译成汉语，童香梅双手合十放在胸前表示感谢。

来西藏有段时间了，喝酥油茶还是有点不习惯。她拿起装牛奶的壶，往酥油茶碗里倒了点牛奶，这样会冲淡酥油味道。童香梅一边喝酥油茶，一边听巴扎介绍家里情况……

说了一会儿，没有提到让孙子辍学的事，童香梅有点急，又不好意思问，琢磨怎么才能把这个事自然地提出来。正想着，巴扎拿来一幅一尺大小的唐卡，恭恭敬敬递给她：“童老师第一次来我家，没什么好赠送的，这个唐卡表示心意吧！”

接过赠送的唐卡，童香梅拿出一个佛珠手串回赠老人。这是她早准备好的。她前几次家访接受家长赠送的礼物，没有回赠搞得措手不及。她后来家访的时候，都准备好小礼物，免得被动。

看到佛珠手串，巴扎高兴地收下了。童香梅问：“巴扎大叔，听说你想让孩子辍学，为什么啊？”“我正想给你说这事呢。”巴扎让扎西达娃先翻译自己说的话，然后说明原委。

每隔几天到卡伦寺庙转经，是巴扎必做的功课，他和寺庙里的喇嘛非常熟悉，和擅长画唐卡的几个喇嘛更是谈得来。他对唐卡非常喜爱。杰布喇嘛说，既然巴扎这么喜爱唐卡，何不把孙子送到寺庙当喇嘛，跟着学习画唐卡，这是一门手艺啊！杰布喇嘛说的话让巴扎上心了，想让孙子辍学当喇嘛，学习画唐卡。

听巴扎说完让孙子辍学的理由，童香梅觉得立不住，脑海里忽然冒出一个念头：我也可以教学生画唐卡啊，等于教学生将来走向社会谋生的技艺，多好啊！她有点激动，感觉今天的家访太有意义了。转念想，巴扎的这个理由好像有点勉强，是不是还有其他原因呢？

两个人继续交流，巴扎告诉童香梅，想让孙子去寺庙当喇嘛，不光是为了学习画唐卡，还因为另外一件事，自己没时间照顾孙子，才产生了让他去寺庙当喇嘛的念头。童香梅想，这是件什么事呢？

巴扎大叔告诉童香梅，他准备去拉萨大昭寺。“巴扎大叔，你坐车去大昭寺吗？”童香梅问道。巴扎回答：“磕长头去大昭寺，向佛表达我的诚心！”童香梅张大嘴巴，忽然想到袁潇雨嘱咐的事情。他不是想拍这样一部纪录片吗？不知道巴扎能不能同意。

童香梅问道：“我有个朋友想拍朝圣纪录片，你去大昭寺，他能不能跟着拍电影呢？”巴扎想了想，说：“附近村子还有才桑、朗嘎想和我一起去，我得问问他们愿意不。他俩去大昭寺朝圣，一路有花销。才桑的儿子布介搞骡马运输，贩卖药材，准备帮我们筹措资金。才桑因为身体原因，想去大昭寺一直没去成。现在身体好些，我们搭伴一起走。要是他们同意拍电影，我不反对。”“太好了！”童香梅很高兴，“如果确定的话，提前告诉我啊！”“没问题，让孙子告诉你。”巴扎忽然想到，让孙子辍学当喇嘛了，怎么通知童香梅啊？

童香梅赶紧劝巴扎不要让孙子辍学。“扎西达娃有画画天赋，辍学太可惜了！我教美术课，一定让他学会画唐卡！保证让他学到一技之长。”巴扎看到眼前这个汉族姑娘的目光很坚定。她的这种信念是发自内心的，是谁也阻挡不了的……

去大昭寺朝圣一路磕长头，必须做好相关准备。巴扎把自己准备好的东西拿给童香梅看，有护手板，有护胸的长皮围裙，有自己做的加厚底的鞋……

离开的时候，扎西达娃小声问：“童老师，我还能继续念书吗？”“能！”童香梅自信地回答，她不能让一个学生在自己当班主任的时候辍学，这是义不容辞的责任。扎西达娃给童香梅鞠躬，抬头的时候，激动的泪水涌出来……

童香梅拿着巴扎赠送的唐卡往回走，禁不住放开嗓子唱起来，许久没有这样畅快了。

她口袋里的手机响起来，是李文涛打来的。“是童老师吗?”每次打电话，李文涛都客气地问，弄得她有点不好意思：“是我啊!”“我们下星期去学校安装光伏发电，你们有时间吧?”“我马上跟校长汇报，应该没问题!”感谢的话都顾不得说了，她和李文涛通话结束，立刻与校长联系。这是多好的事啊!

第二十八章　心往一处想

一辆卡车停在26标段项目部院子里，车上装满光伏发电设备。卡车旁有辆越野车，张立强、秦志方和郭振华在车里，今天去果洛学校安装光伏发电。之前，张立强把捐助学校光伏发电的事给山东送变电公司党委书记做了详细汇报。山东送变电公司党委书记认为做得非常好，送变电公司参加藏中联网工程，不仅要把工程做好，也要帮助当地民众做公益。山东送变电公司党委书记让张立强到学校去一趟，了解学校还需要什么帮扶，送变电公司愿意助一臂之力。

他们一早把光伏发电设备装上卡车，还带上一些教学用品。李文涛打听过，这些教学用品是学校急需的。一起去安装光伏发电的员工上车，李文涛站在门口东张西望。秦志方从车窗探出头："李文涛，走啊，你等什么呢?""我等李俊毅回来，你们先走吧！"李文涛往远处张望，秦志方奇怪："李俊毅不是去县城拉液化气罐吗，你等他干什么?""我就是等液化气罐呢！"李文涛摆摆手："你们先走吧！""好，我们先走了！"秦志方招呼司机开车，越野车和卡车一前一后开出院子。

半个小时后，李俊毅开皮卡车回来了，看到站在院门口的李文涛，急忙停车。他打开驾驶室门，跳出来：“等急了吧？”“没有。”李文涛走上前，打开皮卡车的车厢板，车厢里装了三个液化气罐，两大一小。大液化气罐是项目部食堂用的。小液化气罐是李文涛买的。李文涛把小液化气罐搬下来，李俊毅帮他把液化气罐放到摩托车后座上绑好，问：“学校用液化气啊？”“给支教的老师用。”李文涛回答，跨上摩托车一溜烟地跑远了。

果洛学校召开欢迎会，向项目部员工献上哈达。张立强代表项目部赠送教学用品，有作业本、图画本、水彩颜料、书包，还有篮球和足球。学校没有专门的体育老师，体育课都是没有课的老师临时上。操场上的篮球架早已锈迹斑斑。至于足球更谈不上了，多数孩子没有接触过。张立强没想到偏远学校的体育教学这样落后。“今天有体育课的话，让郭振华带着同学们上足球课，他是我们送变电公司足球队的前锋。”老师们热烈鼓掌，这是多么令人期盼的体育课啊！

在项目部捐赠的物品中，还有饭盒。童香梅和李文涛特意说过，学生们带饭还用塑料袋，自己想帮他们解决饭盒问题。李文涛向张立强汇报，在捐赠物品目录里出现“饭盒”一项。饭盒虽然普通，可对每个孩子来说，就是帮他们解决了很大的难题。

坐在项目部员工对面，童香梅一边鼓掌一边左顾右盼，怎么没见李文涛呢，为什么没来啊？又不好意思打听，只能在心里憋着。手机忽然震动，发出提示有微信。童香梅打开手机微信，是李文涛发来的，叫她出来一下。

童香梅走出教室，看到李文涛扶着摩托车在操场边站着东张西望，不用说，是在找自己。

“嗨——”童香梅叫了一声，举起手臂摇着，朝李文涛跑过去。

“李师傅!”童香梅习惯地叫一声，“你怎么来晚了啊?”李文涛指着摩托车后座上的液化气罐:“等这个，晚走了一会儿。”

看到液化气罐，童香梅心头一热。本以为李文涛说说而已，还真当回事办了。很多事她都是无意中说的，他都认认真真地当回事办。联想到李文涛送她的面膜，除了热心肠，有没有别的意思呢?

莫名其妙冒出这样一个想法，童香梅的脸不由得有点发烧……

卡伦寺门洞的两侧各有一间屋子，里面各有一个两米高的转经筒。来到寺院的人都会顺时针方向转动经筒。每转一圈，经筒会发出一次清脆的“叮当”声。童香梅上次来的时候没注意，这次和巴扎、扎西达娃一起来，特意进行观察，发现转经筒上方四个角上各系一个铜铃，转经筒旋转到这个位置，就会碰撞出“叮当”的响声。

巴扎手拿佛珠走进转经房，帽子放在墙角。他让扎西达娃跟在身后，童香梅也跟在后面。他口诵经文，举手转动经筒。转动一圈经筒，巴扎趴在地上，脑袋朝转经筒正下方拜。站起来后再下拜，反复九次。

来寺院前，巴扎告诉童香梅，邻村两个想去大昭寺朝拜的才桑和朗嘎同意朝圣路上拍电影。

从转经房出来，三人去见杰布喇嘛。童香梅上次和罗雪莹到卡伦寺，见过杰布喇嘛，特意请他介绍唐卡。这次见到他，杰布喇嘛想起来了："你是上次来的那位老师?"童香梅微笑点点头。巴扎介绍："童老师教我孙子，想见见你。"他说的是藏语，童香梅听不懂。杰布喇嘛用汉语说："欢迎童老师!"巴扎又说："之前给你说过，想让我孙子学习画唐卡。本想来做喇嘛的，童老师说孩子还小，需要多学点文化知识。业余时间来学习画唐卡，不知道行不行?"杰布喇嘛说："学画唐卡没问题，你们合理安排时间就好。唐卡画得好，还可以在我们这里对游客出售。"童香梅特别高兴，原来只是想满足巴扎的要求，让扎西达娃和其他几个绘画好的孩子学习画唐卡。如果能达到寺院要求可以出售，有点经济收入，真是求之不得。

关于唐卡相关知识，童香梅了解一些，趁此机会，再次请教。对汉族老师支教，杰布喇嘛非常支持，也很敬佩。童香梅虚心请教，杰布喇嘛便把唐卡知识告诉她。

唐卡按幅面大小分为巨幅唐卡、普通唐卡、小幅唐卡 。按材质分为：刺绣唐卡，用各色丝线绣成，这种唐卡坚韧耐用，不易毁坏；缂丝唐卡，在图案需要编织处，用各色纬线和经线交织而成，具有镂雕的立体效果；织锦唐卡，质地多为缎，纬线由各色丝线组成，间错提花织造，形成所需图案；绘画唐卡，多是先绘画于纸、布、牛皮、羊皮上，而后做成唐卡，基本绘画形式与壁画一样。绘画唐卡有刻版印刷的，称为"印刷唐卡"。

童香梅恍然大悟，自己看到的唐卡大都是"印刷唐卡"，没有收藏价值。唐卡的颜料按来源属性分九类：土、石、水、火、木、草、花、骨和宝石。价值高的唐卡用天然颜料，保存时间长，不变色。

这些知识童香梅还不了解，唐卡文化博大精深。她不由得冒出一个念头：不仅要让学生学习绘画唐卡，自己也向杰布喇嘛学习绘画唐卡。作为不同民族的文化交流，这是很好的途径。

杜丽颖突然接到袁潇雨的电话，说他要去西藏。“你去西藏，心血来潮啊！”出乎预料，觉得是开玩笑。“真的，童香梅给我提供了一个机会。不对，应该是三个藏传佛教徒给我提供了一个机会……”

接着，袁潇雨把事情原原本本地给杜丽颖说了一遍。杜丽颖打心里佩服童香梅，去西藏支教不是一般人能下定决心做到的，她全心全意投入不简单。秦志方参建藏中联网工程，杜丽颖知道内地人在西藏工作不容易。

“童香梅说，她能做好支教工作，是秦志方同事帮忙，这才有后面的成绩。首先得感谢你，让我代她表示感谢！”袁潇雨这么说，杜丽颖不好意思了：“可别谢我，关键是项目部的人做得好，人家是真心实意。”袁潇雨又问：“我去西藏，你有没有什么东西要带给秦志方？”

袁潇雨三天后出发，和他一起去西藏的还有朋友小侯，两人组成拍摄小组。童香梅介绍过朝圣大致经过，袁潇雨和小侯做了充分准备。他们打算到芒康后购买三轮车，用来装摄影器材，帐篷和生活用品，与三位准备朝圣的藏族人见面，沟通交流。朝圣者上路，电影拍摄开始……

虽然想不出朝圣路上会发生什么，杜丽颖内心已经充满敬佩。人一旦认准了要去做的事情，任何力量也阻挡不了。想到秦志方当初瞒着自己去西藏，他心里是不是也有这样的情结呢？

送走袁潇雨，杜丽颖给秦志方打电话，问他需要什么，自己好准备。秦志方说，不缺什么，让她不要挂念。杜丽颖从多方面了解建设藏中联网十分艰苦，秦志方从来报喜不报忧。杜丽颖心里更是感动，也佩服和秦志方一起参建藏中联网工程的送变电人。怎么为国家做贡献呢？怎么为西藏人民做贡献呢？怎么实现自己的青春价值呢？这群人做到了！

两个人互诉衷肠，竟然有了初恋时卿卿我我的感觉，很美妙。秦志方忽然想到什么，说："袁潇雨跟朝圣者拍电影，从芒康到拉萨走的是当年川藏公路……"没等说完，杜丽颖明白他的意思。"你是不是想让他帮助打听爷爷的战友啊？""是这个意思，多一个人打听，多一分希望。"秦志方说。杜丽颖又问："你到西藏好几个月了，这事一点进展没有吗？"秦志方解释："我们就是项目部到工地，两点一线。中间去一趟林芝总指挥部开会，扩大一些接触范围，也发了找人资料，目前还没有消息。还得扩大知情者范围，才可能有更大希望。"杜丽颖答应给袁潇雨说，又问秦志方最近忙什么。秦志方刚想回答，杜丽颖听到电话里有人招呼"开会"。

"有机会再详细说，我得去开会研究130铁塔的事，又遇到麻烦了。"秦志方匆匆说完，挂断电话。

第二十九章　生死风雨夜

藏中联网输电线路中的130号铁塔海拔非常高，在这里组立铁塔太难了。铁塔施工地点处在山脊梁上，山体形成大陡坡，架索道不行，山下没有可供索道锚埋设的地点。

为协调往130号铁塔工地运输施工材料问题，张立强去县环保局协商，因环保问题不好解决，只好搁置。往130铁塔工地运输施工材料只好分为三步：先把施工材料用骡马队运到索道站，通过索道运到铁塔工地的大陡坡下面，再用骡马运送到山背梁上的铁塔工地。

这个铁塔工地距离施工队的驻地二十多里，为节省时间，包永全带施工队在半山腰安营扎寨。这一带地质情况复杂，夏天雨季时，洪水和泥石流经常发生。张立强不放心，特意到施工队住的地方察看。五顶帐篷分两排错开安扎在山坡上，因为找不到面积大点的平整地方，只能分开。好处是附近有山溪，解决了生活用水问题。每天由施工队后勤人员送上早饭和晚饭，中午带饭在山上工地吃，生活条件非常艰苦。

有些问题是没预料到的。

初到第一天，安营扎寨。施工队队员先搭建西侧的两顶帐篷，用一上午时间才搭建好。忽然刮起了大风，帐篷在大风中不由自主地摇晃，固定在地上的铁橛子被连根拔起，拴在上面用来固定帐篷的六条绳子也被大风一起吹到了空中。“咔吧咔吧”几声，帐篷架在大风中折断……

下午，搭建第二顶帐篷时，汲取经验教训。搭建帐篷用钢管做骨架，再把钢管埋入地下一米多深。固定帐篷的拉线增加到八根，防备帐篷在大风中歪倒。还用四根粗铁丝从帐篷顶部拉到边缘捆绑在铁橛子上。帐篷四周挖沟，把篷布边角埋进沟里，压上大石头。

正忙的时候，跑来一群猴子在远处看热闹。施工队队员以前在山里看到的猴子都是零星几只，大群猴子是第一次看到。项目部反复强调保护野生动物，不招惹它们，能躲开尽量躲避。特别是见到黑熊、野猪这样凶猛动物，更要退避三舍。这群猴子仗着势众不怕人，不时往前走，发出叫声。

本来人猴互不挑衅相安无事，吃晚饭的时候，却发生了冲突。一个队员一手拿馒头一手端碗菜汤，走到离帐篷六七米远的地方，找块石头坐下。他刚把菜汤碗放到地上，没等咬馒头，一只猴子冷不防蹿上来，从他手里夺过馒头就跑。他“哎呀”大叫，人都蒙了。

开始有人觉得好玩，起哄吹口哨。马上觉得不对劲儿了，又有几只大胆的猴子跃跃欲试。这还了得，几个队员捡起石头朝猴子扔过去，想把它们吓走。猴子们站住，回身看着吃饭的队员们。在一个老猴子带领下，猴子捡起地上的石头，朝队员们扔过来。猴子模仿能力太强，令人没有想到。队员们抵挡不住，纷纷逃进帐篷躲避。人猴大战第一个回合，猴子完胜。

第二天早上，队员们吃早饭的时候，这群猴子又来了，三三两两蹲在不远处张望。这次队员们不敢造次，猴子跃跃欲试还想抢馒头。包永全说："千万别扔石头了，猴子模仿能力太强。""包队长，老这么让着猴子，什么时候是个头啊！"大胡子队员说，别的队员附和大胡子的话。包永全想了想，拿一个馒头朝猴群走去，他往前走，猴群往后退。包永全把馒头掰成小块，一字排开放到地上，然后退回来。

猴群在老猴子带领下慢慢走上来，看看队员们没反应，确定没有恶意，拿起馒头吃起来，开始还有点警惕，后来就不在乎了。猴子们吃完馒头，拿起小石头模仿包永全的动作，一字排开摆放到地上。找到与猴子和谐相处的办法，以后就好办了。只是给厨房师傅增加了工作量，需要给猴子准备点吃的。

吃完早饭，施工队队员分几路前往130号铁塔工地。怎么不排成一队走呢？排成一队重复在草地上走，时间一长会踩出路来。一旦草地下的岩石层裸露出来，想恢复原貌非常困难。从保护生态的角度考虑，张立强让施工队分散去工地，来回不要重复走一条路，最大限度地保持这里的原始面貌。

到130号铁塔要攀爬大陡坡，有的石头风化严重，不小心踩上去会引起碎石顺着陡坡滚落，上下陡坡都得小心翼翼。为攀爬方便，保护人身安全，他们在陡坡上找到坚硬的石头，每隔十几米打一个站桩，每个站桩之间拴上细钢丝绳，作为防护安全绳。队员们上山时手抓细钢丝绳借力，起到保护作用。队员们上下工地腰间都系安全带，遇到强烈大风时，他们把安全带上的安全扣扣到安全绳上，蹲下身子，防止被吹倒出现意外。

十多匹骡马组成的材料运送队在130号铁塔工地的大陡坡下面停住。几个骡马工手搭凉棚朝上看，禁不住吐舌头。大陡坡太长了，即使本地人，也觉得骡马驮着施工材料爬这个大陡坡够费劲。布介专门来大陡坡爬了两遍，他把需要小心的地段牢牢记在心里。他找来十几个村民组成运输骡马队，彼此熟悉，有事大家一起商量。

布介先给骡马工交代了注意事项，接着要求，这次运输一人一马。平时都是一人管三匹或四匹骡马，现在一人管一匹骡马，不但增加人工，骡马分担的费用也增加了，等于少挣钱。这个提议几乎人人反对。布介对大家说："听我的没错！我在陡坡走了两遍，一人只能牵一匹骡马，多牵不行！"布介说得斩钉截铁，骡马工不再坚持。他常年在这里生活，对地势的险恶还是了解的。布介说不行，一定有他的道理。

他们牵着驮施工材料的骡马来到大陡坡下，仰起脖子往上看，理解了布介为什么要坚持一人只能牵一匹骡马。这种险峻地势，一人牵一匹骡马能顺当地把施工材料运上去，已经不容易了。

为保证运输安全，张立强对布介说："上山时一定要拉开距离，慢一点没关系，要避免出问题。"布介把骡马工召集到一起，反复叮嘱注意事项，开始运送施工材料。张立强、周铁虎、秦志方、李文涛等人背着小件物品跟随骡马队一起去铁塔工地。

前面通道狭窄，布介叮嘱骡马工小心，保持距离，不要挨得太近。他走在前面，手牵缰绳，引导白马从狭窄通道走过。几个骡马工牵着骡马跟在后面。前面，张立强等人在接应。

忽然，一匹枣红马害怕了，停在原地不动。布介忙喊：“不要停下，快走啊！”这个骡马工使劲拽缰绳，大声呼喊，枣红马就是不动。看到发生情况，张立强一边从上面下来一边大声说：“后面的人和马让一让，不要往前，不要挤到一起！”还没等走到枣红马跟前，意外发生了。枣红马不但不往前走，反而往后退。这个骡马工紧紧拉住缰绳，拼命地喊“站住”。另外一个骡马工见势不妙，赶紧过来帮忙，在枣红马后面推它的屁股。没有起作用，枣红马依旧往后退，速度加快。张立强叫喊：“快躲开！”这个骡马工闪身躲开，枣红马已经控制不住了。这个骡马工还在尽努力，想把它拉住，竟然被带倒，再不撒手，连人带马将一起跌落到陡坡下面。

张立强一个箭步冲过来，一手拉住这个骡马工，一手拉住保护安全绳，大声呼喊：“快松手！”其他人也拼命喊：“撒手啊！”这个骡马工松开手里的缰绳，枣红马后蹄踏空，顺着陡坡跌落下去……大家惊呼，如果没及时松手，后果不堪设想。张立强擦擦头上的冷汗，把这个骡马工从地上拉起来……

现场召开临时会议，研究遇到这种状况怎么办。秦志方说：“这里路陡山高，有的骡马可能和人一样，有恐高症。”周铁虎同意：“怎么对症下药啊？”“你们看这样行不行？”秦志方用手比画着：“到这个地段时，把骡马的眼睛蒙上，让它看不见，这样是不是可以？”他说的办法得到赞成，可以试一试。同时，在这个地段加强人手保护，不能再出现人仰马翻的状况了……

千辛万苦把施工材料运送到铁塔工地，接着开始挖基坑。只要地质环境条件不是太差，开挖基坑不是难完成的任务。藏中联网工程铁塔施工、组立有很多想不到的困难，有的超出想象。相邻的两座铁塔因为地质条件不一样，施工方案就会不同。

比方说，101铁塔基坑是全开挖型的，130号铁塔就不同了，它的四个塔腿是掏挖式的。每个塔腿深度18米，坑底直径4.5米，圆柱体形状。四根铁塔腿根据地形设计成高低腿，不在一个平面上。最长的1号铁塔腿在4号铁塔腿下面的山坡上，两条铁塔腿垂直距离13米。假设最长的这条铁塔腿踩的是地面，那么最短的那条铁塔腿已踩到五层楼的顶上。

设计单位勘探的地质资料显示，130铁塔的基坑范围为强风化花岗岩，这种花岗岩对基础开挖很不利。表层不能使用风镐，只能采用爆破方式。开挖基坑采用爆破方式风险大。秦志方测算了好几次，和施工队研究了好几次。不是在花岗岩上打几个眼，把炸药放进去那么简单。必须考虑周围的生态问题，爆破量要适当，不能超出计算范围。一旦造成生态破坏，恢复原貌要十几年。

施工队有人说，我们在山上施工，当地环保部门看不到，多装点炸药少装点炸药，他们也不知道。言外之意，还不是自己把握嘛。秦志方不同意："有个词叫'慎行'，就是说不管有没有人监督，咱们都得自觉。只有自觉了，才能把项目做好。没人在身边监督，也得跟有人监督一样！"这番话说得大家心服口服，不能投机取巧。包永全因为上次基坑开挖相差七厘米的事和秦志方闹别扭，在众人面前不会表现出来。作为协作单位，还是要听从项目部的管理。秦志方说得有道理，包永全心里还是很佩服。

爆破方案做好后，实施时要谨慎。炸药使用量精心计算，已不是“斤斤计较”，每一克炸药都要计算爆破能达到的效果，用适量炸药达到最佳爆破效果。

第一次在铁塔一号筒式基坑实施爆破，张立强亲自到现场，把爆破前的准备工作仔细检查一遍。“包队长，施工以来头一回用爆破方式，不能大意啊!”“知道，你放心好了!”包永全忙说。因为关系到其他三个筒式基坑的后续开挖，他不敢掉以轻心，一定要做好准备工作。

秦志方吹响哨子，所有人都在安全地方躲避。

“轰——”

爆破声响过，大家从躲避处出来，纷纷到一号筒式基坑前观看。爆破效果和设想一致，达到设计的爆破效果。“成功啦!”大家禁不住欢呼起来。

基坑开挖顺利，原来预计会遇到碎石塌方的问题还没有遇到。另外用钢护网防碎石塌方，在基坑开挖过程中得到应用，有不错的效果。对完成后续基坑开挖，施工队充满信心。

这天下午，施工队冒雨完成一号基坑开挖，圆满完成全部作业。这些天施工很辛苦，包永全让队员们早点收工，好好休息，准备开挖二号基坑。

外面下雨，收工回来的工人在帐篷里只能打扑克，下象棋，这是他们打发业余时间的最好方式。施工组组长大胡子摸摸自己的长发，对包永全说：“包队长，什么时候能休息一天啊?”“你想干什么?”包永全反问，大胡子指了一下自己的头发：“头发太长了，想到县城去剪头。”施工队和项目部都是半月休一天，施工忙的时候，半月休一天的制度被取消了。很多人头发长了没法剪，大胡子和媳妇视频通话，媳妇心疼地说：“你快成野人了。”

今天下雨，晚饭送得晚了一会儿。有大米饭，两种炒菜，鸡蛋汤，还有馒头。每天送两顿饭，其中一顿必须有馒头，是给那群猴子准备的。这群猴子有灵性，自从给它们吃的，没有再捣乱。晚上会跑到帐篷外面的空地上，等着施工队的工人投食。邱弘毅听说后，特意来拍了照片。他给《中国电力报》和《西藏日报》投稿，都被采用了。施工队与动物和谐相处，成为佳话。

下雨天，施工队队员只能在帐篷里吃饭。“看，猴子又来了！”大胡子指了一下帐篷外面，猴子分成三四群，站在帐篷外不远的地方。“哈哈，这是吃惯了，风雨不误啊！”包永全边说边把馒头掰成几块，从帐篷门朝外扔。几只猴子纷纷抢夺，惹得大家“哈哈”大笑……

晚上临睡觉，包永全接到张立强电话。“今天雨大，晚上睡觉时一定要有人值班。130铁塔一带地质不稳定，总指挥部专家提醒恶劣天气要防泥石流！”

通完电话，包永全立刻安排值班人员，告诉队员们，听到紧急哨声，立刻往高处转移，不要脱衣服睡觉。

大胡子第二个值班，帐篷外风雨声大作，穿上雨衣准备出去。

“砰砰”，有石头扔到帐篷的篷布上。

三更半夜这是谁啊？大胡子拿着强光手电筒，掀开帐篷门帘走出去。

雨下得很大，打得睁不开眼睛。一块石头扔到大胡子身上，他用强光手电筒照射，竟然是老猴子扔石头。“你个混蛋猴子！”大胡子气得大骂，心里好生奇怪，老猴子是怎么了？

隐隐约约听到奇怪的声音。大胡子一激灵，老猴子有灵性，绝对不是无缘无故扔石头的！

来山洪了啊！

大胡子转身跑进帐篷，拿起脸盆，跑出帐篷使劲敲脸盆。

“洪水来了，快起来——”

施工队队员们起来往帐篷外跑。

雨天缺氧，有人鼻子里还插着吸氧管，拿着氧气瓶。

包永全大喊：“往西跑，往高处跑！”施工队队员往西边树林跑去，那里地势高一些。

他们刚离开，山上倾斜的山洪顺山坡滚滚而下，刹那间把山坡上的帐篷冲翻吞没了……

一切发生得太快了，令人目瞪口呆……

第三十章　朝圣直播

果洛村和另外两个村的一些村民为巴扎、才桑和朗嘎送行。最近几年，这三个村都没有村民去大昭寺朝圣。其他村的村民也有闻讯赶来的。还要拍电影，他们从来没见过，感到新奇，都想赶来看看。

前两天，袁潇雨和小侯在布介家与巴扎、才桑和朗嘎见面。彼此交流融洽，对朝圣路上拍电影达成一致意见。袁潇雨告诉他们，拍这部纪录片遵守客观、真实的原则，他俩只是跟随拍摄，朝圣路上任何活动由朝圣者自己做主，出现意外状况，袁潇雨和小侯提供帮助。才桑的儿子布介感谢袁潇雨和小侯。他对身体状况不太好的父亲去朝圣有些担心，袁潇雨和小侯拍电影，可以关照他的父亲，他放心了。

袁潇雨请教有关朝圣的事情。“听说朝圣的人一定要磕十万个长头，为什么呢?”喝酥油茶的才桑放下茶碗，回答：“磕十万个长头，据说是因为当年宗喀巴大师成佛时，他坐的地方生长出一棵菩提树，树上有十万片叶子，每一片叶子上面都有一个佛像。我们要把这十万个佛像都拜到，就要磕十万个长头。”“十万不是小数目，一路磕长头能记住吗？需要我们帮忙记录吗？”袁潇雨问道。布介在旁边插话：“磕长头时带着青稞，到一百个在口袋里放一粒青稞，每天晚上计数一次，不会错的。去拉萨大昭寺不止磕十万个长头，要多很多。”袁潇雨对这次纪实拍摄充满信心，这也是对自己的一次考验。

给朝圣的三人送行，布介准备了酒席，请乡亲们聚餐。桌子上放着牦牛肉面片、手抓肉、粉汤、小笼包、糍粑、酸奶，还有青稞酒和酥油茶。

关于朝圣拍电影的事，童香梅给杜丽颖说过，杜丽颖很感兴趣。她打电话问童香梅：“你能不能在现场做直播啊？”童香梅推辞：“那可不成，我不想当网红。”“这与当网红没什么关系，你又不是想通过直播赚钱。”杜丽颖继续鼓动：“就是把朝圣场景直播给大家看，介绍朝圣知识，让观众感受朝圣氛围，让没去过西藏的人直观了解西藏的风土人情。很多人不知道朝圣是怎么回事，你边直播边给讲解，不是很好吗？”她把童香梅说动心了。

通完电话，童香梅上网查找怎么在网站登记直播号，完成直播号备案登记。她转念想，不能干巴巴只是直播朝圣现场，应该配合画面讲点朝圣知识。她又在网上查找关于朝圣的资料，下载到手机里。一切准备停当，拿起手机给杜丽颖打电话。

“我照你说的办了。”

“直播准备好了？”

“好了。”

“我发个微信朋友圈，宣传宣传。”

“不用啦，好像我故意要直播似的。”

“不是宣传你，是宣传袁潇雨拍电影这个事。”

“那好吧。”

给参加朝圣者送行聚餐，童香梅带扎西达娃一起来。扎西达娃坐在爷爷身边，布介给他倒碗青稞酒：“把这碗青稞酒喝了，藏族男人不会喝酒叫人笑话！”扎西达娃犹豫不决，看看爷爷。巴扎鼓励：“喝吧！”扎西达娃端起酒碗，喝一大口，有点呛，大声咳嗽。周围的男人“哈哈”大笑，夸他勇敢，将来是个顶天立地的男子汉。

袁潇雨扛着摄影机，围着几张桌子拍摄。布介看到急忙招手：“不急的，坐下喝酒！”袁潇雨摆手谢绝了，这时候自己的工作是对不同人物、不同场景进行拍摄，哪里顾得上喝酒……

打开手机进行直播，童香梅开始还有点慌乱，画面有点抖，渐渐进入状态。她边直播边介绍朝圣知识。

聚餐结束，巴扎、才桑和朗嘎穿好长皮围裙，把护手板套在两只手上。三人磕长头去大昭寺朝圣。

乡亲们把巴扎、才桑和朗嘎送到村口。村边有一条小河，河上有座小桥。小侯开着三轮车跟在三人的后面，袁潇雨扛着摄影机走过小桥，调好焦距，等待拍摄。

巴扎、才桑和朗嘎排成纵队开始过桥。袁潇雨打开摄影机开始拍摄。其他人没有走过小桥，站在小桥那边目送巴扎、才桑和朗嘎。

童香梅端着手机尽量减少抖动，一边把现实场景摄进来，一边解说。

巴扎、才桑和朗嘎取立正姿势，口中念诵六字真言“唰嘛呢叭咪吽”。他们一边念六字真言，一边双手合十，高举过头，然后行一步；双手继续合十，移至面前，再行一步；双手合十移至胸前，迈第三步时，双手自胸前移开，与地面平行前身，掌心朝下俯地，膝盖先着地，后全身俯地，额头轻叩地面。再站起，重复之前的动作……

手机直播可以与观众互动，当童香梅拍摄时，画面出现观众留言，纷纷赞扬她做的直播。

手机直播画面中，有的观众发送玫瑰花图标，有的观众发送竖大拇指图标，都是对她的赞扬和点赞。

童香梅感动的是这段话：“人生是很累的，现在不累，以后会更累。人生是很苦的，现在不苦，以后会更苦。万物相生相克，无下则无上，无低则无高，无苦则无甜。唯累过，方得闲；唯苦过，方知甜。趁年轻，大胆走出去，迎接风霜雨雪的洗礼，练就一颗忍耐、豁达、睿智的心，幸福才会到来。”

趁年轻，赶紧去做自己想做的事；趁年轻，赶紧去努力实现自己的梦；趁年轻，赶紧去做对别人有益的事情。童香梅想，做好支教工作，就是对得起自己的青春了……

有一天，杜丽颖在手机微信上发现一个调查问卷。国资委新媒体平台、《国资报告》杂志社联合《人民日报》经济社会部、中国新闻网、环球网、中央电视台中文国际频道、中央电视台外语频道在网上发起为期半年的“第三张国家名片”推介活动。邀请网友推荐自己心中的“国家名片”。这项活动让网友们沸腾了，哪项工程能够代表“国家名片”？网友提到中国特高压、中国水电、中国航天、中国桥梁、超级计算机……

藏中联网开工建设，中央电视台播出的新闻引起关注。这是继青藏铁路之后，世界上海拔最高、海拔跨度最大、自然条件最复杂的输变电工程。因为建设高度和建设难度，被称为“云端上的电力天路”。这个工程受到网友关注，很快被提名为“国家名片”候选项目。

杜丽颖立即给藏中联网工程投了一票，并在朋友圈中转发了链接。

第三十一章　基坑塌方之后

洪水冲垮了130铁塔工地的所有帐篷，为预防意外，不能在原址搭建帐篷，他们重新选了一块地势高的山坡，特意在附近的几棵树上挂了几个篮子，把投喂猴子的食物放进篮子里。那天晚上，猴子的表现让施工队队员感到不可思议，验证了“好心有好报”的说法。

藏中联网工程沿线地质结构都比较脆弱，哪怕一块草皮被践踏，裸露的表层都易风化，如不及时修复，受损面积会蔓延扩大。青藏高原所特有的生态环境，孕育了特有的植物资源。由于长期进化和适应的结果，很多植物生长期短，生长缓慢，一般为多年生植物。它们的生长环境特殊，种群更新缓慢。藏中联网工程总指挥部对加强生态环保要求严格，各项目部和施工队必须不折不扣地执行。

为保护生态环境，26标段项目部和施工队签订了环保责任状，其中有详细明确的要求。一号铁塔腿基坑施工，项目部运来绿色防护网铺设在作业现场。这层防护网起缓冲作用，踩在上面可确保防护网下面的植被不被踩坏，又能通风透气，保证植被正常生长。同时，还能防沙尘被吹起、防水土流失。从基坑里挖出的弃土弃石堆放坑口1米外，高度不超过1.5米，围挡弃土弃石的编织袋码放整齐。

这天，张立强从129号铁塔工地检查施工情况后，赶往130号铁塔工地。他看到布介和骡马工在路边，等候运施工材料的卡车。他听秦志方说，布介父亲和两个村民去大昭寺朝圣，还拍电影。他问布介："你父亲朝圣还顺利吧？"布介说："挺好，原来还有点担心，有人跟着拍电影，我就放心了。他昨晚打电话给我说，让我放心！""支持父亲去朝圣，你也尽孝心了。"张立强说。周围的人都说布介是个孝子，帮助父亲实现了心愿。

张立强和秦志方到130号铁塔工地检查工作。

距离一号基坑二十多米的地方是一块凸起的巨石，上面大，下面窄，摇摇欲坠的样子。每次看到这块巨石，秦志方都担心它跌落下来伤人，他告诫施工队一定小心。施工队在巨石前围上安全栏，挂上大红色的"！"警示标志。秦志方测算了安全距离，即使巨石跌落，也伤害不到施工队的人。秦志方今天到山脊梁上，遇到大风。大风吹得秦志方有点站不住，他赶紧躬下身子，心想大风千万别对施工造成影响啊！

从山脊梁下到一号铁塔腿基坑，秦志方目测开挖的基坑接近完成。在基坑开挖中，他经常检查指导。今天对基坑直径、垂直度进行核验，合格签字才能继续进行后续作业。130号铁塔施工是最难的，秦志方和张立强来的次数最多。施工队的人觉得他们有点婆婆妈妈，太小心了。

一号基坑下面，三个队员用风镐作业。基坑壁分层。上面是强风化花岗岩，下面为碎石。放炮会在基坑内引起强烈震动形成塌方。包永全跟班作业，宁可放慢速度，也不冒险。

“包队长，你们上来吧！我下去测量一下！”秦志方站在基坑边沿，朝基坑下面大声喊。包永全听到喊声，让上面的工人放下吊篮，让一个队员先上去。吊篮第二次放下来，又有一个队员进入吊篮，升到地面。吊篮又放下来两次，包永全和第三个队员升到地面。

秦志方拿着测量仪跨进吊篮，摆下手：“往下放！”

吊篮被放到基坑里，秦志方跨出吊篮，吊篮被拉上基坑。他从背包里把测量仪器拿出来做准备工作。基坑直径下面大，越往上越小。这是圆锥体基坑，垂直度偏差不能大于五厘米，这种精度要求是很高的。秦志方拿出测量仪器开始工作。在基坑下面，感觉不到上面的风。基坑口不时落下尘土，才感到上面的风不小。

山脊梁上刮起剧烈的旋风，吹着大大小小的沙石从上面滚落下来。包永全见势不好，大喊：“快躲开！”随着喊声，大块石头落下来，其中一块正砸到基坑旁边那块巨石上。巨石轰然倒塌，地面扬起一片灰尘，导致对面都看不清人影。张立强一边吐嘴里的尘土，一边揉眼睛，想看清眼前的东西。

眼前景象让他惊呆了！

巨石倒塌的巨大震动引起基坑塌方，基坑里面乱石交错。西面塌方，东面的钢护网虽然起作用，但是摇摇欲坠。

情形危急，要把埋在下面的秦志方救出来！

基坑西面塌方，秦志方赶紧往东面移动，同时抓起地上的风镐竖起来贴着自己。这是以前参加施工时，老员工传授的避险经验。塌方后，一块大石头正好落在风镐上支起一条缝隙，留下一点空间，保护了下面的秦志方。

基坑东面受到的影响相对小，但时间一长，钢护网禁不住塌下来沙土石块重压，会形成二次塌方，秦志方更危险了。

时间不等人，张立强让旁边的几个工人放吊篮，他要下去。包永全说："下面太危险了！"张立强急了："那也不能不救人啊！给我手电筒和氧气瓶！"他伸出手，有人递给他手电筒和小型氧气瓶。张立强让操作的人把吊篮放慢些，送他进基坑。

吊篮放进基坑，张立强大声喊："秦志方，你在哪里？"

"我在这儿！"塌方的乱石下面传出秦志方的应答声。张立强松口气。他打开手电筒，想确定秦志方的具体位置。乱石交错，一时无法确定。"我把输氧管伸进去，你看到了抓住！"这种情形下千万不能缺氧。

他拿手电筒照着，从乱石缝里把输氧管伸进去。

输氧管没有动。

他把输氧管拔出来，又找了一个缝隙把输氧管伸进去，

输氧管没反应。

他的冷汗"唰"地流下来，抬头看基坑东面防护网，心里说：千万别塌了啊！

他再次找到一个缝隙，把输氧管伸进去。

输氧管忽然动了一下！

"张经理，我抓住了！"

乱石缝隙里传出秦志方声音。

张立强擦擦头上的汗水，嘴巴贴近缝隙喊话："坚持住啊，我

们救你出来!”他把耳朵贴近缝隙，听到秦志方声音：“一定坚持住!”

基坑上面的人在吊篮里放好工具，下到基坑里。包永全怕吊篮碰到东面的防护网，一个劲儿地喊“小心”。

张立强拿到铁锹，把塌方的小块石头和沙土往旁边铲。包永全跟着下到基坑里。大胡子和几个队员也想下来，张立强立即制止：“不要下去太多人，你们监视塌方情况!”他和包永全铲除塌方的石头和沙土。张立强招呼把吊筒放下来，把石头和沙土运上去。

紧张忙碌，两个人满头大汗。“你上去，让别人换换你!”包永全催促张立强。张立强拒绝道：“换人耽误时间，我们抓紧!”抓紧时间清理，小点的石块搬完了，露出一块大石头，无法搬动。

忽然，大胡子在基坑上面喊：“不好，快上来!”

基坑东面的防护网慢慢坠落，又要塌方了。

基坑上的队员迅速把张立强和包永全乘坐的吊篮拉出基坑。

吊篮刚拉上来，基坑东面又有一片塌方，发出“哗啦啦”的响声。

塌方处空间狭小，漆黑一片。秦志方鼻子插着吸氧管，心里恐惧。他不知道外面的情况，圆锥形基坑里救人有难度。他能不能出去，是个问号。秦志方打开手机，给杜丽颖写下自己想说的话。

“丽颖，很对不起！没有征得你同意就到西藏来建设藏中联网工程。没陪你去选婚纱，没和你照婚纱照，希望你能原谅我！作为送变电人，能为西藏电力建设做点贡献，我有一种特别的成就感和自豪感。也许，我会为此牺牲，再也回不去了。真那样的话，请不要难过。因为我对送变电这个行业的热爱，才非到西藏不可，这是送变电人的荣耀。此时此刻，有很多话想对你说，可不知道说什么，心里只有三个字：我爱你！遗憾的是没有帮爷爷找到他的战友，希望你能继续帮助爷爷……”

写到这，秦志方禁不住流下热泪，泪珠滴到手机荧屏上。

大风不刮了，开始下小雨，时间更紧迫。

必须抓紧时间继续救人！

包永全让张立强在上面指挥，自己和大胡子下去。张立强马上制止：“不能换人，没经验的人下去，发生情况更慌！”“那块大石头，我俩也搬不动啊！”包永全提出困难。张立强吩咐：“大胡子，快给周铁虎打电话，让他把切割机带过来！”大胡子给周铁虎打电话的时候，张立强和包永全坐吊篮下到基坑里。

基坑壁还在掉落碎石，张立强和包永全把新塌方的碎石头放进吊筒，招呼基坑上施工队员起吊。害怕秦志方坚持不住，张立强趴在碎石上喊话：“秦志方，能听到吗？”耳朵贴近碎石，听到秦志方细微的声音：“我在！”“一定要坚持住！一定救你出来！”没听到回话，张立强急了：“坚持住啊！杜丽颖还等着你举办婚礼呢！”塌方碎石缝隙传出秦志方微弱声音：“我一定好好活着！”包永全大声喊：“秦志方，一会儿切割机就来了，一定把你救出来！”

压在塌方碎石下的秦志方听到包永全喊话，自己如果不能出去，一定要和包永全说几句心里话，解开他心里的疙瘩。“包队长，我有些话想对你说啊！”包永全把耳朵贴近碎石头：“你说！”听到碎石缝隙里传来秦志方声音：“你对我可能有点小误会。上次

101铁塔基坑少挖七厘米，我坚持没退让，让你挺没面子。是我的工作方法有问题，诚恳向你道歉！如果这次真出不去了，希望你能谅解!”

包永全的眼泪“哗”地涌出眼眶，这都什么时候了，还想着给别人道歉！秦志方是为了建设优质工程，才较真的。包永全觉得是自己小心眼。他告诉秦志方，以前一切的不愉快烟消云散……

基坑上面传来欢呼声，周铁虎、郭振华带着几个人抬着一台切割机气喘吁吁赶来。周铁虎和郭振华把切割机用绳子绑好，往基坑里放。他进入吊篮，让大胡子和其他人把他放下去。

基坑上的人拿着强光手电筒往基坑下照射，给下面照明。

救兵到来，张立强长舒口气，抓紧时间切割大石头，才能把秦志方救出来。郭振华从基坑上把一条电线放到基坑里，周铁虎把电线接上切割机，切割机开始切割大石头，火花四溅，发出刺耳的声音。

第一块石头被切割开，包永全赶紧搬开切割下来的石头，接着切割第二块……

基坑里放下了钢丝绳。张立强和包永全用钢丝绳把切割的石头捆绑好，把石头吊上去。

第二块石头被切割下来，张立强和包永全互相击掌……

张立强和包永全把塌方碎石和沙土放进吊桶，塌方现场一点点得到清理。张立强再次大声喊：“秦志方，能听到我说话吗?”

秦志方回答：“听到了!”

“再坚持一会儿，就要胜利了!”张立强鼓励秦志方坚持住，他看看塌方情况，“不要再用铁锹了，小心伤着他，用手扒吧！”

三个人放下手里的工具，拼命用手扒碎石和沙土。

基坑又一次出现塌方征兆，三个人顾不得自己安危，只有一个念头：一定要把秦志方就出来！

突然，塌方的碎石里伸出一只手……

第三十二章　入选“国家名片”

童香梅一直关注三个朝圣者的行踪。她经常打电话和袁潇雨联系，问他们的情况。袁潇雨的答复挺乐观，路上行进状况良好。他说感谢童香梅的直播，引起不少人关注，他有信心把纪录片拍好。

杜丽颖也关注着袁潇雨拍纪录片的事。她托袁潇雨帮助打听爷爷战友的下落，如果能找到多好啊！这成为杜丽颖和童香梅共同的关注点，两个人交流互动自然比以前多了。杜丽颖想到网上“国家名片”投票的事，问童香梅知不知道？童香梅回答“不知道”。杜丽颖催促，快给藏中联网投票，顺便拉上几票。给藏中联网投票童香梅非常赞成，无论从哪方面说，这个工程都很伟大。

说完“国家名片”投票，两人自然聊到26标段项目部。童香梅无意中问：“秦志方被救出来了，没什么大碍吧？”“被救出来？秦志方干什么了被救出来啊？”杜丽颖蒙了，没明白童香梅说的什么意思。坏了，坏了。童香梅心想，基坑塌方被埋在里面的事，秦志方没给杜丽颖说，自己说漏嘴了，赶紧打圆场：“啊，那个，那个，没啥啊。”

童香梅说话吞吞吐吐的，更引起杜丽颖怀疑：一定有事啊，秦志方瞒着我没说呀！她想知道到底发生了什么事，刨根问底："秦志方到底怎么了？"童香梅骑虎难下了："没什么啊。""你糊弄我是吗？"杜丽颖不高兴了，"我和你可是有什么说什么，对不对？你知道还瞒我啊？再说，秦志方的事又不是别人的事。其他人的事你不说就算了，秦志方的事你不该瞒着我啊！"

这番话说得有理，童香梅没办法隐瞒了。"我是听李文涛说的，现在没事了，你不要担心啊！"接着，她把秦志方在130铁塔工地遇险被埋的经过，原原本本地说了一遍。

"我的天啊，还有这样的事啊！"杜丽颖一屁股坐到沙发上，觉得自己手脚冰凉。这么大的事竟然没和自己说，秦志方真行啊！转念她又想，他为什么不和自己说，还不是怕自己担心吗？一定得好好问问，为什么不告诉自己？

她给秦志方的电话顺利打通。

"喂"手机里传出秦志方的声音。

"秦志方，你忙什么呢？"杜丽颖带着气问。

"从工地上回来，整理一下施工资料。"

"是从130号铁塔工地回来吗？"

"啊，不是。"

"从哪个工地回来的？"

"是129号工地，他们正组立铁塔，有些技术方面的事。"

"光组立铁塔，不挖基坑啊？"

"基础都做完了，还挖什么基坑啊？"

"130号铁塔基坑挖完了没？"

“没有，还有两个基坑，正在挖呢。”

“你没去挖啊?”

“你平常对工程上的事不关心啊，今天怎么总是基坑长基坑短的?”

“还问我啊，问问你自己!”

杜丽颖终于发火了，本来想引导秦志方坦白出来，他就是不说，不能再忍了!

杜丽颖在电话里发火，秦志方心里明白为什么。他没给杜丽颖说被埋在基坑里事，就是怕她担惊受怕。她当护士，配药打针什么的，需要心定神安才行。他出事肯定会影响她的情绪，还是不给她说的好。她既然知道了，他便说出了实情。

随着秦志方讲述，杜丽颖的脑海里出现一幕幕当时的场景，心疼不已。如果基坑出现大塌方，也许真救不出来了。那会是一种什么样的情景啊!

她禁不住哭起来，秦志方一个劲儿地说:“没事了，没事了，现在不是好好的吗，别担心了!”“秦志方，我想问一句，你被埋在下面的时候想没想过我……”“想了，我在手机里写了一段话留给你……”秦志方小声说，好像犯了什么大错。“发给我看看!”杜丽颖催促，秦志方答应马上发。

结束通话，秦志方从微信把写给杜丽颖的留言发来。

“丽颖，很对不起!没有征得你同意就到西藏来建设藏中联网工程。没陪你去选婚纱，没和你照婚纱照，希望你能原谅我!作为送变电人，能为西藏电力建设做点贡献，我有一种特别的成就感和自豪感。也许，我会为此牺牲，再也回不去了。真那样的话，请不要难过。因为我对送变电这个行业的热爱，才非到西藏不可，这是送变电人的荣耀。此时此刻，有很多话想对你说，可不知道说什么，心里只有三个字：我爱你！遗憾的是没有帮爷爷找到他的战友，希望你能继续帮助爷爷……”

杜丽颖一边读一边哭，她能感受到埋在基坑里的秦志方当时是什么心态。他对自己的挚爱难以用语言表达。她想象不出他被救出来是什么样子，他现在是什么样子。杜丽颖恨不得马上就去西藏芒康，到秦志方身边看看心爱的人……

和杜丽颖通完电话，童香梅有点后悔，自己嘴巴还是不严。李文涛给自己说这件事的时候，对秦志方很佩服，叮嘱别给杜丽颖说。杜丽颖忽然想到李文涛，好几天没和自己联系了。为什么呢？该做的事人家都帮助做了，现在没什么要帮忙的，所以就不常和自己联系了。可她很想和他联系，怪不？为什么呢？说不上来。

怎么和李文涛联系呢，不能说自己想他吧？得有个由头。他忽然看到书架旁边放的面膜盒，是李文涛买的。以为他对自己有点意思，没想到送完面膜就没下文了。不管自己心里是怎么想的，就算对李文涛有那个意思，女性的矜持还是要保持的，主动和李文涛联系也得有个理由。

开始支教时没有经验，童香梅以为出门戴上墨镜就行了。时间一长，发现脸上出现高原红，并渐渐脱皮。再出门时涂防晒霜，用围巾遮住整个面部。即使这样，脸色还是又黑又红。李文涛送面膜以后，童香梅开始使用面膜保养脸部，有些效果，挺感激他的。

想到这里，童香梅从面膜盒里取出一片面膜敷到脸上，然后拿手机自拍一张照片，从微信发给李文涛，特意留言：“谢谢你的面膜，欢迎到我这里玩!”她没有说“到学校玩”，强调“到我这里玩”，是一种暗示。

几分钟后，收到李文涛的微信回复“不客气”。

没有别的了，气人不?

怎么才能邀请到李文涛呢？童香梅忽然想到一个绝妙主意，相信李文涛一定会再来找她。

安全员的工作职责与工程紧密相关，李文涛忙得不可开交。他接连到铁塔工地检查安全工作，有时为了赶时间就住在铁塔建设工地上。

这天上午，李文涛准备去101铁塔工地，走到越野车旁，刚要打开车门，手机响了，有微信。他从口袋里拿出手机，看到童香梅发来的语音。他心里纳闷，直接打电话不就行了。李文涛一般不在微信发语音，万一对方没注意或疏忽，耽误事。他觉得还是打电话好，可以和对方直接通话。

打开微信语音，传出童香梅的声音：

“李师傅，感谢你们给学校安装的光伏发电，现在不停电了，也能给孩子们教电脑了。全校师生非常感谢你们！我自己有件事情相求，不知道能不能提供帮助？我在这里洗澡非常不方便，想装一个热水器……”

李文涛把语音留言又听一遍，责怪自己粗心，怎么没注意这个事呢，不是很难办啊！他决定抽时间去一趟学校。

下午，李文涛来到101铁塔检查工地安全情况。这基铁塔作为26标段项目部标杆，从开挖基础一直受到关注，工程每个步骤都按标准严格执行。今天下午进行的作业项目升抱杆，是组塔过程中比较危险的作业。

建筑高层楼房运送材料依靠吊车，伴随楼层的不断增高而加装支撑架，逐步提高吊车的高度。抱杆在组立铁塔中的作用，相当于建设楼房用的吊车。当铁塔从地面开始组立到一定高度时，必须架设抱杆，不然各种组立铁塔的材料无法运上去。抱杆提升到位，固定好之后，开始吊装塔材。

施工队的几个队员登上铁塔作业。他们腰间安全带上多了两样东西：小型氧气瓶和空矿泉水瓶。李文涛问身边的一个队员："上铁塔，带空矿泉水瓶干什么？"那个队员笑了："李师傅，这几天你没来，不了解情况了。铁塔不断抬升，作业人员有时会出现高原反应，随身携带氧气瓶，缺氧时吸上几口。铁塔升高，上下都不方便，想撒尿怎么办？就尿到空矿泉水瓶里，反正工地上没有女人。"他"嘿嘿"地笑了，转身往铁塔上爬。

施工场地狭窄，无法堆放材料，通过栈道运的塔材，只能运来几根往上吊几根。无法在现场先组装后吊运，影响组立铁塔的速度。尽管现场施工艰难缓慢，施工队队员还是兢兢业业，在他们手中，铁塔像雨后拔节的高粱，不断向上延伸。藏中电力联网工程组建铁塔3411基，1313万个组件，2114万颗螺栓……需要人工一个个徒手安装。青藏高原空气中的含氧量低，很多内地来的人不适应。在这样的条件下，按工期完成铁塔组立，要付出更多代价。

看到李文涛，秦志方告诉他一个好消息：中央电视台准备来藏中联网工程做直播，总指挥部提供给中央电视台的直播候选项目中，26标段是其中之一。“哎呀，那可太好了！”李文涛非常高兴，“这好事是怎么来的?”

秦志方解释，在“国家名片”投票中，藏中联网工程获得票数居于前列。从电力行业看，电力行业“国家名片”轮不到一个电压等级500千伏的电网工程。民众为什么对它有兴趣呢？藏中联网工程不仅仅是一项500千伏输电工程，这条输电线路挑战了太多的“不可能”。

中央电视台直播什么？直播的是能够称之为“国家名片”的大工程、大事件。在位列前几名的国家工程中，经反复比较，确定藏中联网工程。这对全体参建人来说都是莫大的荣耀。藏中联网工程总指挥部把有关部署传达下来，要求候选项目部做好直播地点准备工作，报送总指挥部。26标段项目部准备报送的直播项目是101铁塔，因为处于铁塔组立阶段，能更好地展现藏中联网工程的风貌。

铁塔工地得到这个消息，人人摩拳擦掌，他们要拿出最好的工作状态完成直播，给藏中联网工程争光，为中国电网争气！

第三十三章　意外收获

电脑里传出歌声《为了谁》，画面是杜丽颖演唱。

泥巴裹满裤腿，
汗水湿透衣背。
我不知道你是谁？
我却知道你为了谁。
为了谁，为了秋的收获，
为了春回大雁归。
满腔热血唱出青春无悔，
望穿天涯不知战友何时回？
你是谁，为了谁？
我的战友你何时回？
你是谁，为了谁？
我的兄弟姐妹不流泪。
谁最美？谁最累？
我的乡亲，我的战友，

我的兄弟姐妹。

这首歌是杜丽颖从邮箱给童香梅发的，还特意给童香梅留言。

“断断续续知道你支教的一些情况，我很感动。我们这代青年过得太顺利、太幸福，缺少苦难和艰辛考验，所以对奉献缺少理解，更难付诸实践。从你们身上，我对新时代青年有了理解，明白了秦志方为什么要去参加藏中联网工程。你们的崇高品格和无私奉献精神是非常可贵的！你们的作为，让我想到爷爷老一辈的‘两路精神’，你们用行动将其发扬光大，是我学习的榜样。谨用这首老歌，向你，还有秦志方他们表示敬意！”

这首《为了谁》是1998年抗击长江大洪水时创作的一首老歌，童香梅以前听过，只是觉得挺好听，没什么特别的感受。现在听杜丽颖演唱，有不同的滋味，内心泛起涟漪，听着听着泪流满面。身临其境与置身事外，毕竟有很大的不同啊！

“嘀嘀”手机发出微信提示音，童香梅打开看，是李文涛发的，问星期六可不可以来学校。童香梅回复“欢迎”。

星期六，童香梅特意把房间打扫一遍，又到菜园割了韭菜。菜园主要种土豆、白菜、萝卜和莴苣，以前韭菜没有种过。童香梅从网上采购韭菜种子，试着种，想看看效果怎么样。种上后韭菜长出来了，长得细长，够给两个人包饺子了。牛肉是昨天晚上卖肉的人送过来的。

童香梅还想做件事，给李文涛理发。她不是突发奇想，上次见到李文涛，感觉他头发有点长。她问为什么不去理发？李文涛说：“工作太忙，项目部的人理发要等到休息日到县城里去，挺麻烦的，所以头发都比较长。”童香梅萌发理发的念头，还有一个原因：自己班里的男同学头发都很长，也是因为理发不方便，平时又不常洗头，头发乱蓬蓬的。于是，童香梅产生了帮学生理发的念头。

为实现自己的想法，童香梅特意在双休日去县城的一家理发馆学习。理发馆的师傅问清缘由，宁肯生意少做，也要帮她掌握理发技术。经过学习，她掌握了理发基本技能，给学生简单理发还是可以的。能不能给李文涛把头发理好，童香梅没多大把握，就是想借这个机会和李文涛接触，拉近彼此的距离。她有点纳闷，李文涛如果对自己没意思的话，为什么又送面膜又送煤气罐的？说他有意思吧，在她面前又没什么表示，琢磨不出来他到底是怎么想的。

像前几次一样，李文涛骑摩托来的。他说话依旧客客气气，一口一个“童老师”。这个称呼让人感觉到，他对童香梅没谈情说爱的意思。听李文涛这么称呼自己，童香梅心里有点冰凉的感觉。这次邀请他来，其实有过暗示，总不能放下矜持，说想和人家谈恋爱吧！李文涛如果真没往这方面想，自己也别盲人点灯——白费蜡了。

两个人来到洗澡用的那个小房间，没窗户，屋子里很暗。童香梅按了一下门旁边的电灯开关，电灯亮了。房间里是水泥地，墙角放着一个大洗衣盆，是洗澡用的。“李师傅，多亏你们项目部帮我们安了光伏发电，现在用电方便多了，不怕停电了。我才想到安个热水器，你看行不？”

李文涛观察一下房间，装热水器没问题。“我看没问题，只不过地面和墙壁要装修一下，铺上瓷砖就更好了。”李文涛很热情，帮着出主意。童香梅说：“我买好热水器，你有时间帮我装上行吗?”说完，她看看李文涛，等待答复。李文涛想都没想，马上说：“没问题，我需要准备一个钻头，往墙上打眼儿安热水器。”童香梅又问：“你多长时间没理发了?”李文涛有点尴尬：“两个多月了，总找不出时间。”“我给你理理行不？技术不算好，你别嫌。”李文涛求之不得，能把头发剪短就行，没那么多讲究。

童香梅把李文涛带到办公室，拿把椅子让他坐下。她打开办公桌抽屉，拿出电动理发推子，半开玩笑地说：“现在后悔还来得及！”李文涛笑了，连声说：“理成什么样都不后悔，大不了理个光头还省劲了。”两个人不约而同地笑起来。“我就给你理啦！”童香梅拿起电动理发推子打开开关，推子“滋滋”地响起来。害怕理不好，童香梅小心翼翼。没把握的时候，宁可把头发留得长点也不要留短了，这是理发师傅告诉她的理发规矩。头发长了往短里剪好剪，留短了就没办法了。童香梅一边理发，心里一边想，怎么和他捅破这层窗户纸?

这个机会一定要抓住，不然等到下次理发又要两三个月，时间有点长。“李师傅，”童香梅顿了顿，鼓起勇气把下面的话说出来，“你想没想过咱们做朋友啊?”“咱们现在就算是朋友吧?”李文涛没心理准备，顺口说。既然事情已开了头，就得继续进行。童香梅干脆直截了当地问：“我是说做男女朋友……”她忽然觉得不好意思了，脸涨得通红。没做好思想准备的李文涛直接来了一句：“不行，我离过婚……”他说出自己的顾虑。之前也偶尔有过和童香梅做朋友的想法，想到自己的婚姻过往，想到自己的职业，打消了念头。

他说的话让童香梅没办法接话了。人家心里说不定还有前妻的位置呢，或因为其他事情无法接受另一个女人的感情，自己不能死皮赖脸吧！人做事情都是这样，一心一意不会出差错，三心二意容易出错。童香梅心发慌，手上就做不了主了。电动理发推子一下推得很深，把李文涛的头发给理坏了……

太尴尬了，两人半天没说话。童香梅非常后悔，为什么要当面对李文涛说这些话？哪怕是发微信，人家不同意，也有个缓冲啊！现在可好，把头发理坏了，不知道往下怎么办。李文涛也感觉自己说话太直，想缓和一下。他开口解围："我这个头不适合留别的发型，给我理个光头算了！""啊，好吧……"童香梅很无奈，知道李文涛是给自己台阶下，只好顺水推舟。没什么好说的了，只听得电动推子"滋滋"地响，大绺大绺头发落到了地上……

这次以后，童香梅没再和李文涛联系，也没心思安装热水器了，心里别扭。李文涛还想着童香梅和自己联系，把电钻都准备好了，就是等不到她的电话，心里有点空落落的。他帮助童香梅，真没其他想法。他觉得一个女孩子在西藏支教不容易，老乡能帮一把，就尽力提供帮助。他结过婚，三十多岁了，童香梅暗示的意思，能不明白吗？前妻在他心里留下的阴影总抹不去。从外地休假回济南，有亲朋好友介绍对象，都没成功。有的忌讳他离婚，有的嫌弃他的职业，有的觉得他挣的钱少……几次相亲失败，产生的自卑心理像难以愈合的伤口，让他没有勇气接受一个漂亮女性对他的感情……

101铁塔被列为中央电视台"中国名片"直播节目候选地，按总指挥部要求，各项准备工作有条不紊。按照26标段项目部要求，川通运输公司加紧向工地运送各种铁塔材料。孙永清想知道藏中联网工程到底难在哪，趁运送材料机会，到101铁塔工地看看。

孙永清虽然没有高原反应，但从陡坡下爬到山梁上已经累得气喘吁吁。一起爬山的郭振华递给他小型氧气罐。工地上流传一句顺口溜："天大地大不如高原反应大，爹亲娘亲不如氧气亲。"孙永清是领教了铁塔组立有多难，爬上陡坡，还要经栈道，才能到半山腰的铁塔工地。头一次走这样的栈道，又遇到大风，真是心惊胆战。

铁塔工地一片繁忙。组塔是集体项目，地面人员与高空人员要密切配合。包永全特从130铁塔工地回到这里，在现场指挥组立铁塔。高空作业有难度，尽量减少作业量。以前组立铁塔用抱杆把各种塔材吊运到空中，施工人员接到塔材，按不同部位进行组装。这样做，为找到塔材准确部位，要花费一定时间。张立强带领项目部几个人到现场，提出解决办法：地面人员先将塔材螺栓拧上一点，吊上塔架后，高空作业人员只需对准孔位，拧紧螺栓就行。这样能减少高空作业强度和难度，大大提高了工作效率。

看到张立强在现场忙活，孙永清很感慨："没想到建一基铁塔这么难啊!"张立强指着塔架上作业的工人："真不容易！不是塔材吊上去就能安装的，高空人员与地面人员要保持默契。吊上去的塔材，螺栓有误差和空隙，有时不能就位。高空作业人员要眼疾手快，塔材一靠过来就要迅速用钢钎准确插到相应的孔里才行。"

场地上铺着图纸，几个施工队队员按图纸要求组装塔材。张立强告诉他，地面组装塔材一个细节都不能错，不然组装好的塔材吊上去，高空作业人员无法进行更改、修正，只能放下来返工。“这里有很多技巧，每基铁塔的起吊顺序都不同，先吊哪个部件，后吊哪个部件，很有讲究。只有事先确定好每基铁塔的施工方案，才能确保安全和效率。”张立强的介绍让孙永清这个门外汉上了一堂生动的教育课，藏中联网工程建设太不容易了！

临走时，孙永清告诉张立强，这次回去经过林芝，拉林铁路物资站有货物想请他帮忙运到拉萨。他和拉林铁路指挥部饶静霞关系挺好，参加藏中联网工程物资运输，当初是饶静霞介绍参加投标的。拉林铁路和电力关系密切，铁路全线11座变电所，采用无人值守加远程自动控制系统，24小时全自动巡检。电力为拉林铁路提供支撑，主要电源都来自藏中联网工程。张立强想到上次听饶静霞的报告，很感动也很敬佩，她是送变电人学习的榜样。

两天后，孙永清开着卡车到拉林铁路物资站。他给饶静霞打电话说想见见，饶静霞爽快地答应，约好晚上在阳光酒店见面。

孙永清去过这家酒店，提前十分钟来到，找到预订桌位。饶静霞打电话，说晚到一会儿，已经吃完饭了，喝茶聊聊天就好。孙永清让服务员端上绿茶，要了两个点心，等待饶静霞到来。

半个小时后，饶静霞来了，见面就道歉：“不好意思，有点事耽搁了。”“没事，没事。”孙永清连声说，“晚上我没什么事，没关系。”他端起茶壶给饶静霞倒茶，一边问，拉林铁路建设得怎么样了？这条特路位于西藏东南部，跨越冈底斯山与念青唐古拉山、喜马拉雅山之间的藏南谷地，最高海拔3700米，向南穿过冈底斯山脉进入雅鲁藏布江河谷，向东经过山南市扎囊县、乃东区、桑日县、加查县、郎县到达林芝市。16次跨越雅鲁藏布江，正线全长403公里，是继青藏铁路之后引人瞩目的铁路工程。

饶静霞告诉他，拉林铁路能不能按时通车，与藏中联网工程紧密相关。作为西藏第一条电气化铁路，没有大电网提供电力保障无法保证按时通车。“我才从藏中联网工地上回来，没问题！”见孙永清很高兴，饶静霞问：“你去的哪个工地啊？”孙永清说：“26标段项目部，经理是张立强。”饶静霞有印象，问：“秦志方是不是在这个项目部？”孙永清没想到：“是啊，你们认识啊？”“他到我这儿来拿报告光盘。”饶静霞想起秦志方请帮助寻人的事，自己帮着打听了，遗憾的是没有结果。

服务员拎着暖水瓶走来，往茶壶里加热水，问：“二位还需要什么？”“不需要了，谢谢。”孙永清对服务员点头示意。服务员走了。两个人继续喝茶。饶静霞问：“秦志方给他爷爷寻找当年的战友，找到没有？”“给他爷爷找战友？”孙永清摇头，表示不知道。“你还不知道啊！我给你说说，跑运输的认识的人多，说不定能帮上忙呢。”饶静霞边说边从手机里调出秦志方给她的资料，给孙永清看。

看到手机里的资料，孙永清张大嘴巴，半天没闭上。饶静霞愣住了：“这是怎么了？”“我知道他爷爷的战友在哪里！”孙永清缓口气，饶静霞惊讶不已，不可能这么巧吧？

看到饶静霞疑惑的眼神，孙永清肯定地回答：“我真知道，是我朋友的父亲！”饶静霞有点不相信：“你朋友叫什么名？”“叫次桑罗布。”饶静霞哑然失笑：“这就离谱了！秦志方爷爷战友叫卢宏斌，汉族人。你朋友叫次桑罗布，藏族人。”“我朋友是藏族人不假，可他父亲是汉族人！”饶静霞瞪着眼睛看着孙永清，感觉太不可思议了。孙永清赶紧从头说起……

他的汽车在老虎嘴遇险，孙永清被次桑罗布救下，两个人成为好朋友。有一次，孙永清开车路过通麦，特意停留去养路道班，看望这位藏族朋友。他见到次桑罗布后，寒暄了几句。次桑罗布说：“今天是我父亲祭日，我要去给他上坟。”“我和你一起去祭奠老人家！”

孙永清和次桑罗布一起出门时，看到次桑罗布带了两束鲜花，心里纳闷：他不知道我要来啊，怎么会事先准备两束鲜花呢？

一路上，两个人都没多说话。

来到朝阳的山坡，孙永清看到一座墓地。离这座墓地不远，还有一座墓地。没来得及问，次桑罗布把他带到近处的墓地。墓前竖一块墓碑，上面刻着两行黑字，一行汉字，一行藏文，汉文写着“伟大的父亲卢宏斌之墓”。墓碑一般刻的是“慈父之墓”“慈母之墓”，镌刻“伟大的父亲”，孙永清还是头一次见。令他奇怪的是，次桑罗布是藏族人，他父亲叫“卢宏斌”，显然是汉族人，怎么回事呢？

次桑罗布把一束鲜花放到墓碑前，跪下磕三个头。孙永清也跪下磕头，表示对逝者的尊敬。孙永清满腹狐疑，到底是怎么回事啊？次桑罗布站起来，拿起放在旁边的一束鲜花：“走吧！”孙永清蒙了，不是祭奠次桑罗布父亲吗，还有谁要祭奠啊？不能开口问，跟着次桑罗布走到旁边的另一座墓地。

墓前同样竖一块墓碑，同样刻着两行黑字，一行汉字，一行藏文。汉字是“伟大的展怡美阿姨之墓”。次桑罗布没磕头，立正站好，深深三鞠躬……

往回走的时候，次桑罗布没说话，眼泪“吧嗒吧嗒”地掉。孙永清不好深问，只能默默地跟在后面，心里百思不解：次桑罗布父亲怎么会是汉族人呢？展怡美是谁？为什么在他们的名字前面加“伟大”两个字？开始没明白为什么要准备两束鲜花，原来是祭奠两位逝者……

他们一前一后走到山下，路边有块大石头，次桑罗布招呼孙永清坐下。次桑罗布掏出一盒烟，递给孙永清一支，另一支叼到嘴上，掏出打火机点着火，先给孙永清点烟，再把自己嘴上的烟点着。“今天的事儿，你是不是很纳闷，我是藏族人，怎么会有一个汉族父亲呢?”他沉浸在回忆里，讲述难忘的往事。

展怡美牺牲后，被安葬在筑路部队驻地附近的一条山沟里。随着公路不断向前延伸，筑路部队不断迁移，卢宏斌离展怡美的墓地越来越远。每隔一段时间，他都会回来扫墓，展怡美的墓地总是干干净净的。卢宏斌每次都会采格桑花做个小花环，放在墓前。有时候还会写张字条，把自己想说的话写在上面。

川藏公路完成后，筑路部队进行大调整，凡超龄的官兵都安排转业或复员，多数人申请回老家。部队征求卢宏斌个人意愿，他要求留在西藏工作。理由是，展怡美热爱西藏，为修筑川藏公路献出了宝贵生命。他不能让展怡美孤零零地留在这里，他要陪伴展怡美一生一世。卢宏斌和展怡美的故事感动了许多人，他的要求得到批准。

为方便守护展怡美墓地，卢宏斌被分配到公路局养路班。当时养路工作很辛苦，最危险的地段是通麦老虎嘴。卢宏斌提出到老虎嘴养路班工作，只说了一句话：“我是党员，到最艰苦的地方去！”

到老虎嘴养路班后，他把展怡美的墓迁到附近。他像过去一样，每隔一段时间去墓地看望展怡美。在他心里，展怡美还活着。卢宏斌坐在墓前，对着墓地诉说自己的心里话，告诉展怡美最近发生了什么……

同事和朋友给卢宏斌介绍对象，劝他别太苦了自己！卢宏斌一一婉拒，他心里只有展怡美，永远只有她的位置。

有一年冬天，下大雪。一天，卢宏斌从养路道班工房出来去老虎嘴。走到离老虎嘴还有一里多地的时候，忽然发现路边躺着两个人，一老一少。两人手上戴着护手板，不用问是去拉萨朝圣的。天冷下大雪，倒在了路上。卢宏斌伸手拉大人，发现已经没气了。孩子还有气，但也危险。卢宏斌抱起孩子，拦住了一辆汽车，让司机送自己和孩子去卫生院……

被救活的孩子是次桑罗布，去世的是他父亲，父子俩相依为命。父亲带次桑罗布去拉萨大昭寺朝圣，半路生病，赶上下大雪，没人帮助，途中去世了。

卢宏斌收留次桑罗布做自己的义子，送他上学读书。次桑罗布中学毕业后，到养路班工作，和父亲一起在最险要的路段养护公路。深受卢宏斌影响，知道怎样做一个品质优秀的人，怎样为人民做贡献。卢宏斌临终时，特意嘱咐次桑罗布，把他安葬在展怡美墓地旁边，永远要守着她……

听完孙永清的讲述，饶静霞热泪盈眶。她想不到有这样一对生死恋人，他们的所作所为令人震撼。

第三十四章　海拔4500多米的婚纱照

听到秦志方说打听到爷爷战友下落，杜丽颖分外激动。电话里听出来秦志方也十分激动：“快告诉爷爷！”本来秦志方想自己给爷爷说的，打电话却是关机状态。他赶紧给杜丽颖打电话：“我给爷爷打电话，不知为什么关机了。你一定要给爷爷说啊！”“爷爷生病住院，我们把他的手机关了。”杜丽颖解释，秦志方急了：“为什么没给我说啊？”杜丽颖说：“爷爷不让告诉你，害怕影响你工作。”“什么病啊？”秦志方着急。杜丽颖低声说：“是胃癌。”电话里听不到秦志方的动静，想必他很难受。过了一会儿，杜丽颖说：“我马上告诉爷爷。你别太难受了……”秦志方默默挂断电话。

打完电话，杜丽颖来到病房，秦玉勇在打吊瓶，好像睡着了。杜丽颖犹豫，叫不叫醒他呢？秦玉勇忽然睁开眼睛：“吊瓶快打完了吧？”吊瓶架上的药瓶里还有液体。杜丽颖小声说：“还得半个小时。”“你忙吧，我这里没事。”秦玉勇心疼地看着杜丽颖。杜丽颖弯腰，嘴巴凑近秦玉勇耳朵：“爷爷，告诉您一个好消息，卢宏斌和展怡美的墓地找到了！”“啊！”秦玉勇瞪大眼睛，盯着杜丽颖："说啥?""您的老战友卢宏斌和展怡美的墓地找到了!"杜丽颖提高声音，秦玉勇想坐起来，杜丽颖赶紧扶他，把枕头垫到他身后。

秦玉勇抓住杜丽颖的手："在哪儿啊?秦志方看到了?"杜丽颖摇摇头："卢宏斌已经去世了，他俩的墓地挨在一起。""我还没见他呢，怎么就没了呢……"秦玉勇喃喃自语，热泪扑簌簌地落下来，滴落到衣襟上慢慢洇开……

杜丽颖理解爷爷的心情。他心里有个梦想，那就是有生之年见到自己的战友。他一直相信战友生活在某个地方，他们一定会找到重逢。这个美好的梦想，支撑着爷爷这些年孜孜不倦地寻找，想见到战友倾诉思念之情……忽然，战友不在了，心中的梦想随之破碎。杜丽颖禁不住热泪盈眶，泪珠从眼里滚落下来……

"爷爷去不了西藏看望他们了。"秦玉勇非常遗憾，"如果你有时间，代替爷爷去看看他们。把爷爷保存的东西带上，告诉他们，爷爷没有忘记他们，一直想着他们……"说到这里，秦玉勇憋不住了，放声哭起来。杜丽颖哭着说不出话……

为完成爷爷的心愿，杜丽颖决定去西藏。

她带上秦玉勇交给的三样东西：一张展怡美照片、一根短钢钎、一本日记。

婚纱店坐落在一个广场的东面，位置很好，附近有两家高档摄影店，带动婚纱店生意。杜丽颖来过几次挑选婚纱，导购和她都熟了。此前看中几款婚纱没有选购，告诉导购因为举办婚礼的日期推迟了。导购看中她是潜力客户，一直与她保持联系，店里如有新进婚纱，及时通知她。

这次也不例外，新婚纱到货，导购立刻打电话联系杜丽颖。下午打电话，晚上杜丽颖就来了。“这几款都是最新款的，你穿肯定好看！”导购在杜丽颖身边，不停地介绍新款婚纱。“把这款拿来试试！”杜丽颖指着一款白色婚纱，导购从衣架上把婚纱取下来，陪杜丽颖到试衣间试穿。

她穿上新婚纱，对着大镜子前前后后照，心里很满意。导购在试衣间外面喋喋不休地说，这套婚纱杜丽颖穿上一定像仙女一样漂亮，结婚时穿上一定会令大家惊羡……导购害怕像前几次，看完婚纱，杜丽颖又不买了。“就买这套了！”杜丽颖在试衣间里说话，导购喜出望外，怎么这么痛快啊，她要结婚吗?

从婚纱店回到家，杜丽颖给秦志方打电话，说自己要去西藏。秦志方感到突然，自己没准备好。“能不能等几天?”杜丽颖反问：“为什么?”秦志方说：“中央电视台要到工地做直播，项目部天天忙这个事，你来我怕没时间陪你。”“我去不耽误你的工作。中央电视台直播完，咱们去爷爷战友的墓地，替爷爷祭奠……一定让爷爷看到他挂念了多少年的事有个圆满结局，让他安心。”秦志方同意杜丽颖到西藏找他。

打完电话，秦志方到办公室找张立强。如果工作暂时能脱开，他想请假到拉萨接杜丽颖。为爷爷找战友的事，张立强了解。不过目前工作确实紧张，配合中央电视台做直播，从国家电网公司到藏中联网工程总指挥部都很重视。去拉萨接杜丽颖来回要四天，目前不合适。可不去接她，让她自己来也不合适。万一路上发生点事情，不好交代，有点两难。看到张立强犹豫，考虑当前的工作，秦志方说：“不行的话，让她自己来吧！”张立强低头看到台历记载的优先安排工作事项，有了主意：“杜丽颖什么时间到？”“飞机票是后天的。”秦志方回答。张立强拿起台历：“中央电视台直播组大后天到拉萨。”“张经理，你的意思是……”秦志方没明白。张立强放下台历说：“让杜丽颖在拉萨住一宿，第二天跟中央电视台直播组一起来，你就不用去接了！”这是个好办法，中央电视台直播组能不能同意啊？张立强大包大揽：“我向总指挥部汇报，应该没问题。”说完，他拿起手机，给藏中联网工程总指挥部办公室打电话……

中央电视台直播组的车队开进了26标段项目部。秦志方一直盯着三辆白色越野车，杜丽颖告诉他，自己坐的越野车是白色的，和直播组女主持人小宋同一辆车。

第三辆白色越野车后门打开，先下来的是直播组女主持人小宋，跟着杜丽颖下来。秦志方奔过去，高喊：“杜丽颖！”很多人都看他，秦志方也顾不得了，跑到杜丽颖面前，拉住她的手：“路上没事吧？”他害怕杜丽颖有高原反应。“没事！没事啊！”杜丽颖连声说，给他介绍小宋，“这是中央电视台的宋老师，这是我对象秦志方。”小宋和秦志方握手，秦志方忙说：“我给你们拿行李，房间准备好了。”

越野车司机打开后备厢，秦志方先把小宋的旅行箱拎下来，看到杜丽颖自己把大号旅行箱拎下来，摇摇头。“不是给你说过，别带太多东西吗？你拿的啥呀？”杜丽颖说：“都是常用的，精简不了。”这时，邱弘毅过来帮着拿旅行箱，往住宿的房间走去。

晚上，中央电视台直播组在项目部党员活动室开会，制片主任、采访组长、摄影师、主持人、记者等有关人员全参加，研究直播方案。有几个人插着吸氧管，身边放着小型氧气瓶。

制片主任姓姚，他看到入党誓词旁边，贴着有十六个红手印的党员誓词，虽然简短，却透出送变电人的精气神。他感慨地说："我们一定要把现场的艰苦环境拍出来，把国家电网人的精气神拍出来，把他们甘于吃苦、乐于奉献的精神拍出来……"采访组长也感慨颇多："下车就感觉出来了，山再高没有他们的志气高！高原缺氧，不缺精神！这次直播任务很重，要好好向送变电人学习，太值得大力宣传了！"他的话引起在座人同感，很多素材他们已熟记在心，对这样一群特别能吃苦、特别能战斗、特别能奉献的送变电人非常敬佩。

他们对直播方案进一步细化，防止出偏差。有些现场内容，他们还要和项目部对接，进一步安排。小宋看看手里的直播方案，对姚主任说："主任，直播能不能加点内容？""加什么啊？"姚主任问。小宋说："和我们一起来的是项目部秦志方的女朋友，她想在工地上和秦志方拍婚纱照。"姚主任眼前一亮："好啊！一个内地姑娘大老远跑到西藏，跑到海拔四千五百米的线路工地和男朋友拍婚纱照，不仅仅是浪漫，更是对藏中联网建设者的敬仰和赞美……"摄影师激动地站起来，鼻子里的输氧管掉了。"他们的婚纱照，用无人机拍，直播！"对专业人员来说，他们能想象到，直播拍婚纱会是一种什么样的画面。这个直播插曲，也给中央电视台直播节目增添一抹亮色，一分浪漫……

在工地上拍婚纱照，秦志方万万没有想到。杜丽颖打开旅行箱，给他看自己带来的婚纱时，他犹豫了："中央电视台来工地直播，咱们拍婚纱照，不好吧！"杜丽颖一边拿西服在秦志方身上比量，一边说："谁说要在这两天拍婚纱照了，等直播结束，咱们再拍。我就是想让亲朋好友，还有我的同学看看，我在世界屋脊和男朋友拍婚纱照，别人一辈子都做不到！我为你骄傲！"她说话时泪光闪闪。她想到卢宏斌和展怡美的爱情，多么纯真啊！

"砰砰"外面有人敲门，秦志方把房门打开，看到中央电视台的小宋和摄影师。"宋老师啊，请进！"杜丽颖放下手里的婚纱，热情地打招呼。小宋把婚纱拿起来："直播组决定把拍婚纱照作为直播的一部分，摄影师想和你们交流一下拍摄事宜……"

秦志方和杜丽颖没反应过来……

中央电视台直播节目面对的是全国电视观众，意味着他们拍婚纱照会让全国电视观众看到。这对他们，对送变电人，对国家电网人从来没有过啊！太惊喜了！

直播从早上七点半开始，26标段项目部员工匆匆上车，开往101铁塔施工工地……

同时还有另外三个直播摄制组在藏中联网工程芒康变电站、左贡输电线路工地、八宿输电线路工地现场直播。通过中央电视台总编室，把不同直播画面播放给电视观众……

直播画面出现拍婚纱照画面。

在海拔4500米的101铁塔工地上的山梁，采访组动用无人机在高空拍摄纪实镜头。镜头缓缓靠近，杜丽颖穿婚纱和穿西服的秦志方拍婚纱照。秦志方采了一束格桑花送给杜丽颖，那是高原特有的鲜花啊！

抬头看见无人机从头上飞过，杜丽颖激动得不知道说什么，这是面对几亿观众的电视直播啊！

秦志方忽然和摄影师打招呼："我换件衣服行吧?"这是他临时的想法。杜丽颖忙问："换什么衣服啊?西装不好吗?""换件工装，让全国人民看看我们国网人的风采!"不等秦志方说完，杜丽颖举手做"OK"手势。

画面切到101铁塔上，工人们带着小型氧气瓶在高空作业……

电视观众从中央电视台新闻频道看到藏中联网工程不同工地的施工景象，那种艰难、那种辛苦、那种缺氧状态下的拼搏……

电视机前的观众没有接触过，没有见过，没有体验过……观众们发出惊叹，中国电力真伟大，中国电力人表现出来的新时代的高原精神，令人赞叹!

秦志方换上工装和杜丽颖在山梁拍了一组婚纱照，俯拍的背景是半山腰的铁塔工地，那里有一群奋战的送变电人……

直播主持人小宋手拿话筒，在现场介绍。"各位观众，您现在看到的是一对情侣在海拔4500米的500千伏输电线路工地拍摄婚纱照，这是目前在世界上海拔最高的地方拍的婚纱照……"

为了让观众直观、全面了解"国家名片"——藏中联网工程，2017年7月8日到10日，中央电视台新闻频道连续三天直播报道藏中联网建设，在观众中引起强烈反响。中国电力人无私奉献、奋勇拼搏的精神感动无数观众，大家纷纷为世界屋脊的电力工程点赞，为电力建设者点赞!

第三十五章　永远屹立的精神丰碑

藏中联网工程直播过去几天了，杜丽颖和秦志方不断收到电话、短信、微信，表达对藏中联网工程建设者的敬意，祝福他们的爱情……

无法给每个人回复感谢，杜丽颖一天里要发十几次朋友圈，感谢大家关心和支持。她对秦志方说："这次到西藏，不但见证了你们奋发图强，无私奉献，也让我知道了年轻人怎样才能实现人生价值，知道了奋发有为和碌碌无为的区别。"

按原来的设想，她想到果洛学校去看望童香梅，秦志方父亲打电话来，说爷爷情况不太好。两人商量后，决定先去卢宏斌和展怡美墓地，代表爷爷祭奠，了却老人这辈子放不下的心思。张立强让他们尽快动身，别耽误了。杜丽颖给童香梅带了一些东西，有给她的，有给学生的，只好委托李文涛转交。

秦志方开车和杜丽颖去通麦找次桑罗布，让他带着去卢宏斌和展怡美的墓地。祭奠结束后，送杜丽颖去林芝，从那里坐飞机回济南。

早上，杜丽颖收拾好旅行箱，装到越野车的后备厢。张立强、郭振华和邱弘毅前来给他们送行。张立强嘱咐："到通麦后，多买个花圈，以项目部名义献给两位前辈，向他们致意！""放心吧！"秦志方打开车门，杜丽颖钻进越野车，打开车窗向外招着手："大家多保重！回济南再见！"

越野车开出项目部院子，杜丽颖观赏着窗外的景色，不住地赞叹："太美了！""我第一次走318国道，和你一样的感觉。只有到西藏亲身感受，才知道这里的美妙。"聊起这个话题，杜丽颖打开话匣子："好像眼睛都不够使了，经过72拐的时候，感受特别强烈……"

前几天和中央电视台直播组来26标段项目部。经过业拉山72道拐时，越野车在山路上盘旋。72道拐，听名字就知道够险。从业拉山的山脚到山顶不止72个弯，有90余个，至于当初为什么叫"72拐"已无从考证。越野车爬到半山腰，往上看，高山峻岭逶迤起伏；往下看，山下的汽车就像火柴盒。公路像一条白色玉带在高山峻岭间穿行，形成气势磅礴的72道拐。每个司机都谨慎驾驶。

业拉山海拔4618米，越野车行驶一个多小时才到达山顶垭口。来往的车辆多数是越野车和大货车。少量轿车是从四川来自驾游的，也有个别骑自行车的游客。越野车开上业拉山垭口，这里设置了观景台。旅行者都会停车观光拍照。

观景台停车场特意设置"72拐"大红色标识牌，秦志方和杜丽颖特意在标志牌下拍照，留下他们的影像，纪念难忘的旅行……

除了美丽风景，留下更深印象的是那些奋战在输电线路工地上的建设者。看着他们腰间挂着便携式氧气瓶在高空作业，杜丽颖很震撼、很感动。平日里使用电灯、电话、电脑、电动车……觉得很平常，想不到电力人在这背后付出的努力和辛苦……

来到怒江大峡谷，秦志方把越野车停靠到路边。“我们在这里停一会儿，下车吧！”杜丽颖开门下车，以为秦志方开累了，想休息一下。两人走到山崖边，俯视脚下的怒江大峡谷。怒江从远处奔腾而来，一直是咆哮状态。江水不断冲击两岸，或卷起飞溅的浪花，或形成回水湾打着漩。一路奔腾的江水在峡谷里发出巨大声响。

前面是怒江大桥，大桥建在狭窄的峡谷里，往上看，天空都变得很窄。大桥下的怒江因江道收窄变得更桀骜不驯，狂怒不止。波涛汹涌，水声巨响，摧枯拉朽的力量让人震撼。怒江大桥有一副“一夫当关，万夫莫过”的架势，想必建设怒江大桥绝不会比通麦大桥容易。在怒江大桥旁边，竖立着一个老桥墩。“那个桥墩是怎么回事？”杜丽颖扬手指着老桥墩，“新建大桥，都会把老桥拆掉。为什么还保存一个老桥墩啊？”秦志方声音低沉，眼含泪花：“这就是我停车的原因，告诉你这个桥墩的故事……”

20世纪50年代，筑路部队修筑青藏公路和川藏公路。修建怒江大桥时，架设一座拉索式便桥供建桥官兵通行。怒江大桥的桥址在风口上，刮大风时便桥剧烈摇晃，走在桥上的人不得不蹲下或趴下来躲避大风。

有一次，大桥开始浇筑江中间的桥墩。像铁塔浇筑基础一样，一旦开始就不能停下，直到浇筑完成。一个小战士扛着工具往对岸走，走到桥中间的时候，突然刮起大风，便桥剧烈摇晃。猝不及防的小战士来不及蹲下，从便桥上掉了下去。下面是正在浇筑的桥墩，小战士掉进桥墩里……

条件限制，无法把小战士营救出来，桥墩浇筑必须进行。战友们眼睁睁看着小战士被混凝土淹没……

说到这里，秦志方和杜丽颖泪眼婆娑，仿佛看到当年悲壮的一幕。他们想到了爷爷，想到了卢宏斌，想到了展怡美，想到了那些在艰难中的筑路战士……

后来重新建设了怒江大桥。新桥建成后，老桥墩保留下来。它像一座纪念碑矗立在怒江之中，讲述英雄的故事。岁月沧桑，斗转星移。当年筑路部队留下的“两路”精神永远不会磨灭，永远激励后来人……

秦志方和杜丽颖没再说话，心里有一股激情在涌动，有一种精神像火焰在燃烧。要继承先辈遗志，为西藏建设贡献青春和力量，为这片土地的繁荣付出更多努力……

回到越野车上，秦志方鸣笛，向长眠在这里的英雄致敬，愿英雄安息！

重新上路，杜丽颖抑制不住激动，捂住脸哭了。

再次回望怒江老桥墩。那是一座英雄纪念碑啊！虽然没有镌刻文字，但它有伟大的精神，有巨大的力量，昭示后人向前！向前！向前！

从芒康出发朝圣，巴扎、才桑和朗嘎一路虔诚地磕长头。跟踪拍摄的袁潇雨非常感动，一定要把原汁原味的朝圣过程呈现给观众。不掺杂拍摄者的主观意念，是他追求的纪录片电影方式。

晚上，他们在路边草地搭帐篷住宿。

第二天早上，天下起毛毛雨。袁潇雨走出帐篷看看天空，返身回帐篷，给朝圣者建议："天气不好，是不是等到雨停了再上路。"巴扎、才桑和朗嘎商议了一下，坚持上路，不能遇到困难就退缩。

把帐篷收拾好放到三轮车上，小侯在车上撑起大号遮阳伞，防止雨水打湿摄影机。三个朝圣者上路，开始新一天的磕长头朝拜……

雨停了，阳光从云朵的缝隙里投射下来，照耀着湿漉漉的路面。

袁潇雨一路受益匪浅，觉得自己拍纪录片电影也成为一种修行，是寻找自我，实现人生价值，跟理想对话，也是对电影梦想的朝圣……

忽然，他身后有汽车喇叭响。自己挨路边走，不影响行车啊。他回头看到一辆越野车停靠在路边，从车上下来两个人，前面的是杜丽颖！

他们都没想到，在西藏公路上遇见。秦志方拿出手机拍照，小侯端着摄影机拍，意外相遇，给朝圣纪录片添加新素材，多了有趣的花絮。

来西藏拍纪录片电影，和杜丽颖告别时间没多长，袁潇雨却有种久别重逢的感觉。这些日子，他感触太多，受到教育太多，对信仰有了深刻的理解，对秦志方为什么要到西藏建设藏中联网有了新感受。他从里到外发生了巨大变化……

袁潇雨和杜丽颖、秦志方做了简短的亲切交流。杜丽颖看到朝圣的三人渐渐走远，怕耽误拍电影，催促他快走。临走，袁潇雨问："你没去看看童香梅吗？"杜丽颖有些遗憾："赶时间来不及了。带了点东西，让秦志方的同事带过去。""祝你们一路顺风！"袁潇雨目送杜丽颖和秦志方上了越野车，嘱咐他们路上小心。

重新上路，杜丽颖回头，透过后车窗看到三个朝圣者、小侯和袁潇雨的身影越来越小，直到消失。"他们也够拼的！"杜丽颖心里很佩服。秦志方说："梦想、坚持、努力，不同人身上有不同的做法和答案。"杜丽颖赞同："是啊，比方你，比方袁潇雨，比方朝圣者，比方童香梅……"她忽然想到李文涛，"送童香梅的东西，不知道送去没有？""李文涛办事丁是丁卯是卯，一定能办好！"秦志方让杜丽颖放心。

项目部安排的休息日还有六天，李文涛等不及了，决定请半天假去学校。"别请半天假啦！看看童老师还有什么需要帮助的，帮着干一下。"张立强大力支持，"女孩子在这里支教不容易，又是济南老乡，要全力帮助。"李文涛给童香梅打电话，约好星期六去送东西。还有一个事儿没好意思说，就是怎么安装热水器，把洗浴房建好。

接到李文涛的电话，童香梅非常高兴。有点遗憾，李文涛的理由是替杜丽颖送东西，没这个理由就不来了吗？打完电话，她把手机恢复到原来界面，是中央电视台直播藏中联网工程，童香梅把其中一个画面截屏——李文涛在铁塔上作业，她参照这个画面正画一幅水彩画，已画好一半。

星期六上午，童香梅在教室里一边画画一边等李文涛。看到了这幅画，他会是什么反应呢？童香梅想不出来，心里像揣只小兔子乱跳。

忽然她感觉肚子疼，是吃的食物不合适吗？没有啊！怎么回事呢？她急忙倒杯热水，喝几口以为会好一点。不但没好，反倒疼得更厉害了。童香梅有点慌，双休日学校没人了，找谁帮忙啊？这时，听到教室外有摩托车响声，李文涛来了。

李文涛拎着一个大包，里面的东西是杜丽颖送给童香梅的。走进教室，看到童香梅满脸大汗，双手捂着肚子。“怎么啦？哪里不舒服？”李文涛慌了，童香梅有气无力地回答：“肚子疼。”“赶紧上医院吧！”李文涛本想去乡卫生所，看到童香梅脸上的汗珠“吧嗒、吧嗒”往下掉，感觉不妥。

赶紧去县医院，找车来不及了，只能用摩托。童香梅疼得厉害，还能坐得住吗？李文涛扶童香梅走出教室，让她坐到摩托车后座上。他脱下衣服，把童香梅和自己绑在一起。“开得快，可能有点颠，你忍住啊！”童香梅疼得说不出话，李文涛给摩托车打火，一溜烟儿冲出校门……

摩托车一路狂奔到县医院。李文涛抱着童香梅冲进急诊室。“大夫，快看看！”把童香梅放到病床上，他急吼吼地喊着，一个医生跑过来……

十几分钟后，两个护士从急诊室推着童香梅出来。李文涛焦急地问：“怎么样啊？要紧不？”从急诊室出来的医生说：“急性阑尾炎得马上手术。谁是病人家属？签字！”

李文涛一愣，自己不是童香梅的亲属，怎么办？

他弯下腰，脸贴近童香梅：“手术需要亲属签字，怎么办？”童香梅伸手握住李文涛的手：“你就是我的亲人啊！”李文涛眼窝一热，泪珠掉到童香梅脸上……

阳光洒在山坡上，五颜六色的格桑花恣意开放，一片绚烂。秦志方和杜丽颖各自捧两束鲜花跟着次桑罗布走来。

来到墓地，站在墓碑前，他俩各自先把一束鲜花放到墓碑下。秦志方从背包里拿出爷爷的日记本和短钢钎，恭恭敬敬放到墓碑下面。“卢爷爷，我们代表爷爷看您来了！”次桑罗布拿出一瓶青稞酒，倒在酒杯里。秦志方接过酒杯，把青稞酒洒在墓碑下，接着第二杯、第三杯……

杜丽颖手拿展怡美的照片，轻轻放在墓碑上面。

“展奶奶，您永远活着，永远是我们学习的榜样！我们一定会像您和卢爷爷一样，让青春更壮丽，更有意义……”杜丽颖哽咽着说不下去了，泪珠滚落，滴到墓碑前的鲜花上。

两个年轻人站在墓前，鞠躬……

拉萨机场，秦志方和杜丽颖依依惜别。杜丽颖拉着秦志方的手，深情地看着他。这次来西藏藏中联网工程基地，杜丽颖的灵魂得到净化和洗礼，心灵被深深震撼。她不仅仅被藏中联网工程建设者所感动，也被当年参加川藏公路建设的解放军官兵和筑路者的高尚品格所感动。他不由得想起马克思的话：“青春的光辉，理想的钥匙，生命的意义，乃至人类的生存发展全包含在这两个字之中——奋斗！”藏中联网工程建设就是一种奋斗，只有奋斗，才能不断创造新辉煌。

想到祭拜爷爷战友的情景，杜丽颖热泪盈眶。先辈们的壮举给人留下难以磨灭的印象，他们的奋斗精神永远值得年轻一代学习。

“你要注意安全，多保重！”杜丽颖叮嘱秦志方，希望他和伙伴们平安归来。秦志方让她放心，自己对藏中联网工程充满信心。“铁塔建设完成后，很快进入架线阶段，困难相对会少些，进度也会加快！”“工程能按时完成吗？”杜丽颖关心地问，盼望秦志方早点回家。

“肯定会如期完成，各方面都努力，还会提前一些。干这样一个举世罕见的电网工程，这辈子值了！”秦志方很自豪。“等你的好消息，等你胜利归来！”杜丽颖情不自禁地抱住秦志方，深情地亲吻他。这是两个人从恋爱以来，她第一次在大庭广众面前亲吻秦志方。

谁虚度年华，青春就会褪色。藏中联网工程的建设者让自己的青春绽放绚丽的光芒，谱写新时代的青春之歌！

飞机起飞，飞机下连绵起伏的群山，还有山里蜿蜒的公路、奔腾的河流，慢慢变小。杜丽颖从机窗往下看，极力想看到那些在大山里建立的铁塔。那是秦志方和伙伴们辛辛苦苦建起来的。

很遗憾没有看到，又觉得没有遗憾。在杜丽颖心里，藏中联网工程建设者就是高大威猛的勇士。他们像高山一样巍峨，像青松一样挺拔，像雄鹰一样在天空翱翔。她想象着铁塔架线后的样子：一根根银线穿越崇山峻岭，像五线谱一样。西藏大电网之歌唱响了，无限美妙，热情奔放……

尾 声

2018年11月23日，藏中联网工程竣工投运，为西藏社会和经济发展注入能源动力。这项突破生命禁区、挑战生存极限的电力工程，成为西藏电力建设的里程碑，为西藏社会和经济发展提供能源支持，受到高度赞扬。这条受到中外电力瞩目的输电线路，被誉为“高海拔地区电力建设标杆工程”。

这天，西藏昌都供电公司举办欢迎对口援藏人员大会。李文涛作为电力援藏员工代表，在大会上发言，他决心在今后三年的援藏日子里，一定尽最大努力，在芒康做好援藏工作。

这天，童香梅向组织申请，继续参加援藏支教工作。还有一件事令她非常高兴，她指导扎西达娃绘画的唐卡作品，参加第九届中国民间工艺美术展览，荣获铜奖。芒康县的学生首次在国家级美术展览中获奖，在当地引起轰动。

这天，袁潇雨拍摄的纪录片电影《朝圣路上》参加某国际纪录片电影节，荣获特别奖。

这天，在济南府前路小学校门外，许多家长在等待放学接孩子回家。校门打开，甜甜背着书包跟在同学后面走出校门。早上，妈妈跟她说，今天晚来一会儿。忽然，她听到熟悉的喊声："甜甜！"看到张立强在马路对面向自己招手，甜甜先是一愣，接着张开双臂朝张立强跑去："爸爸来接我啦——"

这天，秦志方和杜丽颖举办婚礼。

宾朋满座，欢歌笑语。这场迟到的婚礼受到到场亲朋好友的一致赞扬。婚礼上，播放了一段视频：在海拔四千多米的铁塔施工工地，秦志方和杜丽颖拍摄婚纱照。这段视频讲述了新时代年轻人的传奇……

后 记

到西藏采访藏中联网工程，是我最难忘的一段经历。这个工程是西藏有史以来规模最大、参建人数最多的电网工程，也是世界上海拔最高、海拔跨度最大、自然条件最复杂、环保要求最高的500千伏输变电工程，被称为“电力天路”。它揭开中国电建史的新一页，铸就中国电网建设的丰碑。

在采访的日子里，为切身体验工地生活环境，我曾住在海拔4300多米的电建工地，半夜缺氧憋得喘不上气。我想起了白天在工地上看到工人背着氧气瓶在铁塔上作业的情景。这种状况只有在西藏电建工地上才能见到，工作之艰辛可见一斑。我被他们的奉献精神深深感动了，讴歌兢兢业业的电力建设者，是作家义不容辞的责任。

从西藏采访回来后，我创作的随笔和特写在《人民日报》上发表，创作的报告文学在中国共产党新闻网、人民网、中国作家协会网、《国家电网报》《党支部书记》等主流媒体上发表，创作的电影剧本《云端上的歌》在《脊梁》杂志上发表。同题材多篇文学作品参加中共青海省委宣传部、山东省作家协会、山东省总工会分别举办的征文活动，多次获奖。藏中联网工程提供了丰富的创作素材，让我获益匪浅。

虽然发表了一些藏中联网题材的文学作品，但总觉得没有把藏中联网工程的整体风貌展现出来，很多鲜活人物和感人事迹不时浮现在脑海里。于是，我决定采用长篇小说形式，书写对藏中联网工程建设者的敬意。

《云端上的歌》入选山东省作家协会重点扶持作品项目、国家电网公司职工文学重点选题作品项目，让我对写好这部长篇小说充满信心，努力将其打造得更完善。我对送变电人的工作和生活比较熟悉，现在终于找到一个切入点表现他们，完成了多年的夙愿。

中华人民共和国成立后，西藏有两大工程堪称世界奇迹，一是青藏铁路，二是藏中联网，都是功在千秋的民心工程。此前，还未有长篇小说反映藏中联网工程，我愿尽绵薄之力做出一点贡献。

藏中联网工程的建设者为西藏社会经济发展做出了卓越贡献，以此向藏中联网工程建设者致敬！

姜铁军

2024年4月